काँच के घर

(उपन्यास)

काँच के घर

हंसा दीप

भारतीय ज्ञानपीठ

पहला संस्करण : 2022
दूसरा संस्करण : 2022
तीसरा संस्करण : 2022

भारतीय ज्ञानपीठ
लोकोदय ग्रन्थमाला : ग्रन्थांक 1529

प्रकाशक

वाणी प्रकाशन ग्रुप
4695, 21-ए, दरियागंज, नयी दिल्ली-110 002
फ़ोन : 011-23273167, 23275710
ईमेल : sales@vaniprakashan.in

ISBN : 978-93-5518-183-1

काँच के घर
(उपन्यास)
हंसा दीप

KANCH KE GHAR
(Novel)
by Hansa Deep

मुद्रक : आर. टेक ऑफ़सेट प्रिंटर्स, दिल्ली-110 032

Price : INR. 300

इंसान और इंसानी प्रवृत्तियों को समर्पित

काँच के घर

1

काँच के घर

मोहिनी देववंशी के नम्बर एक विरोधी थे नंदन पुरी। दोनों स्वनामधन्य! एक दूसरे से प्रतिद्वंदिता का ये हाल था कि अपनी-अपनी नज़र में दोनों आकाश में थे और सामने वाला पाताल में। दोनों अपने आसमान की ऊँचाइयों को इंच-दर-इंच नापते रहते थे। इन दिनों नंदन जी की पाँचों उँगलियाँ घी में थीं। अब तक कुल सौ वेबिनार, गोष्ठियाँ, फेसबुक लाइव कर चुके थे। सोशल मीडिया के स्टार बन गए थे।

मोहिनी जी इस प्रतीक्षा में थीं कि "कोई ऐसा बड़ा कार्यक्रम करूँ जिसमें मैं ही मुख्य वक्ता रहूँ व मैं ही मुख्य अतिथि। सुनने वाले पाँच सौ से कम न हों। नंदन जी के इतने कार्यक्रमों को मेरा एक कार्यक्रम मात दे देगा।" बेसब्र इंतजार था; इतना कि लगता कहीं ऐसा न हो लॉकडाउन खत्म हो जाए और मेरी योजना धरी की धरी रह जाए।

आमंत्रण तो बहुत मिल रहे थे। लगभग रोज ही मिल रहे थे, लेकिन अपनी कद-काठी के मद्देनजर मोहिनी जी को ये बहुत छोटे लग रहे थे। कहीं कोई जाना-माना नाम नहीं था। अच्छा भी लग रहा था कि साहित्य जगत में उनकी हस्ती के अनुरूप लोग बहुत कम हैं। इतना नाम कमाकर इन छुटभइयों के साथ वेबिनार-गोष्ठी करना खुद की नजरों में गिरना था। वे लोग जिनका साहित्य से कोई वास्ता नहीं, साहित्य के नाम पर उनकी सस्ती कविताएँ सुनना व उनके सामने बैठकर दो शब्द कहना भी तौहीन लगता।

जब नंदन जी बार-बार सोशल मीडिया पर मचल रहे थे— "मेरे सौ सफल वेबिनार हो गए।"

मोहिनी जी ने खीजकर संदेश भेजा था—"सौवाँ मुबारक!"

इस तरह घर में समय काटते कई महीने हो चले थे। आरम्भिक दिनों में, कोरोना के कहर पर बतियाते हुए साहित्य रचयिता दुहाई देते रहे कि ऐसे कठिन समय में कोई रचना कैसे आकार ले सकती है, काढ़ा बना-बना कर पीने की सलाह दी एक सप्ताह तक। उसके बाद स्क्रीन का दीवानापन भा गया। अब जूम पर थे। गूगल मीट पर थे। कविताओं, वेबिनारों की बौछारों से शुरुआत हुई ऑनलाइन कार्यक्रमों की। धीरे-धीरे ऐसी घनघोर बारिश हुई कि बाढ़ में तब्दील हो गयी। जिन कवि गोष्ठियों में दस कवियों की भीड़ न जुटा

पाते थे अब वहाँ सौ की भीड़ होती थी व पचास कवि वेटिंग में रहते थे। हर गोष्ठी वैश्विक थी अब। अंतरराष्ट्रीय समारोहों में अब तक लाखों खर्च करके जाने वाले अब मुफ्त में नाम कमाने के अवसर नहीं गँवा सकते थे। रोज तैयार होकर बैठ जाओ स्क्रीन के सामने।

उधर समाचारों में हाल बेहाल था। कुछ रोटी को तरस रहे थे, कुछ नौकरी खो बैठे थे, कुछ आत्महत्या कर रहे थे। मौत का मातम था चारों ओर। कविता का उद्घोष भी था चारों ओर। कोरोना से पीड़ित त्राहि-त्राहि कर रहे थे। कोरोना पर कविताएँ वाह-वाही लूट रही थीं। कवियों के लिये पिछले दो-ढाई महीने इतने शानदार निकले कि हर दिन वैश्विक कार्यक्रमों में उपस्थिति दर्ज होने लगी। हींग लगी न फिटकरी, बड़े-बड़े होर्डिंग की तरह पोस्टर बन गए और सोशल मीडिया पर छाए रहे।

वेबिनार की दुनिया में मोहिनी जी का अभी तक श्रीगणेश ही नहीं हो पाया था। उनकी हार्दिक इच्छा थी कि 'कोरोना का यह कहर' उनके एक कार्यक्रम के होने तक जारी रहे, बस...। उनका ओहदा था साहित्य जगत में, इसीलिये उनकी अपेक्षाएँ भी उसी के अनुरूप थीं। एक शर्त थी कि वे पहले मुख्य अतिथि के रूप में भाषण दें, उसके बाद कवि गोष्ठी हो। इसके पहले तो आयोजकगण समारोह स्थल तक ले जाने के लिये गाड़ी भेजते थे। ड्राइवर आकर खड़ा हो जाता था। आधे घंटे देरी से पहुँचना शान में चार चाँद लगाने जैसा था। अब घर पर तैयार होकर बैठना है तो समय की पाबंदी जरूरी है वरना लोग किसी और को सुनने लग जाएँगे।

अंततः मन की मुराद पूरी हुई। एक आमंत्रण उनके स्तर का लगा। 'कोरोना-मौत पर चर्चा' विषय था उनके लिये। कई देशों से लोग जुड़ रहे थे। अध्यक्षता के लिये भारत से एक नाम बहुत भारी था जो बड़ी अकादमी से जुड़ा हुआ था। इस साल उनके खाते में कुछ सम्मान जोड़ने का अच्छा अवसर है यह। उस शख्सियत के सामने मुख्य अतिथि के रूप में शामिल होना ही अपने आप में एक अवसर था। भारत से तकरीबन साठ लोग सुन रहे थे और तीस थे दुनिया के कोने-कोने से।

जिन्होंने पहले उन्हें सुना वे जानते थे कि सरस्वती बिराजती हैं उनके गले में। एक बार बोलती हैं तो बोलती चली जाती हैं। 'मौत पर चर्चा' विषय भी अत्यंत सामयिक था। सर्वकालिक, सर्वग्राही भी। खूब तैयारी की उन्होंने। उनकी आवाज और उनके ज्ञान का लोहा मानते थे उनके प्रशंसक। जो नहीं मानते थे, वे महामूर्ख नंदन जी के चमचे थे।

समय पर तैयार थीं वे। अभी कपड़े और बाल ठीक करने में ही लगी थीं कि कई लोगों ने ज्वाइन कर लिया। संचालक महोदय ने अध्यक्ष महोदय का अभिवादन कर मुख्य अतिथि का परिचय दिया विस्तार से। उन्हें आमंत्रित करके स्वागत किया वर्चुअल फूल-हार से। अपनी बात शुरू करके मोहिनी जी ने जो तारतम्य बाँधा तो फिर समय समाप्त होने की तीन बार सूचना मिलने के बाद ही बंद कर पायीं। तालियों की गड़गड़ाहट इस बात का सबूत थी कि वे छा गयी थीं।

फेसबुक पर, व्हाट्सएप पर बधाई संदेशों की भरमार लग गयी। 'मौत पर चर्चा' काफी सार्थक व सटीक रही थी।

मोहिनी जी की खासियत थी, छोटे-छोटे उदाहरण देकर अपनी बात की गूढ़ता को ऐसे समझाने की कि वह लोगों के मन में घर कर ले। आज भी वही हुआ। उनका एक उदाहरण बहुत जानदार-शानदार रहा था। उसकी बहुत चर्चा हुई। एक सामान्य-सी बात को उदाहरण बना कर इतने सुंदर ढंग से प्रस्तुत करने की कला!

प्रशंसकों के लिये इस भाषण का शो स्टॉपर था वह उदाहरण—''कल मैंने कोफ्ते बनाए थे। पतिदेव कहने लगे, कोई अजीब-सी गंध आ रही है इसमें। मैंने कहा इस बार बेसन अच्छा नहीं आया। मेरी गलती नहीं, दुकान वाले की गलती है। जब अगली बार दुकान जाऊँगी, शिकायत करूँगी कि बेसन पुराना था तो दुकानदार कहेगा कि जरूर चना दाल का लॉट खराब आया होगा, जिस व्यापारी से आता है उसे बोलूँगा। मैं आपको कोफ्ते की रेसिपी नहीं दे रही। मैं तो यह कहना चाह रही हूँ कि किसी भी समस्या का दोष मढ़ने के लिये हर बिन्दु पर हम किसी न किसी को ढूँढ लेते हैं। जितनी अच्छी चना दाल होगी, उतना अच्छा बेसन होगा। अच्छा पकौड़ा बनेगा तो प्लेट में कोफ्ते का स्वाद भी उतना ही उम्दा होगा। ध्यान देने की बात ये है कि हमें चना दाल की गुणवत्ता बढ़ानी होगी। मौत के इन आँकड़ों को रोकने के लिये अपना रेज़ीस्टेंस पावर बढ़ाना होगा। एक बार कोफ्ता बन गया तो उसे तो पेट में जाना ही है। फिर हम कुछ नहीं कर सकते। जैसा बना है उसी से काम चलाना पड़ेगा। आप इतने मजबूत रहें कि कोरोना आपसे दूर रहे, वरना इस महामारी के समय में हम सरकार को दोष देंगे, डॉक्टर को दोष देंगे, अस्पताल को दोषी ठहराएँगे। दोषारोपण के लिये एक के बाद एक जंजीर की कई कड़ियाँ हैं हमारे पास।''

वे बोलती गयीं, लोग मुग्ध होकर सुनते रहे। बहुत कुछ कहा उन्होंने और सलीके से कहा। नंदन जी व उनके साथियों ने चना दाल, बेसन, पकोड़े और कोफ्ते की जी भर कर धज्जियाँ उड़ायीं। पकोड़े और चना दाल की तस्वीरों के साथ इमोजियों का भी जमकर प्रयोग किया गया।

मोहिनी जी के प्रशंसकों ने इसका बहुत प्रचार प्रसार किया। कार्यक्रम के बाद उन्होंने राहत की साँस ली थी। सोशल मीडिया के हर प्लेटफार्म पर वे थीं और उनका सारगर्भित भाषण था। उनके डिप्टी अशांत जी ने बड़े-बड़े पोस्टर पर मोहिनी जी के चित्र के साथ सफल कार्यक्रम का प्रचार-प्रसार किया।

''बहुत इतरा रहे थे नंदन जी, एक झटके में पछाड़ दिया बच्चू को।''

थक गयी थीं, रात जल्दी सोयीं। सुबह देर से उठीं। उनके पति ने कहा— ''सुनो, रात में तुम सो गयी थीं तब नंदन जी का फोन आया था।''

''नंदन जी का! अच्छा, क्या कहा?''

''कह रहे थे कोफ्ता मुबारक हो।'' मैंने कहा भाई, ''आज तक हमारे घर में कभी

कोफ्ता नहीं बना। किसी ने उड़ा दी होगी। मोहिनी जी के दुश्मनों की कमी नहीं है।''

मोहिनी जी को काटो तो खून नहीं। ऐसा लगा जैसे आज पतिदेव ने अपनी पत्नी को गरम तेल में डाल कर कोफ्ता बना दिया हो और लोग मजे ले-लेकर खा रहे हों।

2

कुतरन

कोरोना के कहर से एक हद तक मुक्ति मिली थी। वैक्सीन के दोनों डोज़ सब लोगों को लग गए थे। सरकारी आदेश से तमाम कार्यक्रमों पर लगी पाबंदियाँ हट गयी थीं। नंदन पुरी की पूरी तैयारी थी। अपने कार्यक्रमों की शुरुआत करने के प्रबंध कर रहे थे।

वैसे भी संस्था 'अर्घ्य' के सालाना समारोह का अवसर नजदीक है। यह अवसर हाथ से नहीं जाने दे सकते। संस्था के सदस्यों और कवियों-श्रोताओं को याद दिलाने का संदेश भेजा चुका है। यह याद दिलाना इसलिए भी जरूरी था कि कई लोगों ने आरएसवीपी तो किया था लेकिन टिकट के पैसे नहीं भेजे थे। कुड़कुड़ाते हुए नंदन जी जब ऑफिस में घुसे तो सामने ही संस्था के सेक्रेटरी सुशांत को बैठे देखा। आशा की एक किरण नज़र आयी— "अरे वाह सुशांत, आप जल्दी पहुँच गए! कहिए, क्या अपडेट है? एक ही सप्ताह बचा है अब। कम से कम दो सौ लोग आने चाहिए तभी हम अपना खर्चा पूरा कर पाएँगे वरना जेब से पैसा भरते रहेंगे। उसके बावजूद नैया तिर नहीं पाएगी।"

"नंदन जी, आप दो सौ की बात कर रहे हैं पचास भी आ जाएँ तो गनीमत होगी। मैं कम से कम तीन सौ लोगों को ई-मेल से रिमाइंडर भेज चुका हूँ। सिर्फ दस लोगों ने आने की असमर्थता जतायी है और दो ने आने की कोशिश करने का वादा किया है। बाकी ने पैसे भेजना तो दूर, जवाब तक नहीं दिया है।"

"यही तो परेशानी है। कोई समझता ही नहीं है कि पैसों के बिना किसी संस्था को कैसे चलाया जा सकता है। बातें तो सब बड़ी-बड़ी करते हैं। सुशांत, प्रयास बढ़ाइये, आग्रह कीजिए। लोगों को समझाइये कि हमारी कितनी मेहनत का फल है यह। खून-पसीना बहाया है हमने इस संस्था को यहाँ तक लाने में।"

"प्रयास तो किए जा रहे हैं, ई-मेल से, फ्लायर से, फेसबुक से, व्हाट्सएप से; मगर कुछ खास रिस्पांस नहीं मिल रहा है। अब इससे ज़्यादा आखिर क्या कर सकते हैं। लोगों के घरों में जाकर बुलावा देने से तो रहे। अनर्गल जी के कांड के बाद लोगों का उत्साह न के बराबर है ऐसे कार्यक्रमों में।"

"उत्साह जगाना पड़ेगा, उनकी गलती का खामियाजा हम क्यों भुगतें!" एक तीखा

गुस्सा था अनर्गल जी के लिए, जिन्होंने एक जाने-माने गायक की कॉन्सर्ट के लिए, भारत की अपनी संस्था के नाम पर पचास-पचास डॉलर प्रति व्यक्ति का टिकट बेचा था। और बाद में वह समारोह कोरोना के हमले से निरस्त हो गया था। लोगों के पैसे नहीं लौटाए गए थे और अनर्गल जी किसी का भी फोन उठा नहीं रहे थे।

"हम ही क्यों अब तो हर संस्था भुगतेगी। लोगों का संस्थाओं पर से विश्वास ही उठ गया है। ये जनता जनार्दन है। अपने साथ हुए अन्याय को कहीं न कहीं तो जाहिर करेगी ही।"

"लेकिन यह तो हमारी संस्था का समारोह है। हमने अपनी एक इमेज बनायी है। हमारे सारे कामों में पारदर्शिता होती है, ईमानदारी होती है। हमारे कामों को परखा जाए। हमारी समानता की नज़र को देखा-पहचाना जाए। हमारे कार्यक्रमों के स्तर को देखा जाए। लोग अनर्गल जी के साथ हमें तराजू में बैठा कर नहीं तौल सकते। कहाँ राजा भोज कहाँ गंगू तेली!"

"जी, सही कहा आपने, लेकिन दिक्कत यही है कि लोगों को हर संस्था यही संदेश देती है कि उनके अलावा सभी गंगू तेली हैं। रहा सवाल तराजू का तो तराजू में तो हर किसी को बैठना ही होगा, अब इसमें गलत क्या है। न्याय का पलड़ा आम आदमी के हाथ जाता ही कितनी बार है!"

"चलिए, आप लिस्ट दीजिए। मैं ज़रा फोन घुमा कर देखता हूँ।"

"यह लीजिए लिस्ट।"

"अरे विरही जी, नमस्कार, कैसे हैं? देखिए, हम अपना सालाना जलसा मना रहे हैं और आपकी संस्था के सभी सदस्यों को आमंत्रित करना चाहते हैं। जी, जी हाँ, डिस्काउंट आपकी संस्था को सीधे दे देंगे। जी, जी, पचास प्रतिशत तो कुछ ज़्यादा है हम औरों के साथ पक्षपात नहीं कर सकते न। चलिए आपके लिए पच्चीस प्रतिशत डिस्काउंट कर देते हैं। जी जी, शुक्रिया।"

भेज दिए गए टिकट लेकिन पैसे तो एक के भी नहीं आए। पैसे भी चाहिए और आदमी भी वरना कार्यक्रम की धज्जियाँ उड़ जाएँगी। सामान्यत: व्यस्तता का यह आलम होता है कि समय कहाँ से आए, यह सोचना सबसे बड़ा काम हो जाता है लेकिन इस समय गंगा उल्टी दिशा से बह रही थी। इस समय सबसे बड़ी चुनौती यह है कि लोगों को कैसे बुलाया जाए। इसी ऊहापोह में अगला नंबर डायल हो जाता है।

"जी, मैं नंदन पुरी। सर जी, कैसे हैं आप। हमारा सालाना समारोह है सर। जरा अपने लोगों को आने के लिए प्रोत्साहित कीजिए, आपका आभार होगा।"

"बात यह है नंदन जी कि आपका टाइमिंग जरा गलत फँस गया है। सच्चाई तो यह है कि कोशिश की जा सकती है पर किसी पर दबाव नहीं डाल सकते। हमारे जैसे रचनाकारों पर विश्वास करने में तो ज़माना लग जाता है, मगर विश्वास उठने में एक पल

भी नहीं लगता। पलक झपकी नहीं कि बना बनाया रिश्ता खत्म। आप जरा टाइमिंग का मसला हल कीजिए। चार-छः महीने बाद यही कार्यक्रम होगा तो हमारे कुछ लोग तो आ ही जाएँगे।''

''वह तो मुश्किल ही नहीं असंभव है सर। क्योंकि एक तो सालाना तारीख़ पक्की है, हम हर साल इसी महीने के दूसरे रविवार को करते हैं यह कार्यक्रम। दूसरा, अब सारे परचे बँट चुके हैं, निमंत्रण पत्र भेजे जा चुके हैं, ई-मेल थोक में जा चुके हैं, हाल बुक हो गया है।''

''ये सब छोटी-छोटी बातें हैं नंदन जी, बड़ी बात तो यह है कि लोगों के बिना किसी भी कार्यक्रम का क्या मज़ा! कई बार तो शादियों के कार्ड बँट जाते हैं और कई झमेलों के कारण तारीख़ आगे बढ़ा दी जाती है। यह तो फिर भी एक सालाना कार्यक्रम है। मैंने आपको एक सुझाव दिया था बस, बाकी जैसी आपकी इच्छा।''

''जी धन्यवाद सर। आपसे फिर बात करता हूँ।'' फोन मेज़ पर पटक कर गुस्से से लाल हुए चेहरे के साथ सुशांत की ओर मुखातिब हुए।

''सुना आपने सुशांत, आर्गेनाइज़र का दिमाग़ न हुआ लोगों के सुझावों को ग्रहण करने का केंद्र हो गया। हर कोई अपनी वाली हाँकता रहता है। बेचारे संस्था चलाने वाले को तो तन-मन-धन से लगे रहने के बाद भी गालियाँ ही मिलती हैं।''

''जाने दीजिए नंदन जी, ओखली में सिर तो दे ही दिया है अब मूसल की चोट से क्या डरना।''

''और कोई विकल्प भी तो नहीं है। अनुभव लेते जायेंगे तभी अपनी संस्था का नाम रौशन कर पाएँगे। आखिर धूप में तो बाल सफेद होते नहीं हैं।'' नंदन जी सफेदी लिए उभर आए बचे-खुचे बालों को अनायास ही हाथ से सँवारने लगे।

सुशांत सदा ही गम्भीर बातें करने के आदी हैं। बिल्कुल मुद्दे की बात कही - ''हमारा यह कार्यक्रम इसलिए भी फुस्स होगा नंदन जी कि हमने प्रमुख वक्ता के रूप में विशेष जी को बुलाया है। और यह सबसे बड़ी गलती थी क्योंकि इस वजह से उनके विरोधी आएँगे नहीं जिनमें सबसे खास है जिंदल संस्था, उनका पूरा का पूरा सौ लोगों का समूह कट गया।''

''पर करते क्या! विशेष जी को नहीं बुलाते तो जो हज़ार का चंदा मिला था उसका धन्यवाद कैसे कर पाते। बीस-बीस डॉलर के कितने ही टिकट बिकते तब कहीं जाकर इतनी राशि इकट्ठी होती। अगर भीड़ न हो पायी तो बाद में कुछ लोगों को निःशुल्क बुला ले लेंगे। इसके अलावा कर भी क्या सकते हैं।'' नंदन जी जैसे भरे हुए थे, अपनी भड़ास निकाल रहे थे। पैसों की मारा-मारी और लोगों को बुलाने की रस्साकशी से एक साथ निपटना था।

''अब नगर की एक और संस्था बची है, मोहिनी देववंशी की संस्था 'पपीहा',

जिससे थोड़ी उम्मीद है। उनके साथ परेशानी यह है कि हर कोई माइक पकड़ कर रखना चाहता है लेकिन उनसे बात करते हुए मैंने स्पष्ट कर दिया था कि सभी लोगों को अधिकतम चार मिनट देने का वादा है, एक सेकेंड भी ज़्यादा नहीं। ऐसा इसलिए भी कि वह सबसे बड़ी संस्था है। आधे लोग भी पैसे न दें, तो भी कम से कम पच्चीस प्रतिशत तो काम हो ही जाएगा। कुछ आश्वासन हैं और कुछ प्रयास हैं, इसी भरोसे पर हमारे इस सालाना कार्यक्रम का भाग्य लिखा है।'' सुशांत अपनी संस्थाई कला से तर्क-वितर्क करके स्थिति से जैसे-तैसे निपटने की चेष्टा में थे।

नंदन जी भी एक के बाद एक कारणों को ढूँढते हुए निराशा में डूब रहे थे— ''सबसे ज़्यादा दु:ख की बात तो यह है कि अनर्गल जी ने बहिष्कार किया है यह कह कर कि आपने नियमों का पालन नहीं किया है। हालाँकि वे किसी लोकल संस्था से ताल्लुक नहीं रखते, तटस्थ हैं पर अच्छे कवि हैं। अपनी कविताओं को गाकर सुनाते हैं तो समाँ बांध देते हैं।''

नंदन जी और सुशांत दोनों एक दूसरे को देखते, सिर हिलाते हुए अपने-अपने ईमेल के संदेशों को खंगाल रहे थे। गीत-संगीत है, भाषण है, चाटुकारिता है, सम्मान समारोह है। किसे सम्मान देना है यह भी तय करना कठिन था क्योंकि एक को दिया जाता तो दूसरा नाराज़ होता। सभी को दे नहीं सकते। एक विचार तो यही आया था कि सभी को सम्मान देकर अपनी जान बचा ली जाए। कम से कम इस बहाने लोग तो आएँगे मगर ऐसा कर नहीं पाए थे। सारे पासे फेंके जा चुके थे। अधिक से अधिक लोगों तक यह बात पहुँचे, ऐसे प्रयास किए गए। आने वाले सम्भावित लोगों की संख्या कम थी। कम क्या थी, न के बराबर थी। क्या चूक हो गयी, कुछ कहा नहीं जा सकता। ये अपनी संस्था चलाते हैं। संस्था के लिए समर्पण चाहिए, वह है। शातिरी चाहिए, वह है। तिकड़मबाजी चाहिए, वह है। फिर भी, जो चाहिए वह शायद नहीं है।

आज कार्यक्रम है। कुछ ऐसा हुआ है कि हाल खाली पड़ा है। मुख्य वक्ता हैं और संस्था के पदाधिकारी गण हैं। कुल मिलाकर दस लोग हैं। वक्ता के साथ फोटो खींच लिया गया है क्योंकि वक्तव्य देने का तो कोई औचित्य ही नहीं था। सबने खड़े होकर फोटो खिंचवा लिए हैं, फेसबुक पर डालने के लिए। सबको पता चल गया है कि कार्यक्रम हो गया है। फोटो अच्छे हैं।

नंदन पुरी और समूची टीम समोसों के कई राउंड पूरे करके बचे हुए सौ से अधिक समोसों का बँटवारा करके सामान समेट रहे हैं। वहाँ उड़ायी जाने वाली कतरनें लाल पीली हरी सुनहरी चमकीली वैसी की वैसी पैकेट में रखी हुई थीं। नंदन जी की नज़र पड़ी तो थोड़ी बिखेरने का मन किया, अपने ऊपर और अपनी टीम के ऊपर। सब मुस्कराने लगे नंदन जी की इस खुशी पर। वे स्वयं भी खिखिया कर हँस पड़े अपने ऊपर बरसतीं रंग-बिरंगी कतरनों को देखकर— ''यदि लोग होते तो कितना स्वागत होता उनका, नहीं आए

तो उनकी किस्मत, हम अपना ही स्वागत कर लेते हैं।"

अब उन्हीं बिखरी, सुनहरी-चमकीली कतरनों को बटोरते समय ऐसा प्रतीत हो रहा था मानों चूहों ने गंदे कपड़ों को कुतर-कुतर कर डाल दिया हो और बिल्लियों को मजबूर कर दिया हो इस कुतरन को समेटने के लिए।

3

देसी गाड़ी, विदेशी धक्का

नंदन पुरी, जब टोरंटो में लैंड हुए थे तो उनके पास सिर्फ एक सूटकेस था। एक दोस्त के घर ठहरे और जल्दी ही इधर-उधर छोटा-मोटा काम करके एक बेसमेंट किराए पर ले लिया। परिवार के आने के बाद बहुत जम्प लगाने की कोशिश की। सफल भी हुए, औंधे मुँह भी गिरे। सबसे अच्छी बात यह थी कि बच्चे की चिंता नहीं थी। कैनेडियन सरकार अपने देश में बच्चों का ध्यान रख लेती है। उनके बच्चे को भी हर महीने चाइल्ड बेनिफिट मिलता रहा। बच्चे का खर्च निकल आता था। चिंता थी तो खुद सेटल होने की। कई जगह नौकरी के लिए आवेदन किए पर वही 'आयाराम-गयाराम' चलता रहा। कभी काम अपनी पसंद का न होता, कभी लोग।

"समझ में नहीं आता कि जब यहाँ काम नहीं था तो भारत का सारा काम छोड़कर हम आए क्यों?" पत्नी नयना के ताने शुरू हो जाते।

"शांति रखो तुम। आगे की सोचो। यहाँ अपने बच्चे का सुनहरा भविष्य है।"

बच्चे का नाम आते ही नयना चुप हो जाती। एक ही तो बच्चा है। उसका भविष्य सुधर जाए इसके लिए कुछ भी करने को तैयार थी। अपने भाई-बहनों को याद करके रोना आता तो बच्चे का मुँह देखती। एक खुला आकाश दिखाई देता। संतोष की लकीरें चेहरे पर आ जातीं। पत्नी की संतुष्टि को देख नंदन जी भी आश्वस्त होकर काम की खोज में लग जाते।

काम की कमी नहीं थी मगर जिस जगह लोग बहुत अच्छे होते, उस जगह का काम उनके बस का नहीं होता। यानि एक बात तो पक्की थी कि खुद वे और काम एक दूसरे से मेल नहीं खाते। बेमेल जोड़ी अधिक दिन नहीं निभ पाती और टूट जाती। कई बार इस खानाबदोशी से ऊब भी जाते। फिर से नल्लापन घर कर जाता। बार-बार काम बदलना अच्छा भी लगता, बुरा भी लगता।

हर काम के पहले लगता कि यहाँ तो वो तीर मार ही लेंगे पर हर बार निशाना चूक जाता। मरता क्या न करता की शैली में बहुत तरह के काम किए। तब से इधर-उधर करके ही काम चलाया। उनका बच्चा बड़ा होता रहा पर पिता को कोई काम इस काबिल नहीं

लगा कि आय का स्रोत सुरक्षित कर सकें। जैसे-तैसे गुजारा चलता रहा। दो महीने कहीं छोटा-मोटा काम करते फिर सरकारी वेलफेयर का फायदा ले लेते। उनका बस चलता तो हिन्दी पढ़ाने में अपना जीवन खपा देते लेकिन मजबूरियाँ जिद्दी हो जाया करती थीं। कहीं न कहीं से उनके रास्ते का रोड़ा बन ही जातीं। अ, आ पढ़ाने में भी उनके बीच कई लोग आ गए। हिन्दी का ज्ञान तो बहुत था मगर डिग्री नहीं थी। संस्थाओं में काम शुरू भी करते तो थोड़े दिन में कोई डिग्री वाला आ जाता, उन्हें हटना पड़ता। बहुत क्षोभ होता। खुद से विरक्ति हो जाती कि हिन्दी पढ़ाने जैसे चवन्नी छाप काम में भी लोग उन्हें पीछे छोड़ देते हैं। बड़े कामों के बारे में सोचने का मौका ही नहीं मिलता। इस देश में भारत जैसा 'सिस्टम' नहीं था कि एक बार घुस गए तो घुस गए। एक, दो साल ये लोग तेल देखते हैं और तेल की धार देखते हैं। नंदन जी का तेल तो इधर से उधर डोलने वाला था। इनके तेल की धार जब तक सीधी होती उसके पहले ये नौकरी से निकाल दिए जाते।

बहुत धक्के खाकर अब दूसरों को धक्का देने की सोचने लगे और बदला लेने लगे। वहाँ भी उल्टे मुँह की खाते। लोग मुँह पर आकर जब कहते कि "थोथा चना बाजे घना, कब तक खाली-पीली बजते रहोगे।" तब सचमुच खुद से कोफ्त होती। अपनी हालत उस खटारा देसी गाड़ी जैसी लगती जो विदेशी धक्के से टस से मस नहीं होती। अड़ियल भैंस की तरह दूध की जगह दुलत्ती देती।

माँ की पढ़ने की लताड़ याद आती— "खूब भणो (पढ़ो), सुता-सुता (सोते-सोते) भाग (भाग्य) नी खुले।"

काश सुन ली होतीं माँ की बातें! नींद के कच्चे थे। सुबह देर तक सोते रहते। माँ की आवाज एक कान से सुनते, दूसरे से निकाल देते। उन बातों को न सुनने के आदी हो गए थे कान। अब भुगत रहे थे। अपने पिताजी का घुमक्कड़पन और फक्कड़पन याद आता। याद आते वे दिन जब पिताजी के पद चिन्हों पर चलते हुए पढ़ नहीं पाए थे। मन भी तो नहीं लगता था। बस जुगाड़ में लगे रहते थे कि कम से कम काम करके, अधिक से अधिक फायदा कहाँ लिया जा सकता है। यही जुगाड़ इस देश में फलीभूत न हो पाया। जैसा देश वैसा भेष के बारे में सोचा ही नहीं। देसी मानसिकता को ढोते-ढोते विदेसी धक्के खाते रहते। काम स्टार्ट भी होता तो भुर्र-भुर्र करके बंद होने में समय नहीं लगता।

इस पूरी कवायद में एक ही बात अच्छी हुई कि उन्होंने अपने बेटे को लाइन पर रखा तभी तो वह आज सही जगह पर है। जरा-सी भी ढील दी होती तो निकल जाता हाथ से। अपने बाप के नक्शे कदम पर चल रहा होता। एक बड़ी संतुष्टि यह है कि बेटे की कोई चिंता नहीं। खुद की चिंता करते बरसों बीत गए। भारत में अपनी चल जाती तो चल जाती, न चलती तो एक को छोड़ दूसरे के हो लेते। इस पराए परदेश में मन मसोस कर रह जाते।

यहाँ उन्होंने कई मित्र बना लिए थे। उन दोस्तों की बीवियाँ भी खूब कमा लेती थीं।

इससे उनके पतियों को छूट मिल जाती कि काम करें, न करें, घर खर्च का बंदोबस्त तो है ही। यहाँ भी नंदन जी मात खा जाते। इस कुढ़न से परेशान होते कि कम से कम किसी होशियार लड़की से शादी की होती तो आज ये दिन न देखने पड़ते। शादी भी की तो ऐसी लड़की से जो किचन में ही सिर घुसा कर रखती है। अपने भीतर जमा होती रही-सही भड़ास पत्नी पर निकल जाती— "यहाँ सारी औरतें काम करती हैं। तेरे में कोई हुनर होता तो आज मुझे दर-दर नहीं भटकना पड़ता।"

वह भी कोई कम नहीं थी। अपनी अक्खड़ता से कहती— "आप में तो हुनर भरा पड़ा है, क्या तीर मार लिए। घर के बर्तन-भांडे-कपड़े करने में गधे की तरह लगी रहती हूँ। आप कर लो ये सब, तो मैं बाहर जाऊँ काम ढूँढने।"

"कैंची की तरह कतर-कतर करती है। माँ-बाप ने अंदर कैंची फिट कर रखी है।"

"माँ-बाप तो तुम्हारे भी कम नहीं थे। सारी दुनिया का आलसीपन भर दिया है अपने बेटे में।"

आलसी होने का ताना न सुन पाते नंदन पुरी। आलसी थे ही नहीं। बस मन का काम करना चाहते थे। इस तंज को सुनते ही वे घर से बाहर निकल जाते और देर रात तक नहीं आते। सबसे ज्यादा पछतावा इस बात पर होता कि यह सब पहले मालूम नहीं था। मालूम होता तो अपने देश से ही डिग्री का जुगाड़ करके चलते। उस जमाने में दस-बीस हजार में पीएच.डी. ले लेते। आज तो पाँच लाख हो गया है भाव। और अब विदेशी तमगे के बाद तो न जाने कितने ज़ीरो के साथ नम्बर बढ़ा दिए जाएँगे, वरना कभी का जुगाड़ हो गया होता। ऐसी डिग्रियों की खरीद-फरोख्त करने वालों को जानते हैं। बहुत आसान है डिग्री लेना। पैसा फेंको, तमाशा देखो। करें क्या, सबसे बड़ी अड़चन भी तो यही है कि ऐसी कारीगरी से डिग्री देने वाले बहुत मुँह फाड़ते हैं। सब कुछ कर सकते हैं नंदन पुरी, बस इतना पैसा नहीं दे सकते। रोज के खर्चे ही जैसे-तैसे चलते थे। न तो अतिरिक्त पैसा आया उनके पास, न ही टिका। हाथों की लकीरों में सब कुछ है बस पैसा नहीं है, अन्यथा ये आजकल के छोकरे उनकी योग्यता का लोहा मानते।

पिछली बार भारत गए थे तब एक जगह पीएच.डी की डिग्री की बात पक्की करके आए थे। बहुत खुशी हुई थी कि इस बार रीज़नेबल भाव में डॉक्टरेट मिल जाएगी। ऐन वक्त पर जब डिग्री नहीं मिली तो पता लगा कि वह इंसान धोखेबाज निकला जिसने एडवांस लेकर डिग्री देने का वादा किया था। उससे पंगा लेते तो वह सोशल मीडिया पर जाहिर कर देता कि नंदन जी ने फर्जी डिग्री के लिए उससे बात की थी। उसका कुछ नहीं बिगड़ता पर नंदन जी की तो बनी बनायी इज्जत धूल में मिल जाती। यह बहुत नाजुक मुद्दा था। जरा सी भी हरकत से लेने के देने पड़ जाते। चुप्पी साध ली, और खून का घूँट पीकर रह गए।

पत्नी नयना ने जरूर ताना मारा था— ''पढ़ने में तो दिमाग कभी लगा नहीं, अब ऐसे कामों में कैसे दिमाग लगा लेते हो!''

इच्छा तो हुई थी कि खींचकर थप्पड़ मार दें लेकिन वहाँ से खिसक गए थे। बेटे के सामने माँ पर हाथ उठाते तो वह भी पिता के खिलाफ हो जाता। औरतों का यह विशेषाधिकार है कि वे कुछ भी करें, संतान उन्हीं का साथ देती है। पिता चाहे जीवन भर खटता रहे, क्रेडिट माँ ही लेती है। बदनसीब पिताओं की सूची में पहला नाम खुद का ही रखते। अब कम से कम उनका अपना एक दिन है 'फादर्स डे'। शेष तीन सौ चौंसठ दिन मदर्स डे के लिए सुरक्षित हैं। जब देखो तब बच्चा माँ के आँचल का सहारा ले लेता है। बेचारा बाप, न तो पत्नी का हो पाता है, न बच्चे का। तब उन्हें लगता कि किसी दिन एक बाप की मजबूरियों का बयान करेंगे। वह भी ऐसी रचनात्मकता के साथ कि हर बाप को लगे कि उसके साथ अन्याय होता आया है। जितना श्रेय माँ को दिया जाता है उसका कुछ प्रतिशत तो बाप को भी दिया जाना चाहिए। ऐसे विचार जितनी तेजी से आते, उतनी ही तेजी से चले जाते क्योंकि इतना धैर्य तो था नहीं कि किसी रचना को मुकम्मल रूप दे सकें।

खैर, पत्नी के उलाहनों और तानों को झेलते हुए भी नंदन जी ने हिन्दी सेवा छोड़ी नहीं। अखबार निकाले। टीवी शो किए। विज्ञापनों के लिये दुकानदारों के हाथ पैर जोड़े। एक दुकान से दूसरी दुकान तक चक्कर लगाए। इस उम्मीद में कि एक-दो विज्ञापन मिल जाएँ तो थोड़ी कड़की कम हो। कई बार अपमान के घूँट भी पीए। लेकिन ऐसी छोटी-मोटी बातों से कोई फर्क नहीं पड़ा। चमड़ी मोटी होती चली गयी। बुरा लगे भी तो क्या करे, रोटी की जुगाड़ तो करनी जरूरी है। घर की हालत इतनी खराब भी न होने दी कि चड्डी-बनियान के लाले पड़ जाएँ।

छोटे-मोटे काम करके नंदन पुरी अपनी जीविका चला लेते थे। हर काम साल-दो साल में पूरा हो जाता। उस काम से मन भर जाता। मन भी तो ऐसा था जो और-और माँगता। इस चक्कर में जो मिला होता, उसे भी खो देते। बेटे के पैसों से घर चलने लगा और उनके तमाम अबाड़ी-कबाड़ी काम अपनी गति से आगे बढ़ने लगे। यूँ मुख्य धारा की नौकरियों, काम धंधों में शामिल हुए बगैर ही समय निकल गया। अब तो घर बैठे पेंशन मिल रही है। रिटायरमेंट के साथ हिन्दी के प्रचार-प्रसार का भूत सवार है। इस भूत के साहचर्य से अंदर एक जुनून पैदा हुआ, जो दिन-ब-दिन बढ़ता रहा। मन का फैसला यही था कि बस अब यह जीवन हिन्दी के लिए समर्पित है।

घर पर कवि गोष्ठियों से शुरुआत की। एक बार में दस से पंद्रह लोगों का खाना, चाय और तमाम झमेला। दूसरी गोष्ठी के बाद नयना ने घोषणा कर दी— ''मुझसे नहीं होता यह फालतू का पकाना-खिलाना और जी हुजूरी करके तालियाँ बजाना। कवि गोष्ठी जहाँ करना हो करो, मेरे घर पर कोई कवि नहीं आएगा।''

तिलमिला गए थे नंदन पुरी— ''जैसे घर इसके बाप का हो।'' पर पत्नी को नाराज

नहीं कर सकते थे। सही भी कहती थी। आधे कवि लोग बकवास सुनाकर खा-पी जाते थे, बस। समय से दो घंटे बाद आते। कभी ट्रैफिक का बहाना तो कभी कोई और। नयना का चिढ़ना स्वाभाविक था। उसकी अनिच्छा से कुछ करते तो खुशी नहीं मिलती। उसके बगैर कुछ करने का सोच भी नहीं पाते। घर की शांति के आगे माथा झुकाना ही पड़ता। पत्नी साथ न हो तो साहित्यकारों में वो इज्जत नहीं मिल पाती। घर वाले नाराज हों तो सीढ़ी पर चढ़ा हुआ आदमी भी नीचे गिर जाता है। नयना से कह दिया— ''ठीक है, आगे से घर पर कोई कवि गोष्ठी नहीं करेंगे।''

अपने जिगरी असाहित्यिक मित्र सिन्हा से इसका जिक्र किया तो उन्होंने हिन्दी के लिए अपने गोडाउन का एक हिस्सा देने की पेशकश की। वही हिस्सा आज तक संस्था अर्घ्य का ऑफिस है। सारा सामान वहीं पड़ा रहता है। लेकिन इतनी छोटी जगह में कोई कार्यक्रम नहीं हो सकता था, न ही वह जगह साहित्यिक गोष्ठी के लिए उपयुक्त थी।

इसका भी तोड़ मिल गया। लायब्रेरी ने एक माह में एक बार मुफ्त में एक हाल देने का वादा कर दिया। सांस्कृतिक गतिविधियों के लिए यह एक उत्तम प्रयास था। फैसला गलत था या सही, पता नहीं पर उम्मीदों की फेहरिस्त से लबालब था दिमाग। कुछ इस तरह भरा हुआ कि हिले-डुले तो छलक ही जाए। कभी गोष्ठी करते, तो कभी किसी नाटक का मंचन करने की योजना बनाते। एक उम्मीद छूटती तो तुरंत दूसरी का पल्ला थाम लेते। सूरज की तरह चमकना चाहते थे पर मेहनत की आग की तपन पीछे खींच लेती थी। हर बार सूरज का वह तेज उन्हें बगैर छुए निकल जाता। काम करना तो चाहते, पर कामचोरी रास्ते की रुकावट बन जाती।

कई बार सोचते— ''मेरा बस चले तो साल भर में दो छुट्टियाँ घोषित कर दूँ, छह-छह महीने की।'' और यह कहते हुए ठठाकर हँस पड़ते। जीवन के किसी मोड़ पर कोई तो ऐसा क्षेत्र मिले जहाँ पुरी जी को अपने मन के अनुरूप काम करने का मौका मिले, नाम कमाने का मौका मिले। उनकी आँखें जिधर देखतीं उधर खुद को नीचे ही पाते। आसपास नजर डालते तो हर कोई अपने से बेहतर जीवन जी रहा नजर आता। उनके देखते-देखते ही आसपास के लोगों के घर बड़े बन गए थे। सामने वाले घर को तोड़कर नया बनाया जा रहा था। एक नजर घुमाते अपने इस घर पर जिसमें पिछले पच्चीस बरस से रह रहे थे। जब खरीदा था तभी खस्ता हाल में था। सस्ते में डील हो गयी थी। अब तो सारे उर्जे-पुर्जे ढीले हो गए हैं। कहीं से पलस्तर गिर रहा, तो कहीं से रंग-रोगन के बगैर नंगी दीवारें झाँकने लगी हैं।

घर का बेसमेंट किराए से दिया हुआ था। किराएदार के नाज नखरे उठाना कभी-कभी बर्दाश्त के बाहर हो जाता, पर करते क्या! किराएदार से मिलने वाले साढ़े सात सौ डॉलर से महीने का राशन आ जाता। पैसों के जुगाड़ में सब कुछ करना वाजिब था। यह आय का एक ऐसा स्रोत था जिसे किसी कीमत पर छोड़ नहीं सकते थे। किराये से एक जरूरी आवश्यकता पूरी हो रही थी। दोनों हाथों से पकड़कर रखते किराएदार को। गाहे-

बगाहे मिठाई भी भेज देते। एक बार खाने के लिये आमंत्रित कर लिया था। जैसे ही वे लोग खाना खाकर गए नयना ने जो उनकी क्लास ली तो बस उसके बाद तौबा कर ली। फिर कभी चाय पर भी बुलाने की हिम्मत नहीं की। अब तो यदा-कदा उसके बच्चे को चॉकलेट का पैकेट भर थमा पाते हैं।

पति की मेहमान नवाजी की आदत पत्नी नयना के गले कभी नहीं उतरी। सारा काम उसे ही करना पड़ता था। नंदन जी तो बैठे-बैठे लच्छेदार बातें करते रहते। वह कुढ़ती रहती। नंदन जी उसकी कुढ़ने की आदत के आदी हो चुके थे। कुढ़ना उसका स्वभाव है। पत्नियों के पत्नी धर्म की एक आचार संहिता है— पतियों पर कुढ़ना। पति नाम के प्राणी को हमेशा तुच्छ प्राणी समझना। नयना ने सालों नंदन जी के साथ रहकर भी उन्हें रत्ती भर समझने की कोशिश नहीं की। अगर थोड़ी-सी भी कोशिश की होती तो आज पुरी जी की सबसे अच्छी दोस्त होती। हालाँकि यह भी सच है कि नयना के कुढ़ने से उनकी सोच पर कभी कोई फर्क नहीं पड़ा। समय के छोटे से टुकड़े में उसके नाज नखरे उठाते हैं बस; शेष समय अपनी खूब चलाते हैं। पत्नी हो या बेटा, अपने बनाए घेरे में वे किसी और को नहीं घुसने देते। यह अड़ियलपन कभी उनके पक्ष में नहीं रहा। इस वजह से कई बार घर में तनाव भरा माहौल पैदा हो जाता। मगर करें क्या, एक बार आदत बन गयी, तो बन गयी। किसी को अच्छा लगे, न लगे, नंदन पुरी का क्या जाता है। एक बेटा है, दो-तीन होते तो चिंता होती।

बहुत सोच-समझकर हिन्दी का साप्ताहिक निकालना शुरू किया था। उन्हें पूरी उम्मीद थी कि इस काम में पैसा और नाम दोनों जरूर कमाएँगे। छः महीने तक अखबार अच्छा चला भी। उम्मीदों को जगाए रखा। आधी सामग्री विज्ञापनों से भरी रहती। जो पैसे देते उनका विज्ञापन तो छपता ही था, जो नहीं देते उनका भी छाप देते और बिल भेज देते। कुछ न कुछ तो मिल ही जाएगा के अंदाज में। अखबार खरीदकर तो कोई पढ़ता नहीं, लोग मुफ्त में उठाकर ले जाते। हॉकरों के रुट बंधे हुए थे। उस मार्ग पर जितने स्टोर होते उन पर अखबार पहुँचाने के लिये निर्धारित मजदूरी दे दी जाती। काम बहुत हो जाता था और रात दिन लगे रहने के बावजूद वे मेज का काम खत्म नहीं कर पाते।

बहुत सोचकर उन्होंने एक संपादक रखा। हर महीने तनख्वाह देकर अखबार के भविष्य को सुनिश्चित किया। सबसे अच्छी बात यह थी कि संपादक जी से उनके रिश्ते बहुत अच्छे थे।

"चिंता न करें पुरी साहब, यह आपका ही नहीं, मेरा भी अखबार है। देखिएगा, इसे कहाँ तक ले जाता हूँ मैं।"

"वाह, अब मेरी एक बड़ी चिंता आपने दूर कर दी।"

कुछ महीने यह साँठ-गाँठ अच्छी चली, बाद में पैसों की कड़की होने लगी। संपादक को देने के लिए पैसे बचते ही नहीं थे। संपादक का मानना था कि पुरी साहब पैसे दबाने लगे हैं। संदेहों की भीड़ में विश्वास की नींव हिल गयी। एक दिन संपादक को

गुस्सा आया, उसने पुरी साहब को सबक सिखाने के लिए काम बंद कर दिया। अखबार बंद हुआ। हॉकरों में हिन्दी की किरकिरी हो गयी। सारा काम ठप्प हो गया। छपे हुए अखबारों के बंडल पड़े रह गए। कम से कम चार क्विंटल रद्दी फेंकनी पड़ी। भारत में होते तो रद्दी बेचकर पत्रिकाओं का चंदा देने जितने पैसे मिल जाते, पर यहाँ एक सप्ताह पुराना अखबार किसी के काम का नहीं था।

खुद से कहते— ''थिंक बिग, नंदन पुरी।''

दिक्कत यह थी कि वे बहुत बड़ा करने के बारे में सोचते तो थे लेकिन होता कुछ भी नहीं था। 'थिंक बिग' में सिर्फ 'थिंकिंग' ही होती, 'बिग' कुछ नहीं होता। योजनाओं का कार्यान्वयन नहीं हो पाता। अपने मन के राजा वाली बात उनके अपने लिए घातक थी। वहीं मात खा जाते थे। एक बात का संतोष जरूर था कि घर चलाने के लिए पैसों का दबाव अब नहीं था। सरकारी पेंशन से घर के खर्चे चल जाते थे और शेष खर्च बेटा संभाल लेता था। इसलिए लगता कि घर में कड़की वाला वह जमाना बीत गया।

अब साहित्य के अखाड़े में पूरी तरह उतर चुके थे। तुकबंदी करना शुरू से ही उनका पसंदीदा शगल था। वही आज साथ दे रहा था। लोग प्रशंसा करते, दाद देते तो उन्हें अंदर तक ठंडक मिलती। प्रोत्साहन मिलता। धीरे-धीरे बातें भी तुकबंदी में करने लगे। साधारण जनता को यह त्वरित कविता लगती। वाहवाही लूटते। ऐसी कई तुकबंदियों की सूची तैयार रखते और जब-तब लोगों पर थोप देते। अन्य कवियों की कई पंक्तियाँ अपनी डायरी में रखते ताकि दिमाग से न उपजे तो उन रेडीमेड पंक्तियों का इस्तेमाल कर सकें।

हाल ही में एक अंतर्राष्ट्रीय जूम कवि गोष्ठी में उनकी जबरदस्त किरकिरी हो गयी थी। बहुत शान से कविता सुनाने लगे। कविता बहुत पसंद की गयी। अभी वे तारीफों के समंदर में गोते लगा रहे थे कि फोन टिंग-टांग बोला— उनके एक प्रशंसक मित्र ने उन्हें संदेश भेजा— ''क्या कर रहे हो भाई मेरे, यह फलां-फलां कवि की कविता है। कम से कम अपने नाम से तो मत सुनाओ।''

नंदन पुरी को काटो तो खून नहीं। दिमाग में कौंधा— ''मैंने नहीं लिखी यह कविता, ऐसा कैसे संभव है! फिर यह मेरी डायरी में आयी कहाँ से। इतनी रचनाएँ लिखता हूँ, कैसे याद रखूँ कि यह मेरी नहीं, किसी और की रचना है। डायरी में लिखी थी तो मुझे लगा कि मेरी ही होगी।''

यह सुनकर वह मित्र, कविता और डायरी तीनों धन्य हो गये। उस दिन से कान पकड़ लिए। अपनी डायरी में अपना ही माल रखेंगे, किसी और का बिल्कुल नहीं। निजी डायरी है, जनरल स्टोर नहीं। अपना कद ऊँचा करने की कई कलाओं में पारंगत होना सरल काम नहीं है। ऐसे कठिन कामों में वे पारंगत हो चले थे और अब पूरी तरह सावधान भी।

4

कुकुरमुत्ते

अभी कुछ महीनों पहले तक शहर में जिंदल संस्था पूरे जोश के साथ चल रही थी। वह एक संस्था इन सब लोगों पर हावी थी। शहर में एक ही संस्था का वर्चस्व था। होता भी क्यों नहीं, संस्था प्रमुख हुकुम जिंदल जी ने बहुत काम किया। प्रतिभाओं को निखारकर जगह दी। बहुत लोगों को सामने लाए। कई लोगों की छुपी हुई संवेदनाओं को कलम का जरिया मिला तो एक हाथ सदा सिर पर रहा। जिंदल जी का भारी हाथ। उनके सौम्य और शालीन व्यक्तित्व ने शहर के हर साहित्यकार को अपना बना लिया था।

हालाँकि, विरोधी कुकुरमुत्ते की तरह उगते रहते थे लेकिन उनका अस्तित्व टिक नहीं पाता। जिंदल जी का समदृष्टि रवैया उन्हें खास बनाता था। विरोध की हर आवाज दब जाया करती थी। साहित्य जिंदा रहता था। संस्थापक जिंदल जी की जिंदादिली को सैल्यूट किया जाता था। नाटे कद के जिंदल साहब अपने कद से ज्यादा बड़े थे। उनकी कार्य शैली ही कुछ ऐसी थी कि जो कहा, वह पत्थर की लकीर हो गया। सब उनके कहे का मान रखते थे। उनकी एक आवाज पर कई लोग इकट्ठा हो जाते।

संस्था का सितारा चमकता रहा, साथ ही संस्था की छतरी के नीचे कई तारे चमकते रहे। लेकिन धीरे-धीरे उनके बिगड़ते स्वास्थ्य ने नियंत्रण खो दिया। उनके कार्यक्रम घटते गए। लोग अपनी साहित्यिक चर्चाओं के लिए इधर-उधर जाने लगे। उनके नेतृत्व में एक ही कमी रह गयी थी, वह ये कि उन्होंने किसी को इसका कार्यभार सौंपने के बारे में नहीं सोचा। कभी यह न सोचा कि उनकी अनुपस्थिति में संस्था का क्या होगा। इसकी एक वजह यह भी थी कि काम तेज गति से चलता रहा इसलिए कभी इस बात का अहसास नहीं हुआ कि अपनी अनुपस्थिति के बारे में सोचकर किसी को तैयार किया जाए। बस इस सोच की कमी के चलते संस्था का ढाँचा शीघ्र ही बिखर गया। संस्था के बनने में तो सालों लग गए थे, बिखरने में समय नहीं लगा। बिखरा तो कुछ इस तरह कि उनके पटल से हटते ही सब कुछ भरभरा कर गिर गया।

जिंदल जी की पत्नी फ्रेंच भाषी थीं। हिन्दी समझ लेती थीं। ज्यादातर इशारों में ही बात करती थीं। हर कार्यक्रम में उनके जिम्मे खाने-पीने की व्यवस्थाएँ होती थीं। गोष्ठियों

में समय प्रबंधन भी उनके जिम्मे था। वे इतनी विनम्र थीं कि उनका इशारा पाते ही वक्ता-कवि अपनी कविता समाप्त कर देता था। उनके सौहार्दपूर्ण स्वागत से कई कवि वैसे ही खुश रहते थे। बहुत स्नेहिल सम्मान के साथ सबको खाने के लिए आमंत्रित करती थीं। बीच-बीच में सबको चाय-पानी भी पहुँचा देती थीं। उन दिनों जिंदल संस्था को आगे लाने में श्रीमती जिंदल का बड़ा हाथ था। संस्था का वर्चस्व कायम होने में समय न लगा। हर महीने एक गोष्ठी होती थी। यह सभी के मिलने-मिलाने का एक ऐसा स्थान था जिसकी प्रतीक्षा की जाती थी।

जिंदल संस्था की छत्रछाया में शहर में कई नए रचनाकारों ने जन्म लिया। एकाएक उनकी पत्नी को कैंसर हुआ और कुछ ही महीनों में उनका देहांत हो गया। बस वहीं से टूटन शुरू हो गयी थी। जिंदल साहब आधे बीमार तो इसी सदमे से हो गए थे। घर की खाली दीवारों ने शरीर को खाली करने में कोई कसर न छोड़ी। जल्दी ही चारपाई पकड़ ली। सुना है कि अब बोल भी नहीं पाते। संस्था तो क्या अपना खुद का भी कोई काम नहीं कर पाते। शहर का साहित्य कर्म उन्हीं के प्रयासों से जिंदा था। किसी और को बागडोर कभी थमायी नहीं तो कौन करता संस्था का काम। एक आदमी के इर्द-गिर्द सत्ता हो तो उसके ओझल होते ही खात्मा होने में समय नहीं लगता।

वही हुआ। वक्त की करारी चोट से जिंदल संस्था जल्द ही शहर का इतिहास बन गयी। जिंदल संस्था के सदस्य इस कदर बिखरे कि कई संस्थाओं में बँट गए। जिंदल साहब ने शहर का नाम रौशन किया था, ये सारे अपने नाम को रौशन करने में लग गए। यदा-कदा, इधर-उधर साहित्यकार टकराते तो उन दिनों को याद करते और उम्मीद जगाते कि फिर कोई ऐसा मौका मिले, ऐसा मंच मिले, जहाँ सब एकत्र हों।

हालाँकि जब से जिंदल साहब ने बिस्तर पकड़ा, संस्थाओं की बाढ़-सी आ गयी। बारिश के बाद जैसे हरी घास हर ओर फूट पड़ती है ठीक वैसे ही जगह-जगह संस्थाएँ उगने लगीं। सब जल्दी में थे कि अपनी संस्था की घोषणा कर दें वरना कोई और नयी संस्था बनाकर खाली स्थान भर देगा। यूँ एक नहीं, कई उम्मीदवार खड़े तो हो गए थे परंतु टिक नहीं पाए; सिवाय दो संस्थाओं के, पपीहा और अर्घ्य। जिंदल के ज्यादातर सदस्य पपीहा में चले गए। इक्का-दुक्का ने अर्घ्य में शरण ले ली। शेष ने निर्दलीय रहने का फैसला लिया। यूँ सबकी अपनी-अपनी निजी दुश्मनी एकत्र होकर संस्थाओं के बीच दूरियाँ बढ़ाती रही। एक ओर मोहिनी जी का नेतृत्व, दूसरी ओर नंदन पुरी का। कुशल नेतृत्व की कोशिश में लगे ये दोनों महारथी अपनी-अपनी संस्था को रास्ता दिखाते रहे।

"मैं तो वहीं जाऊँगा जहाँ अपने काम की इज्जत हो।"

"अगर कविता के लिए बुलाएँ तो हर कवि को बराबर समय दें।"

"आगे की कुर्सियों पर जो रिज़र्व का परचा लगा दिया जाता है न, वह हम जैसे लोगों के लिए अपमानजनक होता है।"

“और क्या, खास लोगों के लिए सीट रिजर्व रखते हो यानि बाकी हम सब फालतू लोग हैं। फालतू लोग बनकर जाने का मतलब ही क्या!”

ऐसी बगैर सिर-पैर की चर्चाएँ आदमी के अहं को संतुष्ट करने के अलावा कुछ नहीं कर पातीं। वैसे यह सारा घटनाचक्र शहर के साहित्यकारों के लिए अच्छा मोड़ रहा। चयन का अधिकार था। पार्टी बदल लेने की धौंस भी थी। सदस्यों की आवाजाही, पार्टी के विधायकों की तरह थी; अपने-अपने फायदे और नुकसान की जोड़-तौड़ करते और पार्टी में शामिल हो जाते। मसलन, कविता पढ़ने के लिए ज्यादा समय कहाँ मिलता है, अच्छा खाना कौन देता है, सालाना फीस किसकी कम है, कितनी बार मंच पर बैठाया गया व किसके साथ बैठाया गया; ये सारी ऐसी बातें थीं जो साहित्यकारों के भाव स्वत: ही बढ़ा देती थीं। दल-बदलू भी थे। एक बार अपमान का घूँट पीया तो दूसरे दल के हो गए। पार्टी के मुखिया और डिप्टी, कई अलग-अलग तरह के प्रलोभन देते। अपनी पार्टी की सदस्य संख्या को बढ़ाने और अपनी ओर आकर्षित करने के हथकंडे पूरे जोर-शोर से सामने आने लगे।

जिंदल साहब पटल से अदृश्य हुए तो जैसे बगैर हेडमास्टर के सारे छात्र अनुशासनहीन हो गए। इसका प्रमाण अर्घ्य और पपीहा की गोष्ठियों में होने लगा। एक गोष्ठी में एक कवि के द्वारा संचालक महोदय की जो दुर्गति की गयी कि अगले सात जन्म तक उनका संचालन का शौक धुआँ हो गया। समय के बँटवारे में पक्षपात का संगीन आरोप उन पर लगाया गया था। हाथापाई की नौबत आ गयी थी। अगर कवयित्रियों ने बचाव न किया होता तो दो-चार को जेल जाना पड़ जाता। फिज़िकल असाल्ट का केस बन जाता। यह गॉसिप बहुत दिनों तक मुद्दा बना रहा। साथ ही यह शहर के साहित्यिक इतिहास में एक काला अध्याय जोड़ गया। दोनों संस्थाओं ने इस पर गौर किया और भविष्य में ऐसी आउट ऑफ कंट्रोल स्थिति न हो, उसके लिए एहतियात के कई कदम उठाए गए।

लेकिन ऐसी चीजों को कोई भूलता नहीं। उन कवि महोदय और संचालक महोदय के आपसी रिश्तों से जो कड़वाहट साहित्य जगत में पैदा हुई वह यहाँ-वहाँ हर ओर दिखाई देने लगी। हर गोष्ठी के पहले चाहे वह कहीं भी हो रही हो; उन दोनों विभूतियों की उपस्थिति से आशंका बनी रहती कि न जाने कब बखेड़ा खड़ा हो जाए। कई बार तो उन्हें बुलाया भी नहीं जाता। बुलाते भी तो एक को बुलाते, दूसरे को नहीं। धीरे-धीरे उन दोनों के समर्थकों ने इसका प्रतिरोध किया।

“क्यों ऐसा किया जा रहा है!”

“किसकी गलती और किसको सजा!”

“वे हमारे मित्र हैं, वे कार्यक्रम में नहीं तो हम भी नहीं।”

ऐसे विवादों के चलते कार्यक्रमों की शांतिपूर्ण समाप्ति पर प्रश्न चिन्ह लगा रहता। जिंदल जी की तबीयत पूछने के बहाने लोग उनके घर जाते और उन्हें सब कुछ बता कर

आते। उनसे अनुरोध करते कि आप ही हैं जो बातचीत से इन समस्याओं को हल कर सकते हैं।

''जिंदल साहब कुछ तो करिए। आपकी सुनते हैं सारे, अब रिश्तों में मिठास आप ही ला सकते हैं।''

जिंदल जी विश्वास दिलाते— ''मैं पूरा प्रयास करूँगा। थोड़ा-सा स्वास्थ्य बेहतर हो जाए बस।''

बेहतर होने के बजाय उनका स्वास्थ्य लगातार गिरता रहा। पहले घर में कैद थे, धीरे-धीरे पलंग पर कैद हो गए थे। असहाय होता शरीर पास रखा फोन भी नहीं उठा पाता। साहित्यकारों की कौम को वह दीपक बुझता दिखाई देता जो सचमुच अंधेरा करके जा रहा था। शहर के हिन्दी जगत में अंधेरा।

लोग बातें करते— ''अरे भाई, क्या बताऊँ। देखने गया था जिंदल साहब को। कुछ बचा नहीं। हड्डियों का ढाँचा भर रह गया है। सच कहूँ, जिंदल साहब अब ज्यादा दिन के मेहमान नहीं।''

''हाँ बंधु, एक के बाद एक कई बीमारियाँ उन्हें घेरती जा रही हैं। अशक्त हो गए हैं। पत्नी है नहीं, बेचारी उनकी बेटी अपने घर से उनके घर के चक्कर लगाकर सेवा करती रहती है।''

''जिंदल साहब की पत्नी अगर जीवित होतीं तो अब तक उनका बिस्तर कब का छूट जाता। बहुत अच्छी जोड़ी थी। अलग-अलग भाषाओं का ऐसा मिलाप था कि गठबंधन देखते ही बनता था।''

''सच कहा, जिस दिन उनकी पत्नी गयीं उसी दिन से वे मानसिक रूप से टूट चुके थे। और फिर सबसे बड़ी बीमारी तो बुढ़ापा है।''

''हर किसी को उम्र के साथ जीवन के सफर को खत्म करना ही है।''

फिलहाल तो जिंदल साहब जीवित हैं। बिस्तर पर हैं। लोग हालचाल पूछ लेते हैं। लेकिन कब तक, धीरे-धीरे वह सिलसिला भी थमने लगा। सुबह आठ से रात आठ तक लगातार घनघनाने वाला फोन अब खामोश हो गया था। अब वे थे, खाली घर था और पलंग था। हालचाल पूछने की औपचारिकताएँ अब न के बराबर थीं।

बहरहाल, जिंदल जी की अनुपस्थिति से शहर में साहित्य के एक युग का अंत लगभग हो ही गया था। नया युग, नये लोगों के कुशल नेतृत्व में शुरू होने के लिए आतुर था।

5

कला बाज़ार

पपीहा संस्था ने जिंदल से आए सदस्यों का दिल खोलकर स्वागत किया। उनकी मेंबरशिप बहुत बढ़ गयी। संस्था के डिप्टी अशांत जी ने समय की नब्ज़ को पहचान कर कई लोगों को पपीहा में वही जगह दी जो जिंदल संस्था में कभी उनकी रही थी। गाहे-बगाहे अपने इस उपकार का ब्यौरा भी वे देते रहते। मोहिनी जी ने अपने डिप्टी की मेहनत को बहुत सराहा था। अपने भाषणों में उनकी तारीफ कुछ इस तरह करती थीं— ''मैं रबर की मोहर हूँ। हमारे असली कर्ता-धर्ता, पपीहा संस्था की शक्ति का स्रोत अशांत जी हैं। उनके बगैर संस्था में एक पत्ता तक नहीं हिलता।''

ऐसे शब्दों से अशांत जी को बहुत ऊर्जा मिलती। अलग-अलग एंगल से ली गई मोहिनी जी की कई तस्वीरों को वे हाल में स्थान देते। पपीहा के कार्यक्रमों में हर ओर अपने होर्डिंग्स देखकर मोहिनी जी बाग-बाग हो जातीं। यूँ समर्पित साहब और साहब के डिप्टी, इन दोनों की जोड़ी, दोनों की कार्यशैली, संस्था पपीहा को बहुत मान दिलाती। इस संस्था का वर्चस्व बढ़ता रहा।

'पपीहा' हमेशा कुछ नया करने के बारे में सोचती। कवि गोष्ठियाँ बहुत हो गयीं। एक कवि पिछले तीन साल से वे ही कविताएँ सुनाए जा रहे थे जो उन्होंने अपनी माँ पर लिखी थीं।

''माँ तू चली गयी, मुझे रोता छोड़ गयी, अरे अपने लाल पर दया नहीं आयी... निर्मोहिनी...''

पढ़ते-पढ़ते हर साल उसी मुद्रा में वे रोते भी थे। मानों आँसुओं की हर एक बूँद वैसी ही संजो कर रखी हो, जैसी पहली बार माँ के निधन की खबर पर आँखों से बहती चली गयी थी। उन्हें फिर भी अपनी कविता याद नहीं हुई थी पर श्रोताओं को याद हो गयी थी। एक कवयित्री अपने पति को याद करके रोती थीं, बेतहाशा।

''साहब आप गए, सूरज डूब गया, अंधेरा खा गया, मेरे जगमगाते संसार को, कैसे जीऊँ...''

शब्दों के साथ उनकी नाक बहती, आँखें बहतीं और आवाज काँपती। पति उनके

गए थे, सभा के नहीं। वे निजी आँसू एक बार सार्वजनिक रूप ले पाए, उसके बाद नहीं। पूरी सभा हर साल तो उनके दु:ख को अपना दु:ख नहीं कह सकती थी न! लोग उठ कर जाने लगते। अपने मृत पति की यह उपेक्षा वे सह नहीं पातीं और यदा-कदा अपनी भड़ास निकालती रहतीं। यूँ कविता निजी दु:ख की थाती बनकर रह जाती।

सम्माननीय कवियों ने पपीहा की प्रमुख मोहिनी देववंशी से शिकायत की— "कब तक रोना-धोना लगा कर रखेंगी, कुछ कीजिए वरना लोग आना बंद कर देंगे।"

पपीहा ने परेशान होकर एक्शन ले ही लिया। उन कवयित्री को बुलाना बंद कर दिया। लिस्ट से उनका नाम काट दिया गया। वे कार्यक्रम में नहीं आतीं पर बाहर से भी कार्यक्रम का मजा किरकिरा कर देतीं। उनके कुछ जासूस मित्र होते जो अपनी रिपोर्ट दे देते।

"देखो, जाना जरूर। क्या हुआ, क्या नहीं सब कुछ बताना। कौन आया, कौन नहीं; किसने, किससे क्या कहा और किसकी किससे गरमागरम बहस हुई।"

आने वालों को रोकने के दाँव-पेंच और नहीं आने वालों के साथ टीम बनाने की कोशिशें चलतीं। खबर एक कान से दूसरे कान मिर्च-मसाले के साथ पहुँचती। राजनीति से बाहर की राजनीति और खतरनाक हो जाती। खतरों में खेलते ये साहित्यकार किसी आगा-पीछा की परवाह नहीं करते। आज का आज हिसाब चुकता करने में विश्वास रखते।

बाजार से दूर एक और बाजार बनता, कला का काला बाजार। इस बाजार में साहित्यकारों की खरोद-फरोख्त होती। विधायकों की खरीदी तो सालों से चल रही थी अब कला के बाजारों में काला बाजारी होने लगी जिसका मूल्य पैसों से नहीं, आदमी की इज्जत से जुड़ा होता। जितनी इज्जत गिरे, उतनी इज्जत बढ़वाने की कीमत उनकी झोली में डालते रहो। इस सौदेबाजी को साहित्यिक भाषा में सम्मान कहते हैं। ऐसे सम्मान पाने की लालसाएँ इतनी बलवती होती हैं कि ऊँचा-नीचा कुछ सोचने नहीं देतीं। ये विचारशील सोच को रोक लेने की पूरी ताकत रखती हैं।

मोहिनी देववंशी का लौहिक व्यक्तित्व उनका कवच था। कई दुर्भावनाओं के थपेड़ों से जान बचाकर वे अपनी नौका को खेती रहतीं। अशांत जी से कहतीं— "ऐसे लोगों की आदतों से वाकिफ हो गए हैं हम। कोई फर्क नहीं पड़ता अब।"

अशांत जी सिर हिलाते— "और क्या, हमें अपनी रचनात्मकता बनाए रखनी है। अपने काम अपने तरीके से करते रहना है।"

"सच कहते हैं आप अशांत जी।"

"आप तो यह सोचिए कि अब इन घिसे-पिटे कार्यक्रमों के विकल्प क्या हैं।"

"हाँ, कैसे नयापन लाया जाए, यह विचारना जरूरी है।"

मोहिनी जी ने बहुत सोचा। कई दिनों से ऐसी ही कुलबुलाहट चल रही थी उनके मन में। कवि गोष्ठियाँ करवा-करवा कर, समोसे, मिठाई खिला-खिला कर ऊब चुके थे। अब कोई आनंद रहा नहीं था। कुछ नया किया जाए। अंतरराष्ट्रीय कॉन्फ्रेंस का कीड़ा कहीं

से दिमाग में घुस गया। संस्था के नाम से अपना रुतबा जमाने के लिये 'पपीहा' बनाम 'मोहिनी देववंशी' की आँखें कुछ बड़ा देखने लगीं। शहर की हिन्दी विशेषज्ञ, वेबिनार-सेमिनार की नेत्री को कई नए ख्याल आ रहे थे। पिछले कई दिनों से, या यूँ कहें कि महीनों से, भारत के लोगों से संपर्क बनाकर रखे हैं। एक बड़ा समूह है जो वेब के जरिए जुड़ा है। उन सबको विदेश यात्रा से लाभान्वित करने के अवसरों को रचा जा सकता है। यही नहीं, कोरोना काल में किए गए वैश्विक सेमिनारों में नामी-गिरामी हस्तियों को बुलाकर सम्मान किया था, व्याख्यान आयोजित किये थे। उस मेहनत को अब इन-कैश करने का समय था। गुपचुप उनके अपने दिमाग में तैयारियाँ चल रही थीं।

आज उन्हीं तैयारियों को अंजाम देना था।

दुनिया जब कोरोना से लड़ रही थी तब वे हर सप्ताह में दो वेबिनारों के आयोजन का प्रचार-प्रसार करतीं। रिकॉर्डिंग यूट्यूब पर लगा कर सोशल मीडिया में लिंक डाल देतीं। इस तरह पपीहा के साथ स्वयं का कैनवास बहुत फैल गया। उनकी जान-पहचान की संख्या में पर्याप्त इजाफा हुआ है। कोविड काल में ऑनलाइन सम्मेलन देर से शुरू करने के बावजूद कम से कम पचास जूम-वैश्विक कवि सम्मेलन और पैंतालीस वेबिनार के प्रमुख वक्ता होने का गौरव प्राप्त हुआ। ये सारे संपर्क अब काम आएँगे। इतने सारे समारोहों की शान बढ़ायी थी, वरना तो सब जानते हैं कि इन वेबिनारों को सुनता कौन है। न सुने। कवि गोष्ठियों में भी कविता सुनता कौन है। सभी अपने नंबर का इंतजार करते हैं। दो लोग वेबिनार सुनें या चार सुनें, खुद के रिकॉर्ड में बढ़ोत्तरी तो हो ही जाती है। सरकारी सम्मान बेचने वाले कार्यक्रमों की संख्या गिनते हैं, श्रोताओं की संख्या नहीं गिनते। मोहिनी जी का परचम दूर-दूर तक लहराया। एक देश, एक नाम, एक पहचान— मोहिनी देववंशी। इनकी अध्यक्षता में संस्था ने कई कदम आगे ही नहीं बढ़ाए बल्कि प्रगति की दौड़ भी लगायी। सधी हुई दौड़ थी। गिरने, चोट लगने का सवाल नहीं। कुछ नया सोचने-करने की कुलबुलाहट दिमाग में जो थी।

आज मीटिंग है। संस्था के पदाधिकारी गण एकत्र हुए हैं। पदाधिकारी गण तो नाम के हैं। सर्वेसर्वा तो वे खुद हैं। बाकी तो सारे इनके पिछलग्गू की तरह हैं। अशांत जी का नाम पहला है इस लिस्ट में, पपीहा के डिप्टी। ये मोहिनी जी का बायाँ हाथ हैं। अशांत उनका उपनाम है। अब कवियों की जमात में अशांत नाम से ही जाने जाते हैं। जबकि इनके तगड़े प्रतिस्पर्धी अर्घ्य ग्रुप में सुशांत हैं जो अपने असली नाम के साथ संस्था के डिप्टी हैं। संस्था अर्घ्य के प्रमुख नंदन पुरी की गाड़ी में उन्हीं की बैटरी लगती है तब कहीं गाड़ी का काम सुव्यवस्थित चलता है। जब भी गाड़ी धीमी होती है उसका अर्थ ही होता है कि बैटरी ठीक से काम नहीं कर रही। इंजन सेफ मोड में चल रहा है।

संयोग से ही सही, संस्था अर्घ्य में सुशांत और पपीहा में अशांत दोनों नाम से ही विलोम नहीं थे, अपने कामों से भी थे। इनकी संस्थाओं में भी छत्तीस का आँकड़ा था।

पपीहा और अर्घ्य की दुश्मनी नाम की नहीं थी, नीचता की हद तक थी। अपने-अपने मोर्चों पर इनके कार्यक्रम ही नहीं होते बल्कि नीचा दिखाने की पूरी साजिश होती। जिंदल संस्था की सक्रियता के दिनों में ही किसी बात से जिंदल के कई सदस्य नंदन पुरी से चिढ़ गए थे। तभी से अर्घ्य व पपीहा का एक दूसरे से शीत युद्ध जोरों-शोरों से चल रहा था।

जिंदल संस्था के साहित्यिक पटल से गुम होने पर पूरे ग्रुप का साथ मोहिनी जी को मिल गया। बैठे ठाले उनकी संस्था की सदस्य संख्या कई गुना बढ़ गयी। नंदन जी के लिए यह गहरा नुकसान था। उन्हें बहुत कोफ्त होती। इसी वजह से जिंदल के नाम से ही वे और ज्यादा चिढ़ते थे। उनके अनुसार जिंदल संस्था से निकले सदस्य बिन पेंदी के लोटे थे। कभी इधर, कभी उधर लुढ़कते रहते थे। वादा तो अर्घ्य में आने का किया था पर सारे के सारे दूसरे खेमे में घुस गए थे।

समय रहते जिंदल जी इन्हें अनुशासन सिखाते तो आज यह नौबत न आती। नंदन पुरी का मानना था कि जिंदल जी के काम का लहजा गौरवमयी जरूर रहा होगा पर उनका अपना समूह ही उनका लिहाज नहीं पालता। देखा जाए तो एक आदमी का साया क्या हटा सब कुछ रेत के महल की तरह बिखर गया। नंदन जी की इस मामले में पूरी पक्की योजना है। इस तरह अपने बनाए संस्थान को खत्म नहीं होने देंगे। सुशांत को सब सौंप देंगे। इतने सालों से साथ दे रहा है बेचारा। युवा है, अनुभवी है। इसका पारितोषिक तो उसे मिलना ही चाहिए। वफादारी का इनाम कोई माँगता नहीं, उसे मिल जाता है। कई बार सुशांत के सामने अपने मन की बात करते तो सुशांत गद्‌गद हो जाता। युवा लड़का था, साहित्य में रुचि रखता था।

"आप ऐसी बातें न सोचा करें सर जी।"

"सोचना तो पड़ेगा सुशांत। जिंदल संस्था हमें सोचने को मजबूर कर गयी है।"

"जिंदल साहब की उम्र भी हो गयी थी। आप तो बहुत छोटे हैं, काम करने के लिए लंबा समय है आपके पास।"

"जीवन का क्या भरोसा सुशांत, एक बुलबुले की तरह कभी भी फुस्स हो सकता है।"

सुशांत चुप हो जाता। उसने अपनी आदत को कायम रखा था। भावुकता की बातों को आगे नहीं बढ़ने देता। इसी बात के तो कायल थे नंदन पुरी। उनसे जुड़े सारे लोग सुशांत की तरह हों तो संस्था अर्घ्य, उनके अपने शहर का नाम और खुद वे, कौन जाने कहाँ तक पहुँच जाएँ! ऐसे वफादार कहीं मिलते हों तो खरीदने में हिचक न करें नंदन पुरी। कर्जा लेकर सौदा कर ले। दूर-दूर तक बेवफा ही नजर आते उन्हें। मोहिनी देववंशी की प्रतिच्छाया सामने आ जाती तो वफा जैसे शब्द खोखले लगते।

6

गुटर-गूँ

पपीहा को बना बनाया जिंदल साम्राज्य मिल गया था। मोहिनी देववंशी के नेतृत्व में यह संस्था इन दिनों बुलेट एक्सप्रेस हो गयी थी। सही सोच और योजनाओं के चलते अब तेजी से आगे बढ़ रही थी संस्था पपीहा। मोहिनी जी के दिमाग में रात-दिन, सातों दिन के चौबीसों घंटे प्रगति के रास्ते खोलने की तरकीबें जन्म लेतीं और उन पर त्वरित कार्यवाही भी शुरू हो जाती।

एक और एक ग्यारह के चलते अशांत जी के साथ मिलकर उन्होंने बड़ा सोचा है। इसी सिलसिले में आज पपीहा की महत्वपूर्ण मीटिंग है। लोग आने लगे हैं। मोहिनी देववंशी पूरी तरह तैयार हैं। अपनी नयी योजना पर सदस्यों की स्वीकृति लेने के संपूर्ण प्रयास कर लिए गए हैं। अशांत जी काफी व्यस्त हैं। बेहद जुगाड़ी व्यक्तित्व है उनका। कुछ उठा-पटक न करें तो शांति नहीं मिलती। सिर्फ अपने नाम से ही नहीं, हर तरह से अशांत हैं। खुद तो हैं ही, साथ में दूसरों को भी अशांत करने में लगे रहते हैं।

लोग छोड़ते नहीं अपनी चवन्नी फेंकने में— ''यार तुम्हारे नाम से इस प्रत्यय 'अ' को हटा लो।'' मीटिंग के लिए अभी-अभी तशरीफ लाए कवि ने अपने तरोताजा उद्‌गार प्रकट किए।

''यह 'अ' प्रत्यय नहीं, उपसर्ग कहा जाता है मान्यवर।''

''ओहो, भूल हो गयी आदरणीय। उपसर्ग हो या प्रत्यय, हमारा तात्पर्य तो बस इतना ही है कि यह आपको अशांत कर देता है। हम तो अंग्रेजी में दक्ष हैं। हिन्दी तो अपनी कामचलाऊ है।''

''कहीं न कहीं दक्षता जरूरी है सर, वरना इस देश में कोई कौड़ी के भाव न पूछे।''

''हम तो आपको बराबर पूछ रहे हैं।''

एक समवेत ठहाके से वे खिसिया जाएँ इसके पहले बात को सँभाल लिया गया- ''मेरा मतलब है आपकी योग्यताओं को। हमारी मोहिनी जी हैं न, बड़ी नेकदिल इंसान हैं। कहती हैं— 'अकेला तो वृक्ष भी मुरझा जाता है।' इसीलिये हमने लोगों की तारीफ कर-करके अपने साथ बाँध रखा है। उनके हर नखरे को उठा लेते हैं। वरना इन्हें तो इनके

घरवाले भी नहीं पूछते।''

मोहिनी जी के नाम का मस्का लगाकर तीखी चोट दे दी गयी थी। समवेत बातचीत जारी रही— ''नखरे करने वाले मेहमान न हों तो कार्यक्रम का मजा ही क्या!''

''हमारे रचनाकारों ने नखरों में डॉक्टरेट ली हुई है। ये सारे कार्यक्रमों में दामाद बन कर आते हैं। ससुराल का आनंद उठाने की कोशिश करते हैं।''

''वे रचनाकार असल में हैं ही नहीं, रचना के नाम पर कूड़ा-करकट फेंकते हैं। इस उम्मीद में कि हम गारबेज ट्रक बनकर उनका लोड झेल लेंगे।''

''आप झेलते कहाँ हैं गुरू, आपका सिर तो कवच बन जाता है। सब कुछ ऊपर ही ऊपर रह जाता है। मगर एक बात यह भी है कि आप झेलो न झेलो, वे तो कचरा खाली कर ही देते हैं।'' उनकी काइयाँ मुस्कान होंठों पर ऐसे थिरक रही थी मानों कीचड़ में छपाक से ईंट डाल दी हो और छींटे खाने से बच गए हों।

बातचीत तल्ख होने लगती उसके पहले मोहिनी जी की आवाज सुनायी दी— ''अरे, अशांत जी, लंच के लिए सबको आमंत्रित कीजिए। लेट न हो जाएँ हम।''

लंच के नाम से सारे सतर्क हो गए। सभी खाने की मेज के करीब जाने को उठ खड़े हुए। बातों को विराम लग गया। कोर कमेटी के दस-बारह लोग आए थे। कुछ रबर की मोहर थे, कुछ विरोधी मत के विशेषज्ञ। उनका एक ही काम होता था, जो कहा जा रहा है उसके विरोध में बोलना। उनकी सोच हमेशा उल्टी दिशा में ही चलती थी। जो हो रहा है वह सोलह आने गलत लगता। जो न हो रहा हो, वह सौ टका सच लगता। इन विपक्षियों की दुखती रग मोहिनी जी के हाथ में थी। जरूरत होने पर इस्तेमाल कर लेती थीं।

खैर, इस समय खाने की खुशबू बेचैन कर रही थी। अपनी-अपनी प्लेट भरकर सब बैठ गए। पहले कुछ निवाले तक तो खामोशी थी। जैसे-जैसे पेट की माँग कम होती गयी, वैसे-वैसे मुँह से आवाजें निकलने लगीं।

''बंधु, सुनाएँ। जिंदल से पपीहा में आने के क्या अनुभव रहे आपके।''

सामने बैठे लोगों के चेहरों पर मुस्कराहट दौड़ गयी। महसूस हुआ कि अब आया ऊँट पहाड़ के नीचे। लेकिन वे भी बहुत चतुर थे। परिहास में बात को ऐसा टाला कि सब देखते रह गए— ''अनुभव तो वे ही रहे जो पार्टी बदलने पर होते हैं। अब क्या करें सर जी, भारत में विधायक खेमे बदलते हैं, विदेशों में साहित्यकार। पिछले सप्ताह की बात बताऊँ आपको, भारत से एक प्रस्ताव आया था। नव नियुक्त मंत्री जी का। उनके लिये अभिनंदन ग्रंथ लिखा जाए। पाँच सौ पृष्ठों के अभिनंदन ग्रंथ में कुछ पृष्ठ विदेशी साहित्यकारों के भी हों। मुझसे कहा गया कि अगर आप बीस पेज का एक आलेख लिख देंगे तो जल्द ही आपको भारत यात्रा का आमंत्रण मिलेगा। रहने-खाने की व्यवस्था के अलावा एअर फेयर भी दिया जाएगा।''

''अरे वाह, फिर तो आपने उनकी तारीफ के पुल बाँध दिए होंगे?''

"नहीं सर जी, हमारे तारीफ के पुल खास पानीदार के लिए होते हैं। हर किसी के लिए नहीं। मैंने कह दिया कि भाई मैं नहीं लिख पाऊँगा क्योंकि मैं उन्हें जानता नहीं।"

मेज के दूसरी ओर बैठे पदाधिकारी गण, खाना खत्म कर पानी पीते हुए, उत्सुकता से उन्हें देख रहे थे। उन्होंने अपनी बात पूरी की— "जानते हैं वे क्या बोले, वे बोले- लिखने के लिए जानने की जरूरत नहीं। मैं बोला, अरे भाई तो लिखूँगा क्या। वे बोले, आपको लिखने की भी जरूरत नहीं, हम लिखवा लेंगे। आप तो बस अपना नाम प्रयोग करने की अनुमति दे दीजिए। हम लिखकर भेज देंगे, आप हस्ताक्षर कर दीजिएगा। विमोचन के समय आपकी उपस्थिति हमारा मान बढ़ाएगी। हम आपके लिए शीघ्र ही टिकट भेज देंगे।"

"वाह, यानि आपकी मुफ्त भारत यात्रा का इंतजाम हो गया।"

"अरे नहीं सर जी, नहीं। मैंने कहा— अपने स्वास्थ्य की वजह से मैं अकेला ट्रेवल नहीं कर सकता।" वे बोले— कोई बात नहीं हम आपके लिये कंपेनियन टिकट की व्यवस्था भी कर देंगे। सरकार हमारे साथ है।"

"वाह, क्या बात है, नेकी और पूछ-पूछ!"

"हाँ सर, एकबारगी तो मैंने भी यही सोचा। सपत्नीक भारत की यात्रा हो जाएगी। देश भ्रमण-विदेश भ्रमण जब सरकारी खर्चे पर हो तो उससे बहुत फर्क पड़ता है। चेहरे का नूर बदल जाता है और आभा में चार चाँद लगकर जगमग करते हैं। पर क्या करूँ सर जी, मन नहीं माना। उनके प्रस्ताव को ठुकरा दिया। हमारा भी आत्मसम्मान है कि नहीं! डेढ़-दो हजार डॉलर में खुद को बेच तो नहीं सकते न!"

"वाह, बहुत अच्छा किया आपने। आत्मप्रशंसा में लिप्त लोगों को अपनी जय बुलवाने में भी शर्म नहीं आती। मानों वे खुद को भगवान का दर्जा देकर मोक्ष पाने के करीब हों।"

"अपनी पीठ ठुकवा कर साहित्यकार बनने वाले लोग एक कलंक हैं, बदनुमा धब्बा..."

उनकी भड़ास शब्दों को नए आकार दे रही थी। उनकी यह कहानी किसी के गले से नीचे उतर रही हो, न उतर रही हो, खाना और पानी जरूर गले से नीचे उतर रहा था। मोहिनी जी कुछ भी नहीं खा रही थीं। जब उन्हें कुछ खास करना होता है तो खाने का स्वाद नहीं आता। भूख नहीं लगती। नासिका इतने स्वादिष्ट खाने की खुशबू नहीं ले पाती। खाती तो हैं पर ऐसा लगता है जैसे खा न रही हों, ठूँस रही हों। दिमाग का संयोजन कुछ ऐसा हो जाता है कि काम ही काम दिखाई देता है। अपने काम वे तेजी से कर सकती हैं, पंर करने नहीं दिया जाता। विरोध के स्वर कानों में गूँजने लगते हैं। ये इतने कर्कश स्वर होते हैं कि काम वहीं रुक जाता है। सारी योजना धरी की धरी रह जाती है। तब सोच की सिर्फ एक दिशा होती है कि कैसे अपनी योजना को अपने खेमे से पास करवा कर बहुमत

हासिल कर लिया जाए। कैसे विरोधी खेमे से इस खबर को छुपा कर रखा जाए। 'कैसे', 'कैसे' इन सवालों के जवाब ढूँढने में समय 'कैसे' निकल जाता, पता ही नहीं लगता।

जैसे ही मोहिनी जी की टास्क समय पर अच्छी तरह पूरी हो जाती, वैसे ही उन्हें असली स्वाद आने लगता, खाने-खिलाने का; शह और मात का। वह दिन मोहिनी के मोहक चेहरे की आभा को इस कदर बढ़ाता है कि बस खुद ही महसूस कर सकती हैं कि अपने कामों का प्रतिफल कितना सुखदायी होता है। एक बार गलती से खाने के पहले मीटिंग रख ली थी। उस मीटिंग में इतने झगड़े हुए थे कि लोगों ने जैसे तलवारें खींच ली हों। एक बोलना शुरू ही करता कि दूसरा आक्रामक होकर मेज थपथपाने लगता। जैसे यह पपीहा की मीटिंग नहीं बल्कि संसद भवन हो जहाँ विपक्षियों की बात को काटना ही एकमात्र उद्देश्य हो। खाली पेट का सारा गुस्सा मोहिनी जी की योजनाओं को झेलना पड़ा था।

वह दिन और आज का दिन! पहले खाओ, फिर टेबल पर आओ। नमक हरामी कम से कम होती है। एक आदमी है जिसे खाकर भी ऐसा जोश चढ़ता है कि बस। उसे तो संस्था पपीहा से ब्लॉक करके उन्होंने राहत की साँस ली थी। यह जानते हुए भी कि वह बाहर जाकर कितनी छिछालेदार वाली हरकतें करेगा। उसने किया भी लेकिन कुछ दिन में अपने आप चुप हो गया। अकेला चना कब तक भाड़ फोड़ता!

पूरी कोशिश थी कि हर एक सदस्य की सहमति मिल जाए। संपूर्ण बहुमत से आज का प्रस्ताव पारित करना था। कौन क्या आपत्ति उठा सकता है, उसके जवाब तैयार करने में मोहिनी जी का मस्तिष्क उलझा था। कवि गुंजन माहिर थे इस कला में। इस समय वे शांति से खाना खा रहे थे पर खा-पीकर भी हंगामा मचाने में कसर नहीं छोड़ते। कई बार परेशान होकर इन्हें भी ब्लॉक करने के बारे में सोचा मोहिनी जी ने, पर नहीं कर पायीं। हर किसी को ब्लॉक कर दें तो कोई बचेगा ही नहीं संस्था में। किसका दिमाग कब खुराफाती हो जाए, कह नहीं सकते। ऐसा लगता था जैसे उनकी छतरी के नीचे सारे निर्दलीय हों जिन्हें लेकर गठबंधन की सरकार जैसे-तैसे चल रही हो। हर एक के अपने नखरे थे, हर एक का अपना जुगाड़ था। ये ज्यादातर ऐसे सिक्कों की तरह थे जो खन-खन जरूर करते थे पर उनका मूल्य शून्य था। काली पड़ गयी किसी धातु जितना भी नहीं था। एक-दो लोग नोटों जैसे शांत सुरम्य भी थे जो मूल्यवान होते हुए भी ससम्मान कार्यक्रमों की शोभा बढ़ाते थे।

खाने के बाद चर्चाओं का दौर शुरू हुआ। सेमिनार की योजना के बारे में सभी को थोड़ी जानकारी थी। जानते थे कि यह मीटिंग इसी खास उद्देश्य के लिए है। अपनी राय आने वाले सेमिनार के बारे में देना चाह रहे थे— "पता है, अपने देश भारत के लोग विदेश से बहुत प्यार करते हैं।"

"और विदेश में बसे लोग अपने देश से इसलिये प्यार करते हैं कि उन्होंने जो विदेश में जाकर अपने देश का नाम रौशन किया है उसके लिये देश उनका ऋणी रहे। उनका समय-समय पर सम्मान करता रहे।"

"जो छोड़कर जाता है उसे ऋणी होना चाहिए। मेरे खयाल से देश छोड़ने वाले लोग प्रवासी मजदूरों की तरह हैं जो मजदूरी के लिये देश से बाहर चले जाते हैं। उन्हें प्रवासी मजदूर ही कहा जाना चाहिए।"

"मजदूर कहने में बुराई क्या है। ईंट-गारा उठाने वाले ही मजदूर होते हैं क्या? जो भी काम करता है मजदूर ही है। चाहे वह कम्प्यूटर से सिर फोड़े या फिर तगारी सिर पर ढोए।"

"कहते तो आप उचित हैं जनाब। आपसे ही शुरू करते हैं कि आप मजदूरी के लिये बाहर आए तो आपका क्या अनुभव रहा?"

"वही जो एक खालिस मजदूर का होता है। किसी और के लिए काम करना छोड़ दिया हमने। अब तो हम खुद ही अपने बॉस हैं। मजदूरी का कोई सवाल नहीं उठता। व्हाइट कॉलर जॉब है अपना।"

"व्हाइट कॉलर जॉब, ब्लू कॉलर जॉब। अव्वल दर्जे की मजदूरी और घटिया दर्जे की। दर्जा कोई भी हो, उसका मूल तो मजदूरी ही है जिससे पैसा मिले।"

"सच कहते हो। समय के साथ बदल रहा है सब कुछ। अब और तब की विदेश यात्राओं में भी फर्क हो गया है। आज भारत में विदेश का वो क्रेज़ नहीं रहा। अब भारत में ही लोगों को तमाम सुख सुविधाएँ मिल रही हैं। कोरोना ने भी देश के बाहर जाने का उत्साह कम किया है। विदेशों के लिए निराशा बढ़ायी है।"

"देखो भाई, मैं तो एक बात जानता हूँ और मानता भी हूँ। पैसा है तो सब कुछ है अन्यथा कुछ नहीं। इंसान किसी भी जमीन पर अपना घर बसाए, पैसा कमाना ही उसका मुख्य उद्देश्य होता है। पैसा ही जीवन को सुखमय बनाता है। करोड़पतियों को क्या फर्क पड़ता है, विदेश में रहें चाहे देश में। महीने में पंद्रह दिन तो वैसे भी वे लोग विदेशों की सैर करते ही हैं।"

"अरे भाई, करोड़पतियों को छोड़िए। भारत में मिडिल क्लास की भरमार है। आज भी मिडिल क्लास वालों की यह मानसिकता है कि एक बार किसी सेमिनार का बुलावा आए तो अपनी सारी बचत को विदेश यात्रा में खत्म कर दें।"

"जी, कड़वा सच। मिडिल क्लास कहने भर को हैं अब; मिडिल क्लास की सोच हाई क्लास होती है। बड़ी सोच है, बड़ा तुक्का है और बड़ी चाल है।"

"हम सब उसी सोच के बंदे हैं बंधु। हायर क्लास से आए होते तो आज यहाँ न बैठे होते।"

एक मिडिल क्लास ठहाका लगता है। हँसते हुए कई लोग अपनी प्लेटें उठाकर फेंकने जा रहे थे, कई लोग पानी पीकर अभी कुर्सी पर जमे हुए थे। वे अपने दाँतों में दबे भोजन के कणों को कुरेदने की असफल कोशिशें कर रहे थे। मोहिनी जी इसी बात का इंतज़ार कर रही थीं कि एक बार सब खा-पी लें। मेन कोर्स समाप्त हो जाए, मीठा प्लेट में

लेकर बैठ जाएँ उसी के बाद काम शुरू करते हैं। बीच में शुरू करेंगे तो नेगेटिविटी की पूरी संभावना है। अशांत जी ने सबको इशारा करके डेज़र्ट लेने के लिए आमंत्रित किया।

अब सभी लोग अपनी-अपनी प्लेट में दो-दो, तीन-तीन गुलाबजामुन लेकर बैठ गए थे। यह सही समय था, सबसे मीठा बुलवाकर प्रस्ताव पास करवाने का। चाशनी की मिठास में अच्छे-अच्छे घुल जाते हैं। कवि लोग किस खेत की मूली थे। मिठास तो उन्हें सदा से ही मोहती रही है।

मोहिनी जी ने एक बात गाँठ बाँध कर रख ली थी कि मीटिंग में जितना लोगों को आगे कर सको, करो। अध्यक्षता वरिष्ठ सदस्य से ही करवाती थीं ताकि एक विरोधी तो कम हो। अपने जीवन काल में वे जितना अपनी सास-ननदों, देवर-जेठ से परेशान नहीं हुईं उससे कहीं ज्यादा इन विरोधियों से हो गयीं। जवानी के दिनों में वे सारे रिश्तेदार जी का जंजाल थे, अब ये नए ससुराल वाले पैदा हुए हैं। रोज नया टेंशन देते हैं। हर किसी की गुटरगूँ सुनने और समझने में बहुत वक्त ज़ाया हो जाता है पर इसका कोई तोड़ आज तक नहीं ढूँढ पायीं।

आज सबसे वरिष्ठ अनर्गल जी थे। अध्यक्षता की कुर्सी का वजन जबान पर रहता ही है। वे उस वजन से दबकर खामोश रहे। यह आदर उन्हें पहले ही दे दिया गया था कि कार्यक्रम आप प्रारंभ करें। गुलाबजामुन का रस मुँह में था। बहुत मीठी आवाज निकली- "साथियो, एक कार्यक्रम करना है। बड़ी योजना है। आप सबका सहयोग अपेक्षित है। इसकी विस्तृत जानकारी हमें हमारी विद्योत्तमा, सुहासिनी, सर्वश्रेष्ठा, पद्मिनी, मोहिनी देववंशी जी देंगी।"

इतने सारे अलंकरणों से मोहिनी जी का चेहरा देदीप्यमान हो उठा। इन सम्मानीय शब्दों ने मोहिनी जी के व्यक्तित्व में एक गरिमा का संचार कर दिया था। चेहरे पर चमक आ गयी थी। उपस्थित सभी मान्यवरों की नज़रें आतुर होकर मोहिनी जी पर टिक गयीं। एक उत्सुकता जाग गयी कि आखिर ऐसी कौनसी योजना है यह। सब सावधान हो गए। कुछ लोगों को हल्की-सी हिंट थी कि यह बड़ी योजना क्या हो सकती है। कुछ लोग पूरी तरह से अनभिज्ञ थे। आँखों-आँखों में कयास लगाए जा रहे थे। ऐसे पलों में जब वाक् तंत्र खामोश रहे तब आँखों और शरीर के सभी अंगों की संवाद क्षमता बढ़ जाती है। हर अंग वाचाल होने को आतुर था।

अपने-अपने हाथ में बची-खुची खाने की सामग्री को मुँह के हवाले करके सब लोग मेज के आसपास एकत्र हुए। मेज गोल नहीं थी पर गोल मेज सभा की अनुभूति जरूर दे रही थी। आमने-सामने बैठे हुए सभी लोग अपनी उपस्थिति को महत्व देते हुए ध्यान से सुनने के लिए तैयार थे।

7

रेशमी पैकेज

मोहिनी जी ने सम्मान के साथ मोर्चा संभाला, कुछ इस तरह मानों ओलंपिक की मशाल हाथ में लेकर आगे बढ़ रही हों और पीछे एक बड़ी भीड़ उनका हौसला बढ़ा रही हो।

"मित्रो, एक बड़ा सेमिनार करने की योजना है। आपका साथ होगा तो हम झंडे गाड़ सकेंगे। इस गर्मी में साहित्यकारों को भारत से बुलाते हैं, उन्हीं के खर्चे पर। कई देशों के लोग उन दिनों अपने बच्चों से मिलने आते हैं। वे भी शामिल हो जायेंगे। भारत के कई नामी साहित्यकार अपने खर्चे पर आने को तैयार हैं। हमने तीन दिनों का लिटरेरी एंड कल्चरल प्रोग्राम करने की योजना बनायी है। इतनी दूर विदेश में आकर लोग घूमना-फिरना भी चाहेंगे। इसीलिए हमने चार दिन की कैनेडा घुमाने की योजना भी बनायी है। दो दिन उनके आने-जाने के रहेंगे। इस तरह तकरीबन दस दिनों का एक पैकेज बनाया है। यहाँ ठहराने की व्यवस्था से लेकर भोजन-पानी, घुमाना-फिराना सब कुछ हम करेंगे। कार्यक्रम हम बनायेंगे, हमारे अनुसार। पैसे वो देंगे।"

"वाह, क्या बात है!" अनर्गल जी अगला गुलाबजामुन उठा रहे थे।

"मैं अपने कोषाध्यक्ष महोदय को यह खर्चों की सूची देती हूँ; कृपया जरा हिसाब लगाएँ, खाना-पीना, होटल में ठहराना, घुमाना-फिराना सारा खर्चा कितना होगा।" वैसे हिसाब लगाने की एक औपचारिकता थी यह। सारा गणित तो पहले ही तय हो चुका था।

कोषाध्यक्ष महोदय गणित में कमजोर थे पर मशीनों से काम लेना जानते थे। केलकुलेटर लेकर बैठे थे। उनका केलकुलेटर पर इतना समय लगाना सामने बैठे आशु कवि देख नहीं पा रहे थे— "अरे उँगलियों में हिसाब हो जाता है। सर, बचपन में पहाड़े याद नहीं किए थे क्या।"

"किए क्यों नहीं, सब मुँह जबानी याद हैं। लेकिन जब मशीन हाथ में हो तो दिमाग को क्यों थकाएँ!"

इनसे परे कवि गुंजन अपनी आपबीती सुनाने लगे— "मैं खुद निजी तौर पर किसी के लिये यह सब कर चुका हूँ। खर्चा बहुत होगा। पिछली बार एक आलोचक आए थे। उन्हीं दिनों मेरी नयी किताब आयी थी। उन्हें खूब घुमाया था। अपने घर रखा था। एक

टिकड़ी खर्च न करने दी। तब कहीं जाकर उन्होंने किताब का रिव्यू लिखा, और ऐसा लिखा कि साहित्याकाश में छा गए हम।''

''अरे साहब, भारत से आए इन आलोचकों की तो बात ही मत करिए। याद है एक मैडम आयी थीं, हमें तो अपना नौकर ही समझ बैठी थीं वे। अपने निजी ड्राइवर की तरह आदेश देती रहतीं कि आज यहाँ ले जाइए, कल वहाँ। एक दिन गुस्सा आया तो मैंने फोन उठाना बंद कर दिया। मेरे बारे में जो लिखना है, लिखें। मेरी किताबों के बारे में जो लिखना है, लिखें। न लिखना हो न लिखें।''

''तो उन्होंने कुछ भी नहीं लिखा होगा!''

''इतनी भी सीधी नहीं थीं वे। उन्होंने पत्रिकाओं में जो लिखा, पढ़कर दंग रह गए। बद अच्छा, बदनाम बुरा। तब लगा कि पाँच सौ-हज़ार डॉलर खर्च ही कर देते तो आज अपनी मेहनत पर इस तरह पानी तो न फिरता।''

''कोई फर्क नहीं पड़ता किसी की आलोचना से। अगर लेखन अच्छा है तो किसी की सेवा करके लिखवाने की जरूरत नहीं।''

''यही सोचा था साहब, लेकिन एक अच्छी किताब का कचरा होने का दर्द पैसों से कहीं बड़ा था जो महीनों तक सालता रहा।

''पैसा फेंक तमाशा देख। कोई नयी बात है क्या!''

''हाँ, आप भी तो इतनी पत्रिकाओं में छप रहे हैं। कितना पैसा खर्च हो रहा होगा।''

''अमां यार, तुम्हारे जैसी हालत हर किसी की नहीं होती कि पैसे देकर छपें। रचनाओं में दम हो तो हर कोई छापता है। एक बात बताएँ, हम पैसा नहीं देते, हमें पारिश्रमिक मिलता है। कई पत्रिकाएँ हमें मानदेय भी देती हैं।''

इस बात पर सचमुच किसी को विश्वास नहीं था— ''छोड़िए सर जी, प्रवासियों के नाम से ही लोगों को सिक्कों की खनक सुनायी देती है। कुछ भी लिखो, लोग छापने को तैयार रहते हैं।''

उन बेचारे को अपना लिखा हुआ सब कुछ खारिज होता दिखा— ''जरा एक जगह भी छप कर दिखाओ तो जानें।''

''यार, तुम लोग किसी की प्रशंसा सहन नहीं कर सकते। उसे उलटे अर्थ में ले लेते हो।''

मोहिनी जी ने बीच-बचाव करते कहा— ''चलिए छोड़िए, हम महत्त्वपूर्ण बात कर रहे हैं। हाँ, तो हमारी योजना है कि भारत से अधिक से अधिक संख्या में लोगों को यहाँ बुलाया जाए।''

''बहुत खर्चीली योजना है, पैसा बहुत खर्च होगा मैडम।'' कवि गुंजन की तीखी नजर पैसों वाली बात पर अधिक गौर करती दिखी, मानों कह रहे हों— पैसों के लिए

हमसे उम्मीद न रखी जाए।

"यहाँ हम पैसा खर्च करने की बात नहीं कर रहे बंधुवर, पैसा लेने की बात कर रहे हैं।" अशांत जी ने टोका।

"भारत से आने वाले लोग पैसे दे देंगे, इतने तो सीधे नहीं हैं। कैसे मान लें कि वे चुपचाप दे देंगे पैसा।"

"बिल्कुल देंगे। देंगे क्यों नहीं, अगर वीज़ा के लिये हमारी संस्था का आमंत्रण पत्र जाता है, खुशी-खुशी पचास लोग आने को तैयार हो ही जाएँगे।" अशांत जी का जोश हिलोरें लेने लगा। सागर की गहराइयों से आकर ऊपर तक जबरदस्त उछाल लेता यह विश्वासपूर्ण वक्तव्य था।

"वहाँ के पचास और कम से कम पचास लोग लोकल हो जाएँगे। सौ की संख्या एक आश्वासन देती है कि इतनी उपस्थिति में कार्यक्रम बहुत अच्छा होगा। यूँ तो सारी स्थानीय संस्थाएँ अगर हमारे साथ आ जाएँ तो दो सौ से कम उपस्थिति न हो।" मोहिनी जी ने बात को स्पष्ट किया। यह कार्यक्रम की भव्यता की झलक थी। साथ ही, यह इशारा भी था कि सारी स्थानीय संस्थाएँ हमारे कार्यक्रम में उपस्थिति नहीं देंगी, स्थानीय लोगों का सहयोग नहीं मिलेगा।

इस संवाद से अरुचि दिखाते अनर्गल जी अब मीठा खाकर तृप्त दिखाई दे रहे थे। आँखों की बोझिलता कुछ ऐसी थी कि अगर एकाध बार न बोलें तो शायद झपकी के आगोश में भी जा सकते थे। इस समय दुनिया की हर चीज बेमानी थी सिवाय इस मादक झपकी के।

बहस जारी थी।

"हमारा खर्चा निकलना चाहिए। और अगले दो साल संस्था चलाने की रकम का बंदोबस्त भी होना चाहिए।"

"यहाँ के लोकल लोगों से भी फीस अवश्य लीजिएगा।"

"छोड़िए साहब, यहाँ के लोग, रजिस्ट्रेशन फीस दे दें तो बहुत है।"

"जो दे दे, ले लेना; न दे, तो छोड़ देना। ज्यादा से ज्यादा क्या होगा, खाना ही तो खाएँगे। खाने के बदले भीड़ जुटाना बुरा नहीं है। भाई, इतना बड़ा कार्यक्रम है। सभागृह में लोग नहीं दिखेंगे तो किरकिरी हो जाएगी। ऐसे में फ्री खाना देना कौनसी बड़ी खर्चीली बात है!"

"ऐसा क्यों न करें हम कि कविता पढ़ने का पचास डॉलर और सम्मान पाने का सौ, दर्शक फ्री में। सबके अलग-अलग ब्रेसलेट बनवा लेते हैं। लाल वाला श्रोता का, जो मुफ्त में खा-पीकर जा सकता है।"

"पर खाना सबसे आखिरी में रखा जाए। अगर खाना खाकर जाना है तो रुकना पड़ेगा। कार्यक्रम के आखिरी चरण तक उपस्थिति अच्छी बनी रहेगी। यह आयोजकों के

लिये प्रेरणास्पद होगा।''

''विचार तो अच्छा है, परेशानी की एक ही बात है कि ये सारे श्रोता देर से आएँगे। मुँह दिखाई की रस्म करके, खा--पीकर चले जाएँगे।''

''ठीक है, इस तरह आएँगे तो सही। कार्यक्रम के हाल में जितने लोग दिखते रहें उतना अच्छा है।

''ठीक है। लाल ब्रेसलेट मुफ्तखोरों का, नीला वाला कविता का और हरा वाला सम्मान का।''

नीला वाला कविता का और हरा वाला सम्मान का। रटते-रटते रंगों का बदलाव इधर से उधर न हो जाए इसकी चिंता मिनट्स लेने वाले को थी। कलम चल रही थी, आँखें कभी बोलने वाले पर टिकतीं तो कभी अपनी कलम पर, जो कहे गए शब्दों को कागज पर उकेरने की कोशिश लगातार कर रही थी। संवाद जारी था।

''जो भी हो, हमें लोग चाहिए। हाल खाली न रहे। कुछ भी करके, कैसे भी करके अच्छे लोगों को बुलाना है। भारत से आए मेहमानों के सामने हमारी नाक नीची न हो।''

''सम्मान का भी अलग-अलग भाव रख लो। 'प्रवासी भारत रत्न' सबसे ऊँची कीमत। 'साहित्य रत्न' सबसे नीचे। 'साहित्य मंजूषा', 'साहित्य शिखर' जैसे सम्मानों के लिए एक खास कीमत रख लीजिए। विदेश से सम्मान लेकर आदमी स्वदेश लौटेगा तो उसके जीवन भर की उपलब्धि होगी वह।''

''विचार अच्छा है सर'' मोहिनी जी का समर्थन पाकर विचार प्रदाता मान्यवर खुश हो गए।

अशांत जी फुल एनर्जी के साथ बोलते गए— ''टिकट हम भेजते हैं। हमें एअर माइल्स के पॉइंट्स इतने मिल जाएँगे कि दस आदमी फ्री में आ जाएँगे। सबसे सस्ती फ्लाइट 'एरोफ्लोट' है। मास्को से होकर आती है। सेल में एक टिकट एक हज़ार डॉलर में आराम से मिल जाएगा। इस तरह हजार डॉलर टिकट के, सात दिन के होटल के एक हजार डॉलर मान लो। इतने लोगों की बुकिंग होगी तो होटल वाले भी अच्छा-खासा कंसेशन दे देंगे। तकरीबन एक हजार डॉलर खाने-घुमाने के व छोटे-मोटे खर्चों के। एक आदमी का तीन हजार डॉलर का सीधा हिसाब है।''

''किसी खास प्रतिभा के लिए थोड़ा कंसेशन, थोड़ा डिसकाउंट जरूर रखें।''

''हाँ, बिलकुल। उन दिनों कई मंत्री लोग भी सरकारी दौरे पर होते हैं। उनके आ जाने मात्र से ही समारोह में चार चाँद लग जाएँगे।''

''जी एक मंत्री जी से बात हो गयी है। है न अशांत जी?''

''जी बिल्कुल।'' मोहिनी जी को विनम्रता से जवाब देकर उन महाशय की ओर पलटे अशांत जी— ''माथा देखकर तिलक निकलेगा बंधु, उसकी चिंता आप न करें। तिलक की थाली हमारे हाथ में है, किसी और को नहीं देंगे।'' आवाज से साफ लग रहा

था कि इतना सॉलिड प्लान लेकर बैठे हैं। फालतू सवाल करेंगे तो अशांत जी को अशांत होने में देर न लगेगी।

"उनके लिये दो लाख रुपयों का पैकेज बनाना चाहिए। इससे हमारी संस्था का भी कुछ सालों के खर्च का बंदोबस्त हो जाएगा।"

मोहिनी जी ने जिंदल संस्था की खास मोहतरमा सना शेख को स्नेह से देखा। अब वे पूरी तरह से पपीहा की पक्षधर होकर अपने विश्वासपात्र होने का सबूत दे रही थीं। ऐसी जुगलबंदियाँ होती रहें बस, मोहिनी जी झंडे पर झंडे गाड़ती रहेंगी। चेहरे की ग्लोरी में इजाफा हो गया था। अपनी कल्पना और योजना से कई गुना बेहतर समर्थन इस मीटिंग में मिल रहा था।

"यहाँ रहना, घूमना, खाना, सेमिनार की फीस देना, सब कुछ शामिल हो। नाश्ता, चाय-पानी, पीना-पिलाना।" अनर्गल जी अपनी रोज की पीने की आदत को शामिल किए बगैर कैसे रह सकते थे भला।

"खाना-चाय-पानी तक ठीक है, पीना-पिलाना वे अपने क्रेडिट कार्ड से खरीद सकते हैं।" अशांत जी ने स्पष्ट किया।

"यार अशांत जी, ये बेसिक चीजें हैं, आप बेसिक से मना नहीं कर सकते।" अनर्गल जी का मानना था कि आज के जमाने अगर कोई पीने से मना करता है तो या तो वह पिछड़ा हुआ है, या फिर उसे अभी दुनियादारी की अकल नहीं है।

"बेसिक रोटी, कपड़ा और मकान होता है सर जी, शराब नहीं होती।" सामने बैठी मोहतरमा ने जोर देकर कहा।

"गए वो जमाने। आज तो शराब और शबाब सब बेसिक में गिने जाते हैं। चलो साहित्यिक कार्यक्रम है, शबाब को छोड़ दें पर शराब के बगैर साहित्यकार का "सा" भी सार्थक नहीं होता। किस सदी में रहते हैं आप लोग। जरा आगे बढ़ो। दिमाग के दरवाजे खोलो।"

"अच्छा, शराब पीकर अगर दिमाग के दरवाजे खुलते हैं तो हमें बंद दरवाजे ही अच्छे लगेंगे।" मोहतरमा के चेहरे पर गुस्सा था। पुराने जमाने का कहकर मोहतरमा सना शेख की शान में गुस्ताखी की थी अनर्गल जी ने।

"अच्छा-अच्छा, ठीक है। यह मुझ पर छोड़ दीजिए। आगे की बात करते हैं।" मोहिनी जी ने फिर से बीच-बचाव करके बात संभाली। उन्हें अपने मुख्य मुद्दे के लिये हरी झंडी लेने की जल्दी थी— "होटल वालों से बात की है, दस से ज्यादा लोगों की बुकिंग में कंसेशन मिल जाएगा, सस्ता पड़ेगा हमको। बस वालों का खर्च लिख कर रखा है। और जब हम ऑटोवा व मांट्रियल में रात रुकेंगे वहाँ का खर्च भी लिख लिया है।" कोषाध्यक्ष के बढ़ाए कागजात को देखते हुए मोहिनी जी ने जोड़-भाग के काम को मान दिया।

"हाई क्लास होटल लिया है जहाँ पर ब्रेकफास्ट व डिनर कांपलीमेंट्री हैं। इस तरह

हमारा कुछ जरूरी खर्च कम होगा।'' अशांत जी ने एक बड़ा फायदा जोड़ दिया।

''ये स्मार्ट मूव हैं। फ्री ब्रेकफास्ट में सब इतना दबा लेंगे कि लंच की कोई जरूरत ही नहीं पड़ेगी। कांपलीमेंट्री डिनर मिल ही जाएगा। खाने का एक भी पैसा नहीं देना पड़ेगा। इससे अच्छी बात तो कोई हो ही नहीं सकती।''

''सुघड़ व्यवस्था। सौदेबाजी और लेन-देन करना तो कोई आपसे सीखे अशांत जी।''

''मित्र, सीखने की कोई सीमा रेखा नहीं।''

''आप भी सीख लो। बेटे से काम करवाता था। बच्चा था तो लॉलीपाप, चॉकलेट से मान जाता था। अब पैसे देता हूँ वरना जवाब मिलता है, 'पापा बहुत बिज़ी हूँ।' जब बीवी से अपना कोई काम करवाता हूँ तो शाम को खाना खाने के लिए होटल ले जाना पड़ता है।''

इस बेकार की बातचीत पर लगाम कसते हुए मोहिनी जी ने कहा– ''अच्छा अशांत जी, विमोचन के लिये यहाँ के एक एम.पी.पी. (विधायक) को बुला लेंगे?''

''जरूर, अपना आदमी है। चुनाव में घर आता है बेचारा।''

अंततः प्रस्ताव बहुमत से पास हो गया। सेमिनार की तारीखें पक्की हो गयीं। अब मोहिनी जी संतुष्ट दिखीं। जो चाहती थीं, जैसा चाहती थीं वैसा प्रस्ताव पारित होने की औपचारिकताएँ पूरी हो चुकी थीं। अब चाहे जब तक अनावश्यक बातें होती रहें। चाय के दौर चलते रहें। अपनी डायरी बंद करके मोहिनी जी सबसे पहले खाना लेने गयीं। एक बड़ा काम बगैर आपत्ति के संपन्न होने की खुशी देर तक रही चेहरे पर, मानों संसद में बगैर किसी प्रतिवाद के कानून पास हो गया हो।

चाय बन चुकी थी। अदरक और इलायची की खुशबू से सभी के चेहरों की रौनक बढ़ गयी थी।

8

झटके और ठुमके

मीटिंग के बाद लोग घर भी न पहुँचे होंगे कि नंदन पुरी को अपने "खबरी" से सारी खबरें सिलसिलेवार मिल गयीं। मोहिनी देववंशी के दिमाग की योजना की भनक तो थी पर विस्तृत जानकारी पाकर लग गया कि यह योजना अब तक की सबसे बड़ी योजना है। उनके शरीर में तारों की झनझनाहट ऐसी थी कि अपने दिमाग की नाकामी का एक और धक्का सहन न कर सके। ऐसी योजना नंदन जी का शातिर दिमाग क्यों नहीं सोच पाया! एक महिला के सामने मात खाने का नासूर आसानी से भर न सकेगा।

इसके समकक्ष टक्कर देता हुआ जब तक कोई विचार न आ जाए तब तक चैन नहीं पड़ेगा। दिमाग की नसें फट पड़ने को तैयार थीं। आज उनके सिरदर्द को कोई नहीं रोक सकता। बहुत बड़ा झटका था। पपीहा की इस गरम योजना ने लू का झटका देकर तापमान बढ़ा दिया था। ठंडे देश में गरम झटके कुछ ज्यादा ही तकलीफ देते थे।

जद्दोजहद के बाद फिलहाल इतना ही सोच पाए कि भारत से एक मित्र आए हुए हैं। मित्र क्या, जाने-माने साहित्यकार हैं। उनके सम्मान में एक समारोह रख लिया जाए। मोहिनी जी को मात देने के लिये बड़ा कार्यक्रम जब होगा तब होगा, पर फिलहाल कुछ लोगों को अपनी ओर करने का अच्छा मौका है। वोट काटने के लिए निर्दलीय लोग भी ऐन वक्त पर बहुत काम आते हैं। बढ़िया खाना और बढ़िया सजावट करेंगे। वे उन सज्जन से मिलने के लिए तीन घंटे की ड्राइव करके गए। दस मिनट पहले पहुँचे तो वे महाशय कहने लगे— "हमें लगा कि कैनेडा के लोग समय के पाबंद होते हैं। आप तो समय से पहले आ गए।"

उनकी आवाज की ठसक ने नंदन जी को दु:खी किया। गनीमत समझो कि लेट नहीं हुआ। ट्रैफिक मेरे हाथ में तो नहीं। नंदन जी को बुरा तो बहुत लगा पर धैर्य रखा। अपने कामों के लिए ऐसे लोगों को झेलना ही पड़ता है। उनसे मिलने के बाद उनके सम्मान में कार्यक्रम करने का उत्साह खत्म हो गया। बातों-बातों में अतिथि ने नंदन पुरी को प्रवासियों के बारे में बहुत कुछ सुनाया। प्रवासियों के घटिया लेखन के बारे में असभ्य भाषा का प्रयोग किया। नंदन जी अपमान का कड़वा घूँट पीकर वापस आ गए।

सुशांत को बताया तो वह नाराज हुआ। कहने लगा— ''सर जी ऐसे लोगों को सिर पर बैठा लेते हैं आप, और वो इसका फायदा उठाकर बकवास करते हैं।''

नंदन जी व्यथित थे। एक तो मोहिनी जी के तरकश से निकला तीर घायल कर गया था, तिस पर ये महाशय सुना गए।

''सब एक से बढ़कर एक हैं। हम चींटी समझते हैं, ये निकलते हैं हाथी। हमारी ही आस्तीन के साँप बन जाते हैं। इनके पास जहर उगलने के अलावा कुछ नहीं होता।'' नंदन जी की नफरत, अंदर भरी हुई भड़ास को बाहर का रास्ता दिखा रही थी— ''जानवरों की मानसिकता वालों के बीच रहकर हम भी जानवर बन जाते हैं। हिन्दी के लिये काम कर रहे हैं। हिन्दी की सेवा करें। किसी के सिर पर सवार होकर तो सेवा नहीं होती। लोग दो लाइनें लिखकर वैश्विक साहित्यकार बने अकड़ते हैं। अपने आप को न जाने क्या समझते हैं।''

नंदन जी की बढ़ती बड़बड़ाहट इस बात का द्योतक थी कि अब मामला शांत करना है। वे घायल शेर की मानिंद घूम-घूम कर अपनी मुट्ठियों को दीवार से ठोक रहे थे। सुशांत ने चुप रहने में ही भलाई समझी।

बहरहाल, पुरी साहब ने लौटकर उन महाशय को फोन भी नहीं किया। वे श्रीमान कार्यक्रम का इंतजार कर रहे थे। नंदन जी की इस बेरुखी से वे बहुत नाराज हो गए लेकिन नंदन जी अपने आत्मसम्मान को और आहत नहीं करना चाहते थे। इसीलिए उन्होंने दूरी बना ली। हर बार, हर किसी को खुश रखना तो मुमकिन ही नहीं है।

अब वे टोह लेने में लग गए कि दूसरे पाले में क्या चल रहा है। पपीहा ने अपने पैर कहाँ तक फैलाए हैं। उनकी अगली बड़ी योजना सफल हो रही है या फिर फ्लॉप हो रही है। कई बार योजनाओं का गुब्बारा फटाक करके फूट जाता है, तब विपक्ष में खुशियाँ मनायी जाती हैं। ऐसे ही किसी मौके की तलाश में थे वे कि कहीं से खबर मिल जाए, पपीहा की योजना फुस्स हो गयी है। उनकी असमय ही दीवाली मन जाएगी। मोहिनी देववंशी को तो ऐसे कई मौके मिले हैं जब नंदन पुरी असफल होकर हाथ पर हाथ धर कर बैठ गए। एकाध मौका तो नंदन पुरी को भी मिलना चाहिए।

''आशा से आकाश थमा है।'' नंदन जी की आशा को जबरदस्त संबल मिला। ऐसी खबर मिली कि उनके खौलते मन को पानी की फुहारों से भिगो गयी। खबर क्या थी खुशियों की जैसे बारिश थी। सबै दिन जात न एक समान। उन्होंने सुकून की साँस ली।

सुशांत का फोन था— ''सर जी, धमाका खबर है।''

''क्या हुआ ?''

''सुनकर आप उछल पड़ेंगे।''

''सुशांत, भाई मेरे, जल्दी बताओ क्या हुआ।''

''पार्टी टाइम है अब। हमारे दुश्मनों की बोलती बंद हो गयी है। इधर अपनी बड़ी योजना पर काम कर रही थीं मोहिनी देववंशी, उधर एक झटका लगा परिवार से। जैसे

भयानक विस्फोट हुआ हो।''

''अरे भाई, हुआ क्या, यह तो बताओ...''

''मोहिनी जी की बेटी ने प्रेम विवाह कर लिया। सुना है कि वे बहुत क्रोधित हैं। इस बात से नहीं कि उसने गोरे से शादी की, इस बात से कि माँ को बगैर बताए शादी कर ली। आखिर ऐसा किया क्यों उसने! ऐसे कई सवाल थे जिनके जवाब माँ को चाहिए।''

दूसरे छोर पर नंदन जी का मन उछल-उछल कर बाहर आ रहा था। भीतर भांगड़ा-गरबा सब शुरू हो चला था।

सुशांत ने लंबी साँस लेकर कहा— ''क्या करते बेचारे बच्चे। डर गये होंगे कि मम्मी किसी हाल में रिश्ता आगे न बढ़ने देंगी।''

नंदन जी दिल खोलकर मुस्कुराए— ''हम जैसे लोग भी डरते हैं उसकी मम्मी से! वह तो बेचारी बच्ची है, उसकी क्या बिसात!'' आज अपने डरने की बात खुलकर कहने में उन्हें गर्व हो रहा था।

''हाँ, और क्या। पालकों का रोबदाब ऐसा होता है कि बच्चे बेचारे कुछ भी शेयर करने से बचते हैं, छुपा जाते हैं। बड़े कदम उठा लेते हैं और माँ-बाप के लिये ज़िंदगी भर का रोना छोड़ जाते हैं। खोद-खोद कर पूछती रहीं वे कि आखिर उसने ऐसा क्यों किया। जो कुछ सुना पैरों के नीचे से जमीन खिसक गयी।''

''अरे खींचो मत यार सुशांत, आगे बताओ।'' नंदन जी की खुशियों भरी बेचैनी छलकने को आतुर थी।

सुशांत ने जारी रखा कहना— ''पाँच महीने की गर्भवती है वह।''

''क्या! पाँच महीने? इतने दिनों तक ये सब लोग कर क्या रहे थे!''

''सुना है कि बेटी और उसके प्रेमी को ही तीन महीने बाद पता लगा। एक-डेढ़ महीना यही सोचने में निकल गया कि दोनों साइड के पेरेंट्स किस तरह लेंगे इसे। यही ठीक लगा कि कोर्ट में जाकर शादी कर लें।''

''और मोहिनी जी के पतिदेव... ?''

''वे खामोश ही रहे होंगे हमेशा की तरह। यह सोचकर कि थोड़े दिन तक सब याद रखेंगे फिर भूल जाएँगे।''

''चलो, आज कई दिनों बाद अच्छी खबर दी सुशांत, अपडेट करते रहना।''

आज मोहिनी के इस झटके पर ठुमके लगाने का दिल कर रहा था। शरीर का हर अंग आईटम गर्ल की थिरकन को अनुभव कर रहा था। किसी का दर्द, किसी के कलेजे की ठंडक बना। यही तो है दुनिया के स्वार्थों का फंडा। एक रोए तो दूसरा उस रुलाई पर ताली बजाए। नंदन जी की खुशी का अतिरेक उनके चेहरे से झलक रहा था। यह सोच कर दिल को तसल्ली हुई कि अपने कट्टर दुश्मन और विरोधी पपीहा कैंप में अब महीनों तक शांति रहेगी। बहुत उछल-कूद मचा रहे थे। भगवान के घर देर है, अंधेर नहीं।

तेज भागती गाड़ी को जैसे अचानक ब्रेक लगा। जोरदार धक्के ने जीवन की गाड़ी को उथल-पुथल कर दिया। मोहिनी देववंशी अब हिन्दी, हिन्दी की सेवा सब कुछ भूल गयी थीं। वक्त का सितम ऐसा था कि अपने अस्तित्व से ही नफरत होने लगी थी। उनकी कई जीती हुई पारियों को इस एक पारी ने अपनी हार से धूमिल कर दिया था। सब कुछ मटियामेट होता नजर आ रहा था। एक हारी हुई माँ, जो अपनी बेटी के इतने करीब न जा सकी कि वह उनसे अपने दिल की बात साझा कर सके। छोटी-मोटी नहीं, मोहिनी देववंशी के लिए यह हार बहुत बड़ी थी। मन के रिश्तों की दी हुई चोट सदा के लिए घाव दे जाती है। कभी न भरने वाले घाव। जिन रिश्तों पर खुद से ज्यादा भरोसा हो उन रिश्तों से ऐसा प्रतिदान मिलना जीवन भर का दु:ख था।

ऐसा नहीं है कि पहले कभी जीवन में धक्के न खाए हों। बहुत खाए। हर बार फिर से हिम्मत बटोर कर आगे बढ़ती रहीं। मगर आज अपनी बेटी से धक्का खाकर जो तकलीफ हुई वह गहरी चोट दे गयी। ऐसा लगा जैसे आज एक बार फिर कुछ टूटा है भीतर, और इतनी जोर से टूटा है कि धमाके के अलावा सब कुछ शांत हो चला है। ऐसी शांति जिसमें आदमी खो जाता है हमेशा के लिए। अब तक तो वे अपने आप को गर्व से देखती थीं कि परिवार में सभी ऊँचे ओहदे पर हैं। माँ की जीवटता को बच्ची ने भीतर तक उतारा है। बहुत ही संस्कारवान और प्रतिभा संपन्न है। हर एक कक्षा में अपनी श्रेष्ठता को दर्शाती बच्ची कब इतनी बड़ी हो गयी, कब इतनी दूर चली गयी, पता ही न चला! हर छोटी-छोटी बात बताने वाली बच्ची ने इतनी बड़ी बात को माँ से कहना उचित न समझा।

मोहिनी जी के कई सवाल अंतर्द्वंद्वों में उलझे रहे। बिटिया से पूछने या उससे बात करने का मन नहीं हुआ। अब, जब सब कुछ हो ही गया है तो पूछने, न पूछने से फर्क ही क्या पड़ेगा। जरा-सा भी इशारा कर देती बिटिया तो मोहिनी जी धूमधाम से शादी कर देतीं। तब एक और शान बढ़ जाती कि अपनी बच्ची की पसंद को मोहिनी जी ने मन से स्वीकार करके गोरे से उसकी शादी कर दी। लेकिन यह बात माँ से छुपा कर बेटी ने जो घाव दिए हैं, वे नासूर बनकर ताउम्र पीछा करते रहेंगे। आज मोहिनी जी की पारिवारिक छवि, सामाजिक छवि, साहित्यिक छवि सबको धक्का पहुँचा है। उनका दिल इस कदर दुखा है कि किरची-किरची समेटनी पड़ रही है।

वैसे कई दिनों से मोहिनी जी एक बात नोटिस कर रही थीं कि बिट्टी खोयी-खोयी-सी है। उन्हें लगा कि आजकल बच्चों को काम का तनाव भी रहता है। यही सोचकर इसे सामान्य रूप से लेती रहीं। ज्यादा पूछताछ नहीं की। इसके पीछे इतना बड़ा राज होगा कि वह गर्भवती होगी और मोहिनी जी जैसी चंट-चालाक माँ को पता न लग पाएगा, ये सब बातें दिल को ऐसी कचोटतीं कि बहुत पीड़ा होती। ऐसे में मन बहुत कुछ सोचता। अपनी ममता पर भी शंका होने लगती। उस प्यार, स्नेह और ममता पर मन में सवाल उठते जो अंदर से उमड़ कर आता था, जो समर्पित भाव से बच्चों पर उड़ेला था। हर

वो पल याद आता जब स्वयं को भूलकर बच्ची को बड़ा किया था। न जाने कौन सी खामी रह गयी थी कि बच्ची ने इतना बड़ा फैसला लेते हुए भी माँ को बताना जरूरी न समझा।

रिश्ते में इतनी दूरियाँ कब और कैसे आ गयीं ! यह सब सोचते हुए इतनी बेचैन हो जातीं कि एक पल के लिए भी चैन न मिलता। ये सारी बातें ऐसी थीं कि किसी से शेयर भी नहीं कर सकती थीं, किसी से भी नहीं। अपनी जाँघ उघाड़ो तो खुद की बेइज्जती करो। सब ढँके रखकर भी उघड़ गया था। लोगों के फोन आने लगे थे। कानाफूसी की आहटें उनके अपने कानों को छेद रही थीं। बगैर किसी आवाज के भी आवाजें सुनायी देतीं। यहाँ से, वहाँ से, चारों ओर से।

खुद को चहारदीवारी में बंद कर लिया था पर क्या वास्तव में बंद हो पायी थीं। अनपूछे सवाल निर्लज्ज बनकर सामने खड़े हो जाते और उनकी परवरिश पर संदेहों की बारिश करते। घर की दीवारों के बीच पैदा हुई मीलों लंबी दूरियों को इंगित करते। अथाह ममता के साए में पली-बढ़ी बच्ची के बदलते व्यवहार की परतें उघाड़ते। मोहिनी जी कहाँ से ढूँढतीं जवाब ? पीढ़ियों के अंतर को स्वीकार करने के बावजूद आज इस भावनात्मक दौर से गुजर रही थीं।

बेटी के पापा ने भी सारी जिम्मेदारी माँ के कंधों पर डाल दी थी। यह स्वाभाविक भी था क्योंकि घर-बाहर हर जगह मोहिनी जी ही सँभालती थीं। सारे फैसले खुद लेती थीं। कोई और समय होता तो शायद इसे अपना भाग्य समझतीं पर अब यह तीखा व्यंग्य था। यह हृदयाघात शरीर को अपने शिकंजे में लपेट सकता है, इसका पूरा अंदेशा था। अपनी ओर से मजबूत रहने की हर कोशिश नाकामयाब नजर आती।

कुछ चोटें ऐसी होती हैं जो सदा के लिये घायल कर जाती हैं। इन चोटों का कोई इलाज नहीं होता पर इलाज ढूँढ कर रिकवर होने का नाटक जरूरी हो जाता है। धीरे-धीरे वक्त का मरहम लगता रहता है बस। इस दर्द से उबरने में समय बीतता जा रहा था। अपनी इस हार का बदला उन्हें लेना था। बेटी से कुछ नहीं कह सकती थीं। अपने दुश्मनों से निपटना था ताकि अंदर का दर्द कुछ कम हो।

मोहिनी जी महीनों तक बाहर नहीं निकलीं। एक समय ऐसा आया, ऐसा लगने लगा मानों उनका मन अब और हार बर्दाश्त नहीं कर सकता। इससे बाहर नहीं आयीं तो दम घुट जाएगा। एक दिन अवसाद इस कदर बढ़ गया कि आर या पार वाली नौबत आ गई। या तो बेटी से खूब झगड़ा करें या फिर सब कुछ भूल कर अपने काम में लग जाएँ।

अभी दुविधाओं के चक्र में फँसी हुई ही थीं कि खयाल आया घर में आने वाले उस मेहमान का जिसके स्वागत को तनावों ने दरकिनार कर दिया था। बेटी की गुपचुप शादी के गम में डूब कर वे उस आने वाले मेहमान के बारे में कैसे भूल गयीं। बिटिया के गर्भ में पल रही नन्हीं जान का तो कोई दोष नहीं। पूरा घटना क्रम इस तरह चला कि नए मेहमान के

आगमन की आहट को सुन न सकीं।

एकाएक माँ की ममता ने नानी बनने का दोहरा सुख महसूस किया। आने वाले सदस्य की किलकारियाँ जेहन में हर कहीं गूँजने लगीं। एक ऐसा मोड़ जो न सिर्फ नये रिश्ते जोड़ रहा था बल्कि पुराने रिश्तों की कड़ियों को भी मजबूत कर रहा था। यही वह पल था जब सारी निराशाएँ आशाओं में तब्दील हो गयीं। नानी शब्द के भीतर बसे प्यार ने कमर कसने को प्रेरित किया। सच को स्वीकारने की ताकत जुटाना अब आसान था। अपना काम जारी रखने की दृढ़ अभिलाषा के साथ अपनी खूँखार प्रवृत्ति को बाहर निकाला, जो अपराध बोध के तले कहीं दब गयी थी।

नंदन जी के खेमे से एक कार्यक्रम रद्द होने की सूचना मिल गयी थी। वैमनस्यता की कोई सीमा नहीं थी। इसी प्रतिस्पर्धा के चलते कुछ करने के लिए मन लालायित रहता था। सच पूछो तो यह एक चुनौती बनकर उभरती थी कि विरोधी को कितना नीचे गिरा कर खुद ऊपर चढ़ा जाए।

घर के तनावों से बाहर आकर मोहिनी जी अब अपने मोर्चे पर थीं।

9

दो शेर एक जंगला

मोहिनी देववंशी ने अपने योजनाधीन वृहत आयोजन, अंतरराष्ट्रीय कांफ्रेंस को कार्य रूप देने के लिए एक गोष्ठी करने का निर्णय लिया। अशांत जी को व्यवस्था के लिए निर्देश दिए। कई दिनों से शांत, अशांत जी सक्रिय हुए तो अर्घ्य खेमे में खलबली मच गयी। इस गोष्ठी की घोषणा से दोनों संस्थाओं के सदस्यों में हलचल शुरू हो गई और मन ही मन दोनों संस्थाओं के प्रमुखों की कटाकट बढ़ती गयी। जाहिर सी बात है कि इतने बड़े धक्के के बाद भी मोहिनी जी का यूँ सक्रिय हो जाना नंदन पुरी को कतई रास नहीं आ रहा था। हिन्दी के अखाड़े में संस्था अर्घ्य और पपीहा, दोनों की कुश्ती के दाँव-पेंच एक सुनियोजित खेल की तरह दोबारा शुरू हो गए। अभी ये दोनों अपनी कुटिल चालों का खाका भी तैयार नहीं कर पाए थे कि जैसे एक बम फूटा।

एकाएक शहर का साहित्य जगत स्तब्ध हो गया, खबर मिली कि जिंदल जी चल बसे।

शोक संदेशों की बाढ़ आने लगी। शोक सभाएँ होने लगीं। हर किसी ने अपनी तारीफों के पुल बांधकर उन्हें भावभीनी श्रद्धांजलि दी। पपीहा ने एक बड़े हाल में श्रद्धांजलि समारोह रखा। जिंदल जी के बच्चों को भी बुलाया गया ताकि उन्हें पता चले कि स्थानीय संस्थाओं ने उनके पिता की हिन्दी सेवा को पहचान दी है। सभा गृह में जिंदल जी के बड़े-बड़े होर्डिंग्स लगाए। बच्चों की आँखें गीली हो आयीं। अपने पिता का नाम और काम देखते हुए वे बड़े हुए थे। नगर की संस्थाओं द्वारा दिया गया मान देखकर अभिभूत थे। आनन-फानन में उन्होंने संस्था को एक बड़ी राशि पिता की स्मृति स्वरूप प्रदान करने की घोषणा कर दी। यह चर्चा का मुख्य विषय था। सही समय पर सही कदम उठाकर एक बार फिर मोहिनी देववंशी ने अपनी संस्था पपीहा का बिगुल बजाया था।

मोहिनी जी के दिमाग की त्वरित चपलता को शहर के साहित्य समाज द्वारा एक बार फिर सैल्यूट किया गया— "गजब का सोच लेती हैं।"

"अवसर का फायदा उठाना कोई इनसे सीखे।"

"साँप भी मर जाए और लाठी भी न टूटे।"

मोहिनी जी ने जिंदल परिवार की इस आकस्मिक घोषणा को एक सम्मान की तरह ग्रहण किया। अपने आसपास हो रही खुसुर-पुसुर को दिल से नहीं लिया। उनका मन साफ था तो किसी को स्पष्टीकरण देने की क्या जरूरत। उन्होंने इस श्रद्धांजलि समारोह का आयोजन पैसों के लिए तो नहीं किया था— ''जिंदा लोगों से मेरी दुश्मनी है, जो चले गए उनसे फायदा उठाना, छि छि, ऐसी गंदी सोच नहीं है, न कभी होगी। जिसे जो सोचना हो सोचता रहे।''

अशांत जी जानते थे इस बात को, सहमति में जोर से सिर हिला दिया।

''पहले पता होता न अशांत जी, तो जिंदल जी के बच्चों को रोक देती। वे अपने पिता के लिए कुछ करना चाहते थे इसीलिए जोश में घोषणा कर दी।''

''अब जो हो गया सो हो गया। दो दिन बात करेंगे लोग, फिर भूल जाएँगे।'' अशांत जी ने सांत्वना दी। बहरहाल पपीहा संस्था को हिन्दी सेवियों के लिए एक शानदार कार्यक्रम करने की दिली खुशी थी। अपनी हर योजना को अशांत जी के कुशल कार्यान्वयन द्वारा संपन्न होते देखने की संतुष्टि से आँखें तृप्त हो जातीं। अशांत जी को धन्यवाद करते आँखें गीली हो जातीं।

''अशांत जी, मेरे लिए आप फरिश्ता हो। सचमुच...'' अपनी बात पूरी न कर पातीं और आवाज भावुकता में दब जाती।

मोहिनी देववंशी जैसे गरिमामय व्यक्तित्व के साथ काम करके अशांत जी ने भी बहुत कुछ सीखा था। एक-दूसरे की मिली-जुली कोशिश से दोनों ही अपने तई उत्सुक रहते। अपने बीच कभी दुराव-छुपाव आने का मौका ही न देते। बस यही एक वजह थी कि नंदन जी के साथ उनकी भी दुश्मनी उतनी ही गहरी थी। अगर वे मोहिनी जी को कष्ट पहुँचाते हैं तो अशांत जी भला कैसे शांत रह सकते थे। इसी शत्रुता के चलते नंदन जी के खास सुशांत जी से उनकी बड़ी टक्कर थी। संस्था-संस्था दुश्मन, चीफ-चीफ दुश्मन, तो डिप्टी-डिप्टी दुश्मन। दुश्मनी के जितने गहरे बीज थे, उतने ही गपशप के मीठे फल जनता को मिलते रहते। कई कुकुरमुत्ते साहित्यकार अपने काम निकलवाने के लिए इस संस्था से उस संस्था तक नमक छिड़कने का काम तेजी से करते। जितने छोटे-बड़े नाम व काम उतने गुणित होते जाते छिड़काव— ''यार, दुश्मनी हो तो ऐसी। नंदन पुरी का नाम सुनते ही मोहिनी देववंशी के पूरे बदन में आग लग जाती है।''

''और नंदन पुरी का मुँह देखने लायक होता है जब कोई उनके सामने मोहिनी देववंशी की तारीफों के पुल बाँधने की हिम्मत कर दे।''

''भगवान करे ये दुश्मनी बनी रहे।'' तरह-तरह की बातें होती रहतीं।

हकीकत यह थी कि जिंदल जी के जाने के बाद इन दोनों संस्थाओं के रास्ते का बड़ा काँटा साफ हो गया था। देखा जाए तो अब दो शेर थे और एक जंगला था, उनका अपना शहर। एक शेर, एक शेरनी। कहते हैं शेर की तुलना में शेरनी ज्यादा खतरनाक होती

है, इसमें सच्चाई थी। इस चालाक शेरनी मोहिनी देववंशी के दिमाग की तह तक कभी न पहुँच पाते खूँखार शेर नंदन पुरी।

इन दोनों दुश्मनों के लिए जिंदल जी के वर्चस्व का एक टेंशन जरूर कम हुआ मगर अब दोनों एक दूसरे के लिए और बड़ा टेंशन थे। कभी अर्घ्य आगे, तो कभी पपीहा। पलड़ों की ऊँच-नीच दोनों के प्रमुखों को काम पर लगा देती। एक दूसरे के खिलाफ अनकही, अनदेखी साजिशें होतीं। किसी तीसरे के कार्यक्रम में दोनों मिलते तो प्रिय मित्रों की तरह गले मिलते। वह मिलन अगली साजिश का जन्मस्थान होता। मानों दोनों ने अपने-अपने गले में लिपटे साँप को उस स्पर्श से अधिक जहरीला कर दिया हो।

खुद को नगर का हिन्दी का सूरज कहते हैं ये दोनों। एक आकाश, दो सूरज। तथाकथित रौशनी के दाता, कभी मद्धम नहीं होना चाहते। अस्त होने का तो सवाल ही नहीं। जरा-सी भी रौशनी कम न हो, इसी प्रयास में लगे रहते। जब मोहिनी जी की महिमा पर आकाश में घने बादल छाने लगते हैं तो इनका सूरज छुपने लगता है। तब नंदन जी का आकाश साफ और चमकीला हो जाता है। ऐसा लगता है कि दो सूरज आपस में झगड़ रहे हों, यह कहते हुए कि मैं तुमसे अधिक रौशनी देता हूँ।

तब सूरज के मालिक बनने वाले ये दो महानायक अपने-अपने सदस्यों को चेतावनी देते कि कुछ करो। ऐसा करो कि दुनिया हमारी रौशनी को देखे। हमारे सूरज से रौशनी माँगे। चुप बैठने का समय नहीं है— 'उठो पार्थ' और सदस्य जागृत हो जाते। एक के बाद एक सोशल मीडिया पर अपने-अपने नामों का ढिंढोरा पीटते हुए वह सब करते जो उनके बस में होता। दोनों ओर से विष-वमन की प्रक्रिया जोर पकड़ती। बनते काम बिगड़ते। अपने-अपने सूरज की महिमा के बखान में आकाश दोनों की पकड़ से छूट जाता। मिट्टी से चले थे, मिट्टी में मिल जाते।

ऊपर से परिवार में कोई आकस्मिक घटना घट जाए तो लोग किरकिरी करने में लग जाते हैं। मोहिनी जी इस झटके को झेल चुकी थीं। परिवार से जुड़ी घटनाएँ नैतिक पतन कर देती हैं। परिवार से मिले झटके प्रगति के रास्ते में सबसे बड़ा रोड़ा होते हैं। बना-बनाया काम बिगाड़ जाते हैं! दुश्मनों को अपनी भड़ास को जायज ठहराने का लायसेंस दे देते हैं। आदमी का उत्साह तो चूर-चूर होता ही है, साथ ही हमेशा के लिए पारिवारिक मुद्दा एक कमजोर बिन्दु बनकर आत्मविश्वास को झकझोर जाता है। तब न चाहते हुए भी लोगों को पुचकारना पड़ता है। ऐसी घटनाओं के बाद उनकी लल्लू-पंजू करनी पड़ती है जिन्हें देखते ही झाड़ने का मन करता है। मोहिनी जी के साथ यही हो रहा था। बेटी का एक कदम माँ को सौ कदम पीछे ले गया था।

कई बार अपने घावों को जबरन ढँकने की कोशिश उन्हें और उघाड़ देती है। मोहिनी जी अपनी कमजोरी को छुपाने में असमर्थ हो जातीं। माँ-बाप की कमजोरी संतान होती है, जिस दिन संतान की कमजोरी माँ-बाप हो जाएँ उस दिन दुनिया बदल जाएगी।

लेकिन ऐसा कभी होगा नहीं। संतान तभी सोच पाएगी जब खुद माँ-बाप बनकर वह सब भोगेगी। तब तक बहुत देर हो चुकी होगी। यह सब सदियों से चलता आ रहा है और चलता रहेगा।

मोहिनी देववंशी युवा पीढ़ी के इस भावनात्मक शिकंजे से बहुत मुश्किल से बाहर निकली थीं। यह अपनी ही संतान से मिला उम्र भर का तोहफा था।

10

हुर्रे

जिंदल जी के गुजर जाने के बाद गुजरी बात को पीछे रखकर, खोयी हुई ऊर्जा समेटने के लिए कुछ करने की ठान ली मोहिनी जी ने। बेटी के दिए दर्द को भुलाने के लिए सक्रियता को तेजी से बढ़ाना था। आगे का सोचते हुए एक साहित्यिक गोष्ठी की घोषणा कर दी जिसमें कविता के साथ हर विधा को मंच पर स्थान मिलेगा। आव देखा न ताव, हर किसी को आमंत्रण भेजा। उसी प्रवाह में एक बड़ी गलती कर गयीं वे। इस आयोजन में शहर के गेय कवि सारस को बुला लिया और आवेश में आकर मुख्य अतिथि बना लिया।

बचपन में एक खेल खेलते थे– ''राजा-राजा ढोल सुना कि नहीं ?''

''नहीं सुना, नहीं सुना, नहीं सुना'' और जब तक पिटने वाला बोल नहीं देता कि 'सुन लिया' तब तक उसे पीटते रहते थे। कवियों की भी यही दास्तान है। जब तक लोग 'हुर्रे' करके तालियाँ नहीं रोकते तब तक वे हटते ही नहीं। तालियाँ, तालियाँ नहीं सायरन होती थीं। एक शिफ्ट खत्म, दूसरी शुरू।

कवि सारस का नाम इलाके के प्रमुख कवियों में लिया जाता है। जाने-अनजाने में लोगों से मिलते प्यार को सारस जी एक सम्मान के रूप में लेते। लोगों की चाटुकारिता को अपना सम्मान समझने की कवियों की यह वैसी ही आदत थी जैसी लोगों को चाय की आदत होती है, शराब-शबाब की आदत होती है, या फिर अपनी-ही-अपनी हाँकने की आदत होती है।

वे मंच पर आते, कविता सुनाते और चले जाते थे। चले नहीं जाते बल्कि एक तरह से भगा दिये जाते थे। उनकी कविताओं के बीच में ही बहुत जोर से तालियाँ बजा दी जाती थीं कुछ इस तरह कि वे और कुछ बोल ही न पाएँ। वे इसी बात के कायल थे कि उनके इतने प्रशंसक हैं। उनकी इतनी तारीफ़ करते हैं। उन्हीं की कविताओं पर सबसे अधिक तालियाँ बजती हैं। जब-जब मंच पर उन्हें बुलाया जाता, उनका परिचय देने कें लिये संचालक ऐसे-ऐसे शब्दों का प्रयोग करते कि उन शब्दों को सुनते हुए वे पानी-पानी हो जाते। इसी उत्साह में उस संस्था की तारीफ कर देते व खाना स्पांसर कर देते। इस हौसला अफ़ज़ाई से उनके भीतर का कवि ऐसा जाग जाता कि कभी सोना ही नहीं चाहता।

वे बहुत मेहनत करते, रात-रात भर जागकर किताबें लिखते। ऐसी किताबें लिखते कि बस किसी की हिन्दी इतनी अच्छी न हो कि उनकी भाषा को समझ पाए। लोग उनसे पूछें कि— "इस शब्द का मतलब क्या है।" तभी तो कविता का महत्व है वरना सड़क छाप फूहड़ कविताएँ लिखने वालों की कोई कमी है क्या। कठिन से कठिन शब्दों का इस्तेमाल उनका सबसे पहला नियम था। इसी नियम के तहत कई रचनाओं ने जन्म लिया।

एक बार ऐसे ही कवि सम्मेलन में किसी ने पीछे से कह दिया था कि— "जरा इसका मतलब तो समझा दीजिए" तो संचालक महोदय ने ऐसे आँखें निकाली थीं कि शुक्र है वे बाहर नहीं आयीं बल्कि वहीं से बहुत कुछ कहकर वापस भीतर चली गयीं। आँखें ही तो थीं, कोई शब्द तो थे नहीं कि श्रोताओं को कुछ समझा पाते। ये जितने हठीले कवि थे उतने ही हठीले वे श्रोता भी थे। सारा मतलब समझने में पूरे बीस मिनट लग गए और पूरे कार्यक्रम की समय-सारणी गड़बड़ा गयी। तब से श्रोताओं में बैठे संस्था के कुछ लोग कुछ इस तरह तालियाँ बजा देते थे कि वे अपने सम्मान में सराबोर होकर मंच से नीचे आ जाएँ, बस।

कवि सारस अपनी कविताओं को बहुत सरस मानते थे। लोग आकर पत्नी और प्रेम पर फूहड़ कविताएँ सुना जाते तो उन्हें लगता कि श्रोताओं को भ्रमित किया जा रहा है— "क्या ये कविताएँ हैं, क्या ऐसी कविताओं को कविताएँ कहना उचित है, यह तो सरासर साहित्य का छिछलापन उजागर करता है।" अपना अधिक से अधिक समय देकर बैठे हुए श्रोतागण को उपकृत करने का उनका बहुत मन होता लेकिन ये टटपूँजिए कवि सारी रौनक खराब करने को आतुर रहते। बेचारे को कभी समझ नहीं आया कि जब ये लोग बुलाते हैं तब तो बहुत मान-मनुहार करके बुलाते हैं— "आपके बगैर समारोह में रौनक ही नहीं होगी।"

"आपकी उपस्थिति से सभा की गरिमा बढ़ेगी।"

"आपकी कविताएँ तो सबसे अधिक तालियाँ ले जाती हैं।"

ऐसे कई वाक्य सुनकर उन्हें लगता कि वे गोष्ठियों की जान हैं और समारोह में समय से पहले ही पहुँच जाते, लेकिन जैसे ही मोर्चा साधकर मंच पर चढ़ते तो आयोजकों का प्रतिनिधि आकर कान में फुसफुसा जाता कि "समय सिर्फ तीन मिनट का है।" उसके बाद जब वे पढ़ना शुरू करते तो लोग घड़ी देखते, न कि उन्हें। आज तक इस बात को समझ ही नहीं पाए कि आखिर ऐसा क्यों करते हैं लोग! या तो कवियों को बुलाया ही न जाए और अगर बुलाया जाए तो दो-तीन मिनट की बंदूक सिर पर ताने न खड़े रहें। दो-तीन मिनट तो समाँ बाँधने में ही लग जाते हैं। असली कविता तो उसके बाद शुरू होती है पर तब तक समय खत्म होने की घोषणा कानों में जैसे जलता सीसा उड़ेल देती है।

अपनी कविता सुनाते हुए जब कवि सारस श्रोताओं के सपाट चेहरे देखते हैं तब उन्हें अहसास होता है कि उनकी भाषा इतनी उच्च कोटि की है कि इन बेचारों के लिये

समझना मुश्किल है। वे चाहते हैं कि वे उन्हें अर्थ सहित समझाएँ तभी सुनने वालों के साथ न्याय होगा लेकिन विवश हैं। जब कोई दूसरा कवि पढ़ने जाता है तो वे भी उन श्रोताओं के साथ घड़ी देखने लगते हैं। वह कवि क्या सुना रहा है और क्या कह रहा है, सब बेकार-सा लगता है। सोचते हैं कि आज तक इन कथित कवियों को इस बात का अहसास नहीं हुआ कि हर कवि सुना रहा है लेकिन सुन कोई नहीं रहा है। जब वे कवि होकर किसी को नहीं सुन सकते तो आम आदमी से कैसे सुनने की उम्मीद की जाए।

हर कवि अपमानित महसूस करता है जब उससे कहा जाता है कि समय खत्म हो चुका है। सब एक दूसरे के माइक पकड़ कर रखने की बात करते हैं लेकिन अपने बारे में सोचने की जहमत नहीं उठाते कि वे खुद कितनी देर माइक पकड़ कर रखना चाहते हैं। कवि सारस का सौ प्रतिशत विश्वास था और यही मानना भी था कि सिर्फ 'सारस' पर केंद्रित गोष्ठी हो तो ही श्रोताओं के साथ न्याय होगा। बेचारे श्रोताओं ने किसी का क्या बिगाड़ा है जो उन्हें दोयम दर्जे की रचनाएँ सुनायी जाएँ, वे ही रचनाएँ हर बार सुनायी जाएँ। उनके पास तो कविताओं का इतना स्टॉक है कि अगर बैठकर रात भर सुनाएँ तो भी कभी कोई कविता दोबारा नहीं सुनाई पड़ेगी।

आज के समारोह के मुख्य अतिथि थे वे। पूरा हक था कुर्सी की सत्ता का प्रयोग करने का। बस इसी सोच के चलते उन्होंने तय कर लिया कि वे अधिक से अधिक समय मंच पर रहेंगे। जब कार्यक्रम शुरू हुआ तो एक जुनून था, एक जोश था कि आज का दिन सिर्फ उनका है। वे आए और एक के बाद एक कविता सुनाते रहे, समझाते रहे। आयोजकों के कई इशारे भी उन्हें नहीं समझा पाए कि अब उन्हें मंच छोड़ देना चाहिए तो उन्हें मंच पर ही जाकर कहना पड़ा— "सारस जी, आगे भी कई लोगों को पढ़नी है कविताएँ, कृपया!"

"बस अभी खत्म करता हूँ" कह कर वे फिर से पढ़ते गए।

एक-एक करके लोग उठकर जाने लगे। उनका जोश अपने चरम पर था। इस बात से आश्वस्त थे कि कम से कम अपने श्रोताओं को अन्य कवियों की फूहड़ कविताओं के अत्याचार से तो बचा रहे हैं। उनके लिये यह उनकी बड़ी सफलता थी।

आयोजन तो फुस्स हुआ मगर उसमें छुपी सच्चाई बहुत मीठी थी। वह यह कि आज के बाद कोई सारस जी को बुलाएगा ही नहीं। श्रोतागण भी तय कर चुके थे कि आज के बाद किसी गोष्ठी में न जाने का यह बहाना अच्छा है। सबकी डेढ़ अकल काम कर रही थी और सभी अपनी-अपनी सफलता पर मुस्कुरा रहे थे। सच तो यह था कि बार-बार अंडों की माँग के चलते मुर्गी को हलाल करके एक ही बार में सारे अंडे निकाल लिये गये थे। नगर के साहित्यकारों में जंगल की आग की तरह खबर फैल गयी। जो वहाँ उपस्थित थे उन्होंने, जो वहाँ अनुपस्थित थे उनको, सब कुछ विस्तार से बताया।

"कवि सारस को तो जानते हैं न। सालों से परेशान कर रहे हैं। उनका एक ही काम

है, हर किसी की रचना की बुराई करना। उनके अनुसार कूड़ा–कचरा साफ करो यानि सबका पत्ता काट दो। अच्छे लोगों को रखो। चाहे वह एक ही बचे। एक अच्छा कवि पूरी सभा को सँभाल लेगा। वह 'एक' सारस जी थे।''

''अच्छा, तो बस इसी धुन में, या यों कहें कि इसी वजह से उन्हें ऐसा भूत चढ़ा कि उन्होंने अपना नाम शहर के साहित्यिक संसार से कटवा लिया। लोग मजबूर हो गए बहिष्कार करने के लिये!''

सारस जी की यह तानाशाही दूरगामी परिणाम लेकर आयी। अब उन्हें कोई कविता पाठ के लिए बुलाए, न बुलाए, कतई परवाह नहीं। ऐसे लोगों के बीच जाकर समय गँवाने का फायदा ही क्या जहाँ उनकी प्रतिभा की कोई कद्र ही न हो।

उस गोष्ठी में सारस जी की मंचीय हिटलरशिप से कई लोगों ने मोहिनी जी के प्रति सहानुभूति जतायी। इसका फायदा उन्हें अपनी घोषित अंतरराष्ट्रीय कांफ्रेंस के लिए होगा। जिंदल संस्था की समाप्ति का फायदा और सारस कवि वाला फायदा, दो तरफा फायदा मिलने से मोहिनी जी का मनोबल बहुत ऊँचा हो गया था। कई बार असफल कार्यक्रम सफलता के द्वार खोल देते हैं। एक मीठी–सी मुस्कान मोहिनी जी के चेहरे को ज्यादा मोहक कर गयी थी। अब भीतर ही भीतर ठोस काम चल रहा था। अशांत जी के साथ कई योजनाओं को हरी झंडी देने लगीं। भारत से पधारने वाले कई लोगों के नाम कंफर्म थे। वीज़ा मिलने की तैयारी थी। होटल बुक कर लिए गए थे। हर दिन का प्रोग्राम तय कर लिया गया था, सिवाय आखिरी दिन के जो कि सम्मान समारोह था। सम्मानों के नाम उसी दिन तय किए जाएँगे। हर किसी के आचरण और अनाचरण का लेखा–जोखा तब ही किया जा सकेगा। पहले से किसी को सम्मान देने की तैयारी कर लो और उसी ने हंगामा कर दिया तो ऐसे में दिए जाने वाले सम्मान को रोकना व्यर्थ ही समय गँवाना है। सम्मान समारोह के पहले ही तय करेंगे कि किसे क्या सम्मान देना है। अशांत जी का यह आइडिया तर्कसंगत था।

अपनी पहचान वाली ट्रांसपोर्टेशन कंपनी से अशांत जी ने ऑटोवा व मांट्रियल घुमाने ले जाने के लिए बसों का भी इंतजाम कर लिया था। खाने का मैन्यू होटल वालों से बात करके लगभग तय–सा था। मोहिनी जी और अशांत जी, दोनों की जोड़ी ने मिलकर सारे इंतजाम इस तरह किए थे जैसे घर में कोई शादी हो रही हो। वैसे यह नेम और फेम से जुड़ा घर की शादी से भी बड़ा कार्यक्रम था।

आयोजित होने वाली कांफ्रेंस की पूर्व तैयारियों से मुख्य आयोजक नि:संदेह ऊर्जित थे। इसके साथ ही, आने वाले मेहमानों में कैनेडा देखने का उत्साह चरम पर था।

11

घर की मुर्गी

इधर मोहिनी जी अपनी सारस-कांड से असफल हुई गोष्ठी में छुपे हुए सफलता के आयाम देख रही थीं, उधर नंदन पुरी कॉटेज में कुछ और ही चख रहे थे। अपनी पत्नी के साथ एक मित्र और उसकी पत्नी का घूमने जाने का प्लान बनाया था। इस मित्र का साहित्य से कोई लेना-देना नहीं था। दोनों कपल पहले भी साथ में घूमने जाते रहे थे। यह एक अच्छा मौका था शहर से दूर रहने का। सब कुछ भूलकर ऐसी जगह रहो जहाँ नेटवर्क ही न हो। पत्नी नयना भी साथ आने वाली थी लेकिन तबीयत की वजह से ऐन मौके पर रद्द करना पड़ा। यह सोने पर सुहागा था। पत्नी के बगैर अपने मित्र के साथ समय बिताना जिसकी पत्नी बेला को नंदन जी बहुत पसंद करते थे। इस अचानक मिले तोहफे से अतिरिक्त खुशी मिली। अपने दोस्त और उसकी पत्नी को आमंत्रित करके अपनी पीठ थपथपायी। अपनी व्यथा को भुलाने का इससे अच्छा कोई उपाय हो ही नहीं सकता था।

अब ये तीन दिन तो नंदन जी इस दबी हुई इच्छा को कुरेद कर जी लेंगे। सच कहें तो आँखों के सुख से ज्यादा कभी कुछ नहीं चाहा। वैसे भी बेला का पति उनका अपना मित्र है। बुरी नजर बिल्कुल नहीं है। बस मन की खुशी है। चहक-चहक कर जब बेला चाय-पानी का पूछती है तो कलेजे को ठंडक मिलती है। तब वे भूल जाते हैं मोहिनी देववंशी को। सोचने लगते कि महिला-महिला में कितना अंतर होता है। एक को देखकर आँखों से आग निकलती है। दूसरी को देखकर आग ठंडी हो जाती है। एक काँटे चुभाती है, दूसरी फूलों की नजाकत देती है।

दो महिलाओं के जाल में फँसा एक आदमी। एक के प्यार में और एक की नफरत में। बेला की एक ही झलक पुलकित कर देती, वहीं मोहिनी देववंशी की झलक शैतानी खयालों से भर देती। इन दो तरफा हमलों में बेला का हमला बहुत प्यारा था। उन नजरों के तीर से प्यार की पिचकारी छूट जाती। दूसरी के खयाल मात्र से धमनियों में जहर दौड़ जाता। बेला के सामने रहते वे कभी अपनी पत्नी को याद नहीं करते थे। दो पाटों से घिरा एक आदमी नंदन पुरी। तीसरी महिला जो वाकई में असल जिंदगी में थी, उसकी उनके लिए कोई औकात नहीं थी। वह तो उनके बेटे की माँ थी, जब तब अपनी जरूरतों के

लिए उपयोग कर लिया करते थे। न तो उस पर प्यार आता था, न ही नफरत। जीवन की तटस्थताओं में से एक यह भी थी, घर की मुर्गी!

वैसे चाहें न चाहें, हर दिन पपीहा की प्रगति कचोटती थी। हर सुबह आँखें खोलते ही कुछ चुभता था। जीवन में मोहिनी देववंशी की उपस्थिति एक दंश थी। वह नागिन की तरह कुंडली मारकर बैठी थी। एक बार नहीं, कई बार यह बात उनके दिमाग में कौंधी कि किसी को सुपारी देकर इस मोहिनी देववंशी का काम तमाम करवा दे। भारत में होते तो जरूर ऐसा करते पर यहाँ विदेश में कुछ नहीं कर सकते। यहाँ न तो ऐसी सुपारी लेने वाले हैं, न देने वाले। तमाम नियम-कानून उनके आड़े आ जाते।

तब बेला की ओर पूरा ध्यान जाता। मन करता कि बेला उनसे बेल की तरह लिपटी रहे। दूर-दूर से पास-पास वाली ऐसी कल्पनाओं में खोने लगते। उसका पति बीच-बीच में आ जाता। कुछ देर के लिए ही सही वे अपनी आँखों को भरपूर शांति देते। आज जब बेला की पसंद का ख़ास ध्यान रखकर उसकी पसंद की दुकान से पिज्जा ऑर्डर किया तो उसकी मुस्कुराहट भिगो गयी। जितने चाव से बेला ने पिज्जा खाया, उतनी गुदगुदी नंदन जी को होती रही। अंदर तक छूने वाली अनुभूति थी। नेत्र सुख की श्रेष्ठ अनुभूतियों में से एक। एकतरफा अनुभूति का बड़ा फायदा यह था कि बगैर किसी जद्दोजहद के मन की मुरादों से खुश हो लो।

खाना खाने के बाद ताश की बाजी जमी। पहला मौका नहीं था जब ये तीनों साथ में ताश खेल रहे थे, पहले भी बाजियाँ तो जमी थीं लेकिन नयना साथ हुआ करती थी। बेला के चेहरे का बदलाव उसके पत्तों को पढ़ने में मदद कर रहा था। यही तो खासियत है नंदन जी की। जिस पर प्यार आ जाए वह हमेशा के लिए दिल में रहता है। वह प्यार मन से होता है, अंदर से। वे मन ही मन कामना करते रहे कि बेला जीत जाए ताकि उसकी चेहरे की खुशी को पीकर वे खुद को धन्य महसूस करें। ये सुनहरा समय कभी न बीते, बस! यूँ ही पत्ते डालते रहें और बेला को देखते रहें। हर आदमी के जीवन में एक इंसान तो ऐसा हो ही जिसके साथ बगैर किसी स्वार्थ के प्यार आता रहे। प्यार का प्रतिदान केवल प्यार ही है शायद इसीलिए नंदन जी की सदाशयता के बदले वह आँखों से धन्यवाद करती थी जो शायद प्रतिदान ही था।

बेला ताश का एक पत्ता फेंकती तो जैसे उसके फेंके हुए पत्तों को छूना भी अलौकिक लगता था। स्पर्श सुख, नयन सुख, कई तरह के सुखों में माहिर थे वे। ये सब फ्लाइंग सुख की तरह वे महसूस कर लेते थे। खेल के बीच उनका दोस्त फोन पर आधे घंटे से बातें कर रहा था और वे बेला के साथ पत्तों का आदान-प्रदान करते उसकी आँखों में उतर जाते। मन बाग-बाग हो जाता, बहुत संतोष मिलता। लोहे को लोहे से काटता वह आदान-प्रदान प्रेम की भाषा से ओतप्रोत होता। तश्तरी में सजा हुआ मिलता यह सुख एक तोहफे की तरह स्वीकार करके ऊर्जित होते रहे पुरी साहब।

कॉटेज में बिताया समय इसलिए भी भाता था कि दुनिया से दूर रहकर समय निकल जाता। सोशल मीडिया में मोहिनी देववंशी की प्रशंसा के संदेश नहीं देखने पड़ते। दिल नहीं दुखता। जब तक शहर पहुँचेंगे, तब तक जो कुछ हुआ वह सब ठंडा हो गया होगा। मन ख़ुश था। बावरी ख़ुशी। बेला को सामने देख बेल और पेड़ का अहसास बहुत सुकून भरा था।

"बेला फूलो आधी रात, गजरा मैं केके गरे डारो", बेला सामने होती और लोक गीत की ये पंक्तियाँ अनजाने ही होंठों पर थिरकतीं। बेला से यह निकटता आने वाले दिनों की कठिनाइयों को झेलना आसान कर देती। महिलाओं से ऐसे ही शाकाहारी संपर्क नंदन जी की ऊर्जा को कई गुना बढ़ा जाते। इसके आगे बढ़ने की न कभी कोशिश की, न करनी चाही।

हाँ, यह बात अलग थी कि बेला के साथ बिताए समय के बाद घर जाना अच्छा नहीं लगता। कोमल, नाज़ुक दृष्टि के बाद पत्नी नयना की तीखी नज़रें चुभने लगतीं। किंतु जाना तो वहीं था। एक दूसरे को विदा देकर घर लौटते हुए सोच रहे थे— "आदमी का घर तो हो ही, पर साथ ही एक दूसरा आशियाना हो जहाँ बस प्रेम की पींगें हों, इसके अलावा कुछ नहीं। ऐसा हो जाए तो आदमी का जीवन कितना खुशनुमा हो जाए, आशावादी हो जाए! एक जगह से मुश्किलें हल करते दूसरी जगह से बस प्यार ही प्यार मिले। ऐसी जन्नत शायद सबके नसीब में नहीं होती!"

जितनी बार बाहर अच्छा समय बिताकर घर लौटते, हर बार घर में घुसते ही परेशानियों का अंबार उनका स्वागत करता। पत्नी का गुस्सा और ताने, घर की ईंट-ईंट दोहराती। ऐसे में इंसान वहाँ रहकर किसी बड़ी योजना पर कैसे काम कर सकता है। बेला की सुकून भरी नजरें अंदर जमे गुबार को ऐसे बहा ले जाती हैं जैसे शरीर को अपने उपयुक्त इलाज का डोज़ मिल गया हो। खूब मन लगाकर काम करने का डोज़।

वे प्यार के अहसास की दुनिया से निकल कर नफरतों की दुनिया में जा रहे थे। कभी नहीं चाहा कि किसी महिला से इस कदर तौबा कर लें। करते भी क्या, धीरे-धीरे करके मोहिनी देववंशी की सफलताएँ उनकी नफरत को बढ़ाती रहीं। कोशिश करते रहे कि पपीहा और अर्घ्य में समीपता बढ़े लेकिन मोहिनी देववंशी हर बार कटु चाल चल देतीं और एकता के सारे प्रयास धरे के धरे रह जाते। आज वे उसे सहज ही नागिन की संज्ञा दे देते थे। ऐसी नागिन जिसे कितना भी दूध पिला दिया जाए वह जहर ही उगलेगी।

इस बार भी अपनी शानदार ट्रिप खत्म करके नंदन पुरी घर लौटे। वे पत्नी नयना का साथ चाहते थे। तीन दिनों का इकट्ठा प्यार लुटाने के लिए उसकी बहुत जरूरत थी। गुनगुनाते हुए गाड़ी पार्क करके अपने घर में घुसे तो नजारा ही कुछ और था। बहू बहुत गुस्से में थी। नंदन जी को समझ नहीं आया कि ऐसी क्या बात हो गयी होगी कि पारा इतना चढ़ा हुआ है। पत्नी से पूछा तो बहू की हजार गलतियाँ बता दीं। यह एक नया नाटक

चालू हो गया था। बेटे-बहू में किसी बात को लेकर झगड़ा हो गया था। बेटे से पूछने का कोई मतलब था ही नहीं। वह भी सारा दोष बहू को ही देगा। यही वजह थी कि नंदन जी ने मौन रहना उचित समझा। पति-पत्नी के झगड़े में तीसरा न बोले तो ही बेहतर है। लेकिन बहू सचमुच सामान पैक करने लगी थी। उसे समझाने की कोशिश की तो उसने सीधे कह दिया— ''मुझसे कुछ न कहें। अपने बेटे से बात करें।''

वे किंकर्तव्यविमूढ़ हो गए। किसी से कुछ नहीं कह पाए। सच पता करना मुश्किल था। वैसे भी पति-पत्नी, बेटे-बहू के बीच का सच उन दो लोगों के अलावा किसी तीसरे को पता नहीं चलता। एक ही उपाय सूझा कि उन दोनों को अपने हाल पर छोड़ दें। वे चाहें तो अपने-अपने मतभेदों को सुलझाएँ, न चाहें तो उनकी इच्छा।

अपने कमरे में आकर उस प्यारी ट्रिप की यादों को ताजा करके सोने की कोशिश करने लगे। सोते से ही नींद लग गयी थी। सवेरे उठे तो देखा कि नयना उनके करीब तक नहीं आयी थी। बहू सुबह जल्दी जा चुकी थी। अब उन्हें लगा कि मामला गंभीर ही नहीं, अति गंभीर है। घर में खामोशी थी। बेटा काम पर जा चुका था। बात करें तो किससे करें! इस अप्रत्याशित स्थिति के बारे में तो कभी सोचा ही नहीं था। पुरी साहब बहुत अच्छा मूड लेकर आए थे। सारा प्यार का नशा रफूचक्कर हो गया। कॉटेज की मस्ती घर की मुश्किलों में कहीं खो-सी गयी।

न जाने ऐसा क्यों होता है, जब नंदन जी की खुशी परवान चढ़ती है तो उनके अपने घर के लोग भी उसमें शामिल नहीं हो पाते। बहुत मुरादों से घर में प्रवेश किया था, मिला क्या! नयी समस्याएँ, नयी खामोशियाँ। अपने ही घर में ये हाल हैं, दूसरों को क्या दोष दिया जाए!

12

भिंडी बाजार

पपीहा की छतरी तले आखिरकार वह दिन आ ही गया जब कई देशों के साहित्यकारों का जमावड़ा हुआ। उनको एयरपोर्ट लेने जाने से लेकर होटल छोड़ने तक का बंदोबस्त था। सब कुछ शांति से हो रहा था। मोहिनी जी को एक ही चिंता थी कि 'नंदन पुरी' नाम का नाग उनके बने बनाए खेल को चौपट न कर दे। हालाँकि अपने विश्वस्त सूत्रों से यह खबर मिल रही थी कि कॉटेज में छुट्टियाँ बिताकर लौटे नंदन जी के घर में बहुत बड़ी घटना घटित हुई है। बहू घर छोड़ कर चली गयी है। इस मन:स्थिति में हैं कि न कुछ सुनें, और न ही दिल को जलाएँ। नाग अपने बिल में खामोश रहे यही तो चाहती थीं मोहिनी जी। उनकी तो जैसे मन की मुराद पूरी हो गयी। अब पूरी तरह से अपने कार्यक्रमों पर ध्यान दे पाएँगी।

अशांत जी को भी अपने दिल की शांति बहुत ठंडक दे रही थी। ऐसा महसूस कर रहे थे जैसे सिर पर खड़ी तलवार हट गयी हो। विरोधी स्वर खामोश हो जाए इससे अच्छा शुभ मुहुर्त तो इस अंतरराष्ट्रीय कांफ्रेंस के लिए हो ही नहीं सकता था।

दिन भर के प्रारंभिक मेल-मिलाप की प्रक्रिया के बाद हिन्दी पर भाषण थे। उसके बाद अगले दिन सम्मान समारोह था। भारत से आए लोगों में बहुत उत्साह था। स्थानीय भीड़ भी अच्छी जमा थी। यही कार्यक्रम की जान थी। भारत से आए लोग अपने श्रेष्ठ व्यक्तित्व और गहन सामाजिकता का परिचय देते हुए ज्यादा से ज्यादा लोगों से मिलकर अपना आईडी कार्ड थमा रहे थे। विदेश से सम्मान लेकर घर लौटना, इससे बड़ी बात तो कोई हो ही नहीं सकती। सब कुछ योजनानुसार चल रहा था।

अशांत जी सूट-बूट में, वॉकी-टॉकी पर बात करते हुए इधर-उधर दौड़ रहे थे। उनका व्यक्तित्व और गरिमामयी माहौल कुल मिलाकर उनके एक शानदार कार्यक्रम के आयोजक होने का रुतबा दिखा रहे थे। उन्हें देखकर लग रहा था कि वे स्वयं मुख्य आयोजक हैं। साड़ी में मोहिनी जी का संपूर्ण व्यक्तित्व बहुत आकर्षक दिख रहा था। उनकी विनम्रता इसमें चार चाँद लगा रही थी। सारे स्थानीय लोग अपनी अच्छी प्रस्तुति के साथ एक सुनियोजित कार्यक्रम को आगे बढ़ा रहे थे। समारोह की भव्यता की अनुभूति

मोहिनी जी के चेहरे के तेज पर सहज नजर आती थी। इसके बाद उनके नाम के आगे सफल अंतरराष्ट्रीय सेमिनार आयोजक का बड़ा तमगा लग जाएगा।

अगले दिन के सम्मान समारोह के लिए सर्टिफिकेट तैयार नहीं किए गये थे। यह बड़ा काम शेष था। योजनानुसार चार लोग सुबह जल्दी इसकी तैयारी के लिए पहुँचने वाले थे। समारोह स्थल पर सुबह सात बजे गाड़ियाँ लग गयी थीं। चाय-कॉफी के डोज़ के साथ काम शुरू हो गया था।

लैपटॉप से कनेक्ट करके लेज़र कलर प्रिंटर को मेज पर लगा दिया गया। प्रिंटर से धड़ाधड़ प्रिंट होकर प्रमाणपत्र निकल रहे थे। डॉलर स्टोर से खरीदे हुए साजो-सामान से प्रमाणपत्र सजाए जा रहे थे। सुनहरी गोल परची का स्टिकर लगते ही वह सामान्य-सा कागज प्रमाणपत्र की शक्ल लेने लगता। किसी छोर पर तारे लगने थे, तो कहीं चमकती धारियाँ। जैसे-जैसे साजो-सामान बढ़ते गए, वैसे-वैसे सम्मान पत्र की गरिमा में चार चाँद लगते गए। बाद में तैयार फ्रेम में डालने पर वह सुसज्जित, अधिकारिक सम्मान पत्र बन गया। ऐसा सम्मान पत्र, जिसे देखते-देखते आदमी सारी उम्र सुकून से गुजार सके, यह सोचकर कि उसे उसके कार्यों का समुचित पारितोषिक मिल गया।

ऐसे सुकून देने वाले कागजों की फैक्ट्री हो गया था यह कलर प्रिंटर। छापखाना बनकर धड़ाधड़ छाप रहा था। हर एक का नाम लिस्ट से लेकर बराबर टाइप करके प्रिंट क्लिक कर दो। दो-चार बार गलत नाम भी चला गया। जैसे ही लगा कि नाम गलत प्रिंट हो गया, तत्काल कागज फाड़ दिए गए। पल भर को लगा कि कागज नहीं फटा, सम्मान ही फट गया। लेकिन तत्काल उसका पुनर्जन्म हुआ। दो रिमी थीं, दोनों शर्मा थीं। कोई भी आए मंच पर, फर्क नहीं पड़ता क्योंकि दोनों को एक ही सम्मान दिया जा रहा था।

समारोह शुरू हुआ। स्वागत भाषण के बाद मुख्य अतिथि और अध्यक्ष का परिचय, स्वागत करवाया गया। अशांत जी नाम अनाउंस कर रहे थे। उनके चेले-चपाटे फोटो खींच रहे थे। इन दिनों किसी कार्यक्रम में पचास लोग आते हैं कम से कम पैंतालीस कैमरे ऑन रहते हैं। सब फोटोशूट करते रहते हैं। देखता कोई नहीं, सारे दिखाते हैं, जो उन्होंने अपने कैमरों में कैद किया।

यहाँ तो इन पलों का रिश्ता जीवन भर से था। विदेशी धरती पर सम्मान मिलने के अवसर बार-बार नहीं आते। हर कैमरे वाले से गुजारिश की गयी थी कि जितने फोटो लो, सारे हमें भी भेज देना। कई फोटो में से सबसे अच्छे फोटो छाँटकर अपनी वेबसाइट पर लगाने की योजना थी।

सम्मान बिकते हैं। सम्मान खरीदे जाते हैं। सम्मान लौटाए भी जाते हैं। सबसे अधिक नाम होता है लौटाने वालों का। मिलने का प्रचार अलग हो जाता है और फिर लौटाने का भी। अपनी योग्यता पर गर्व भी महसूस होता है और ऐसी ठसक भी कि हमें तुम्हारे सम्मान की कोई पड़ी नहीं है। मिल तो गया है, लौटा भी दिया। लिया तो था सम्मान

की रक्षा के लिये, लौटाया आत्मसम्मान की रक्षा के लिये। महानता का भाव, रक्षा का भाव दोनों ही सूरतों में था। मोहिनी जी का यह कदम कारगर साबित हुआ था। जो भी कार्यक्रम में आएगा, सम्मानित होगा। साहित्य शिल्पी, साहित्य सृजक, साहित्य रत्न। सबसे खास, भारत रत्न की तरह 'प्रवासी भारत रत्न' का अपना अलग सम्माननीय दर्जा था।

इसके लिये आयोजकों को बहुत मशक्कत करनी पड़ी थी। सख्त नियम बनाया गया था- जो साहित्यकार स्पांसर करे उसका नाम पहला रहा लिस्ट में। लेकिन अच्छे साहित्यकारों की ये थोथी सोच रुकावट बन जाती कि उन्हें सम्मान लेने के लिये किसी कार्यक्रम को स्पांसर करने की जरूरत नहीं। बैक स्टेज काम करने वाले मंच की सक्रियता पर टिप्पणी कर रहे थे—"बेवकूफी है यह। सम्मान के लिये साहित्य की क्या आवश्यकता।"

"यार, तुम ईमानदारी की कद्र करना कब सीखोगे!"

"कैसी ईमानदारी, तुकबंदी को कविता कहते हो! घटना लिखने को कहानी कहते हो! ऐसी दस घटनाओं को मिला दो तो उपन्यास हो जाएगा। इसमें क्या मुश्किल है। मैं तो रोज एक उपन्यास लिख दूँ।"

"लेखन कागज पर दिखना चाहिए। सारे हिन्दी के भक्त गण हिन्दी की सेवा में लगे हैं। सम्मान के लिये ही तो हिन्दी सेवा का ढिंढोरा है वरना घर में बच्चों से भी इनका वार्तालाप अंग्रेजी में ही होता है।"

"खैर, हमें क्या! हम अपना काम करते हैं। फिलहाल तो ध्यान दें सम्मान के अपने छापखाने की ओर।"

एकाएक बड़ी समस्या खड़ी हो गयी जब उन लोगों के नाम भी छप गए जो आए नहीं थे। शायद गलत लिस्ट हाथ में आ गयी थी। मंच से नाम पुकारा जा रहा था पर लेने के लिए कोई नहीं पहुँचा था वहाँ। जो थे, वे अपना नाम आने की प्रतीक्षा कर रहे थे। उनका धैर्य छूट रहा था। सामने बैठे लोगों में हलचल होने लगी।

"क्या अव्यवस्था है यह!"

"देखें तो परदे के पीछे क्या धांधली चल रही है। भारत से पधारे उन्मुक्त जी से रहा नहीं गया। चेक करने के लिये तेजी से मंच के पीछे गए।"

'धांधली' शब्द ने कई लोगों के कानों में जैसे सीसा उड़ेल दिया और कई चेहरों पर सवाल खड़े कर दिए। आँखें, भौंहें, होंठ और नाक ने प्रश्नवाचक चिह्न के सारे घुमाव अपने ऊपर ले लिए। इस शब्द को खोज कर इसकी तह तक पहुँचने के लिए सारे आतुर हो चले। एक गया, दूसरा गया फिर बैक स्टेज लाइन लगने लगी। जो भी स्टेज के सामने बैठे थे उनका धैर्य जवाब दे गया। उन्हें लगा कि बैक स्टेज से अलग से सम्मान दिए जा रहे हैं। पीछे के दरवाजे से मिलने वाले लाभों से कहीं वे वंचित न रह जाएँ इस आशंका से वे सब उठ-उठकर जाने लगे।

जो सम्मान पत्र निकाल कर मंच पर पहुँचा रहे थे, वे विचलित हो गए। इस भीड़

की आक्रामक नजरों से उनका सुनियोजित वितरण कार्यक्रम गड़बड़ा गया था।

प्रश्नों की बौछारें होने लगीं— "देखें जरा, मेरा सम्मान पत्र है भी या नहीं ? या मैडम जी भूल गयीं!"

"आपका आखिरी से दूसरे नंबर पर है।"

"जरा ऊपर खिसका दीजिए प्लीज़। आपने बिल्कुल आखिरी में डाल दिया है। लोग चले जाएँगे उसके बाद हमें मंच पर बुलाने का क्या फायदा ?"

"नहीं सर प्लीज़, मंच पर हमने लिस्ट दी हुई है। हमारा क्रम गड़बड़ हो जाएगा। आप जाकर बैठिए। आपका नाम आ जाएगा।"

ये महाशय कहाँ मानने वालों में से थे। तिलमिलाए— "सर, जरा मेरी बात सुनिए आखिरी में हमारा नाम रखेंगे तो हमें सम्मान लेते हुए देखेगा कौन ?"

"और नहीं तो क्या, ये दीवारें देखेंगी कि हमें भी सम्मान मिला है। या तो आप बाहर जाने का दरवाजा बंद करवाइए या हमारा नाम ऊपर कीजिए वरना मैं आपको एक भी सर्टिफिकेट उठाने नहीं दूँगा।" भौंहें तो पहले से ही तनी थीं, अब आस्तीनें भी चढ़ गयीं। वे महाशय अपना पुराना कोट पहने हुए थे सो आसानी से कोहनी के ऊपर चला गया। काला कोट पहने भीतर का गुंडा बाहर आने को आतुर था।

उनका यह रूख असहनीय था— "आप जानते हैं आप किससे बात कर रहे हैं! जरा तमीज से बात कीजिए।" सम्मानपत्रों के वितरणकर्ता शहर के एक सम्माननीय साहित्यकार थे। पपीहा के सक्रिय सदस्य थे इसी वजह से स्वयं सेवा कर रहे थे। और कोई मौका होता तो इसी समय दो-दो हाथ हो जाते।

"हमें तमीज मत सिखाइए, हमने इसका पूरा भुगतान किया है। अगर आप हमारा नाम ऊपर नहीं कर सकते तो हमारा पैसा लौटाइए।" सौदे की शर्तों का पूरा न होना आक्रोश बढ़ाने में, और लोगों के दिलों में खलबली मचाने में कोई कसर नहीं छोड़ रहा था।

"जाइए, आप मोहिनी जी से बात कीजिए, यहाँ हल्ला न करें तो ही बेहतर होगा।"

"हल्ला तो अब होगा, और जरूर होगा। दुनिया सुनेगी कि यहाँ क्या हो रहा है!"

आवाजें तेज होती चली गयीं। मंच के पीछे भीड़ बढ़ती गयी। एक के बाद एक कई लोग अपने नाम पुकारने का इंतजार करते अब मंच के पीछे आ गए थे। सरकारी फाइल को आगे बढ़ाने की तरह सम्मान पत्र को आगे बढ़वाना था। भीड़, भेड़ चाल से अपना काम कर रही थी। चेहरों की उत्तेजना किसी साहित्यिक समारोह की नहीं बल्कि किसी नुक्कड़ के टपोरियों का आभास दे रही थी। उग्रता और रोष के साए में हाथापायी होने की नौबत आ गयी थी। अपना-अपना क्रम चेक करने की होड़ लगी थी। सम्मानों की थप्पी से एक सम्मान निकाल कर देने वाला इंचार्ज चारों ओर से घिरकर अब पीछे हट

गया था। देख रहा था अपने जमे-जमाए पुलिंदे को बिखरते हुए। मंच पर खड़े लोग हक्का-बक्का थे। मंच पर खड़े मुख्य अतिथि और अध्यक्ष इधर देख रहे थे कि आखिर माजरा क्या है! जिसका नाम पुकारा था वह सम्मान लेने वाला आ गया था लेकिन उसका सम्मान पत्र पहुँचा नहीं था।

भीड़ ऐसी थी कि बस भिंडी बाजार की याद आ गयी। ताजी सब्जियों की जगह ताजे छपे सम्मान पत्र थे। सस्ती-महंगी सब्जियों की तरह इनके भी भाव थे। भिंडी और परवल महंगी थी। आलू-कांदा सबसे सस्ता था। जिनको आलू-कांदा की तरह सम्मान पत्र मिल रहे थे वे भी बहुत खुश थे। इस जमाने में रूखी रोटी खाने वालों के लिए आलू-कांदा मिलना भी कम है क्या!

मोहिनी जी का पसीना छूट रहा था। क्या सोचा और क्या हुआ! घबराते हुए बैक स्टेज पहुँचीं। सबसे हाथ जोड़कर बैठने के लिए कहा। स्वयं मंच पर जाकर माइक संभाला और बहुत विनम्रता के साथ इस अव्यवस्था के लिए माफी माँगी। एक हद तक स्थिति नियंत्रण में हो गयी थी पर चिंगारी तो अंदर थी ही।

अब हर सम्मानपत्र को वे स्वयं लाकर मंच पर सम्मानप्राप्त कर्ता को सादर आमंत्रित करने लगीं। समारोह की प्रमुख, प्रबुद्ध महिला के अनुनय-विनय का मान रखा गया। यूँ दैविक शक्ति की कृपा हो गयी और गुस्से में बढ़ती वह चिंगारी अंदर ही दम तोड़ गयी। लोगों ने संयम से काम लिया और चुप रहे। कार्यक्रम खत्म हुआ। सबसे अच्छी बात यह थी कि इस उठा-पटक की बात बाहर न जा पायी क्योंकि स्थानीय लोग खा-पीकर पहले ही निकल लिए थे। इस कार्यक्रम की धज्जियाँ उड़ते-उड़ते रह गयीं।

आयोजकों ने चैन की साँस ली। अशांत जी की आँखें आग बरसती दिखतीं तो मोहिनी जी की आँखें उन पर पानी डाल देतीं। पहले सिर्फ नेता टटपूँजिए कहे जाते थे, आज टटपूँजिए साहित्यकारों की खेप की खेप बाजार में थी। ये खेप लड़ने-लड़ाने के काम में तगड़ी व साहित्य में कमजोर थी। साहित्य के नाम पर कांदा-भाजी भी नहीं, बासी परोस कर अपने अहं को तुष्ट करती। अब खाओ या उल्टी करो इससे कोई खास फर्क नहीं पड़ता। उन्होंने तो अपने हिस्से का लिख कर दे दिया है। समारोहों के शहंशाह कहे जाते थे ये सब। छोटे-मोटे नहीं विश्व स्तरीय समारोह। देश-विदेश जाते और अपने नाम के आगे विदेशी तमगा लगवा कर आते। संस्थाओं के इतिहास में नाम दर्ज होता, साथ ही प्रमाणपत्रों, ट्राफियों के ढेर लग जाते।

सोशल मीडिया और अखबारों की शान बनकर उनके इलाके में उनका नाम रौशन हो जाता कि हमारे गाँव का फलाँ-फलाँ व्यक्ति विदेश से सम्मान लेकर आया है। इस कार्यक्रम के बाद भी यही हुआ। भारत व स्थानीय अखबारों में जगह-जगह लोगों को मिले सम्मानों का जिक्र था। सोशल मीडिया पर हर एक ने अपनी पोस्ट के साथ मोहिनी जी का फोटो लगाकर ससम्मान धन्यवाद ज्ञापित कर दिया था। एक पोस्ट को कई जगह

शेयर किया था। यत्र–तत्र–सर्वत्र इस कार्यक्रम का जिक्र था। मोहिनी जी की शान में अब एक नहीं, कई चाँद लग गए थे।

अकस्मात भिंडी बाजार में आलू–कांदा के दाम बढ़ गए थे।

13

साहित्यगिरी

शहर की हर संस्था के प्रमुख ने सत्ताधीशों से सुसंपर्क बना रखा है। चाहे वे भारत सरकार के नुमाइंदे हों या कैनेडियन सरकार के। यदा-कदा राज्य के मुख्यमंत्री, प्रीमियर को सिर्फ पत्र ही भेज दिया जाता है कि इन दिनों वे कौनसा रचनात्मक कार्य कर रहे हैं। उनका लंबा चौड़ा शुभकामना संदेश आ जाता है। वोटों की राजनीति हर कहीं अपने शागिर्द ढूँढ लेती है। यहाँ के सांसद या विधायक के कार्यालय से उनका प्रतिनिधि प्रमाणपत्र लेकर आता है, समारोह में सरकारी तड़का लग जाता है। ढाई इंच की मुस्कान पाँच में बदल जाती है।

एक मजाकिया जुमला गपोड़ियों के बीच बहुत चलता है— ''वे घर के पिछवाड़े में जोर-जोर से खाँसें और कहें कि वे रियाज कर रहे हैं तो सरकार उन्हें शास्त्रीय संगीत के उस्ताद का प्रमाणपत्र दे देगी।''

तब ठहाके लगते। शास्त्रीय संगीत व खाँसी में अंतर न होना, राजनीतिज्ञों की रोटियाँ सेंकने की कला और साहित्यकारों के चरित्र की विशेषता बताने का समवेत प्रयास होता। इन चुटीली बातों में हास्य व्यंग्य का बेहतरीन संगम होता। ऐसी बातों को जब नंदन पुरी बहुत रस लेकर सुनाते तब विश्वास शब्द की विश्वसनीयता पर हजारों प्रश्न चिन्ह लग जाते। बाढ़ आयी नदी की तरह लफ्फाज़ की लफ्फाज़ियाँ सारे तटबंध तोड़ देतीं। कई बार ऐसी बातें लपेटते-लपेटते भी बिखर जातीं। तीव्र वेग से बहने की लालसा सब कुछ अपने साथ बहा ले जाती।

ऐसा बिल्कुल भी नहीं था कि शहर में गंभीर साहित्य के कार्यक्रम न होते हों। टोरंटो में कई लिटरेरी फेस्टीवल होते थे। वहाँ कोई हिन्दी का रचनाकार नहीं जाता। वहाँ एक सत्र की पचास डॉलर फीस लगती और फिर हिन्दी कविता समझ में किसे आएगी, यही सोचकर वे कविता पढ़ने का अपना नशा कहीं भी पूरा कर लेते। फिर चाहे वह किसी अपरिचित की शोक सभा हो या किसी के घर भोजन का निमंत्रण हो। कवि कविता पढ़ने जरूर जाते। कवि के गले में ऐसी जन्मजात फाँस होती है कि जब तक कहीं जाकर कविता न पढ़ ले वह फाँस लगातार चुभती रहती है। गले की वह चुभन तभी दूर होती है जब कविता की अविरल धारा बह उठे।

बहरहाल, इस अंतरराष्ट्रीय साहित्य मेले में काव्य रस बहुत बहा। हवाई जहाज में 'हवाई काव्य', बस में 'चलित काव्य', पानी की बोट में 'लहरों पर काव्य' ने अपने अलग-अलग रंगों के काव्यमय इंद्रधनुष रचे। ये बातें साहित्याकाश में चाहे बिजली की तरह चमक कर धराशायी हो जाएँ मगर मन की संतुष्टि सदा के लिए दैदीप्यमान हो ही जाती है।

कांफ्रेंस के अंतिम भाग, यानि समापन समारोह का आयोजन देश की राजधानी ऑटोवा में था। भारतीय राजदूत की उपस्थिति के कारण इसकी गरिमा और स्तर उच्चतम हो चला था। बाहरी देशों से आए कवि गण बेहद रोमांचित थे। कैनेडा की राजधानी और बेहद आकर्षक युवा प्रधानमंत्री। इतने आकर्षक व्यक्तित्व और हीरो जैसे दिखने वाले प्रधानमंत्री से चाहे न मिल पाएँ पर ये कहाँ से सरकार चलाते हैं, यह देखना ही बहुत बड़ी उपलब्धि थी। ठीक वैसे ही जैसे भारत देश के हीरो अमिताभ बच्चन कहाँ नहाते हैं, कहाँ शौच जाते हैं, यह देखना भी उनके फैन्स को एक अजीब-सा सुकून देता है। प्रशंसक हों तो संपूर्ण समर्पित हों। पग-पग की जानकारी रखने वाले हों। और फिर किसी भी देश की राजधानी उस देश का प्रतिनिधित्व करती है। विश्व के सामने अपने देश को आइना बन कर दिखाती है। ऑटोवा की यात्रा का रोमांच सारे मेहमानों के चेहरों पर था।

कई लोग उपस्थित थे, कई लोगों को बुलवाया गया था। फ्रांस, बेल्जियम वाले तो अपने बच्चों से मिलने आए हुए ही थे। समारोह में जितने देशों की गिनती बढ़ी उतना समारोह का सम्मान बढ़ा। अमेरिका, फ्रांस, बेल्जियम, डेनमार्क, मॉरीशस और नेपाल के साहित्यकारों के साथ स्थानीय साहित्यिक विभूतियों का जमावड़ा था। एक के बाद एक अलग-अलग देशों के नाम जुड़ जाना वैश्विक पटल को विस्तार देकर समारोह का कद ऊँचा कर गया था। समारोह को वैश्विक स्तर देना छोटा-मोटा काम नहीं है। पपीहा ने अपना नाम इस सूची में स्वर्णाक्षरों में लिखवा लिया था।

भारतीय राजदूत ने अपनी आधे घंटे की उपस्थिति से कार्यक्रम को नवाज़ा। उनके जाने के बाद किसी बात को लेकर बाहर से आए मेहमानों व टोरंटो से आए गणमान्य साहित्यकारों के बीच मंच पर तीखी बहस हो गयी। कम-ज्यादा समय को लेकर बहस होना सामान्य था लेकिन इस समय यह गरिमामय कार्यक्रम की शान को ठेस पहुँचा रहा था। ये शोर मचाने वाले वे ही थे जो मोहिनी देववंशी के कार्यक्रमों में खूब गच्च खाकर चुप रहते थे। आज उनकी चीखने-चिल्लाने की ताकत को कोई रोक न पाया। यह खुल कर बाहर आने लगी। मोहिनी जी ने तुरंत बाहर खड़े सिक्योरिटी गार्ड को बुलाकर स्थिति को संभाला वरना हाथापाई की नौबत आ गयी थी। धौंकनी की तरह चलती साँसों को तनिक आराम मिला। मोहिनी जी ने राहत की साँस ली। दो मुख्य कार्यक्रमों में मारपीट से

बाल-बाल बचे थे। समारोह की भव्यता ने दोनों बार इस बात को दबा दिया था।

अभी इस आकस्मिक घटना से उबर भी न पायी थीं कि एक और अनहोनी हो गयी। भारत से आयी एक मैडम हाई हील के सैंडिल में घूम रही थीं। कारपेट एरिया से बाहर निकलते ही टाइल्स लगे फर्श में उनका पैर फिसला और वे बुरी तरह गिर गयीं।

"मैं बिल्कुल ठीक हूँ।"

लेकिन वे ठीक नहीं थीं। मेकअप से भरे चेहरे पर दर्द ने कब्जा कर लिया था। आँखों से अनायास ही काजल मिश्रित पानी बह रहा था। पपीहा के दोनों प्रमुखों ने सोचा अस्पताल ले जाया जाए लेकिन अस्पताल वाले एक टूरिस्ट के लिए हजारों डॉलर चार्ज करेंगे इस बात की जानकारी थी उन्हें। कौन भुगतान करेगा इसका! बेबसी, लाचारी और चिंता भरी नज़रों से दोनों एक दूसरे को देख रहे थे।

"अशांत जी, कुछ करिए। अस्पताल ले जाने में तो परेशानी हो जाएगी। वे बहुत मुँह फाड़ेंगे। साथ ही ये हमारी मेहमान हैं, हमारी जिम्मेदारी है।"

"हाँ, मैं वही सोच रहा हूँ। मेरा एक मित्र डॉक्टर है, उससे पूछता हूँ। देखते हैं, वह क्या सुझाव देता है।"

तुरत-फुरत फोन लगाया गया। जब अशांत जी बात कर रहे थे, मोहिनी जी भी कान लगाकर सुनने का प्रयास कर रही थीं। अशांत जी के चेहरे पर आती राहत उन्हें दिलासा दे रही थी।

"चिंता न करें मोहिनी जी, यहाँ से आधे घंटे की ड्राइव पर रहते हैं ये मित्र। मैडम को इनके घर ले जाते हैं। वे देखकर बताएँगे कि चोट कितनी गहरी है।"

स्थिति की नजाकत को देखते हुए तुरंत ही अशांत जी ने मैडम को गाड़ी में बैठाया और निकल गए। डॉक्टर मित्र ने देखकर बताया कि मामूली ऐंठ है, जल्द ठीक हो जाएगी। यह जानकर मोहिनी जी की जान में जान आयी। आज रात तक टोरंटो पहुँचना है और सुबह जल्दी भारत वापसी की फ्लाइट है। अगर कोई गंभीर बात हुई होती तो मैडम को कुछ दिन रोकना पड़ता। इसके लिए मोहिनी जी बिल्कुल तैयार नहीं थीं। अशांत जी को देखकर यही इशारा कर रही थीं कि कुछ भी हो जाए, आज सब लोग टोरंटो पहुँच जाएँ और अगली सुबह अपने-अपने गंतव्य की ओर निकल जाएँ बस।

बहरहाल, पेन किलर लेकर चोटिल मैडम जल्द ही सामान्य हो गयीं। अशांत जी के डॉक्टर मित्र का दिल से धन्यवाद किया। एक फोन करने पर डॉक्टर साहब ने इस तरह तत्परता से मदद करके जो सहृदयता दिखाई थी, वह काबिले तारीफ थी। इस उपकार के बदले वे पपीहा की किसी मीटिंग में उन्हें आमंत्रित करके उनका सम्मान जरूर करेंगी।

आज सबको एयरपोर्ट छोड़कर मोहिनी जी घर लौटीं तो कई अच्छे-बुरे अनुभवों की टोकरी साथ थी। बुरे अनुभवों से वे स्वयं अधिक विचलित थीं। अशांत जी का गुस्सा तीखा था। लोगों की इतनी जी-हुजूरी करने के बाद भी न जाने कितनी बार माफी माँगनी

पड़ी थी। इन बुरे पलों को छोड़ दिया जाए तो पपीहा का नाम तो रौशन हुआ ही था, दुनिया ने संस्था का काम भी देख लिया था। राजनीति के दलदल की पहचान सबको है। कुछ भी हो, कहीं से न कहीं से यह राजनीति घुसपैठ कर ही देती है। इस सत्य से सब परिचित हैं। ''साहित्यगिरी का दलदल राजनीति के दलदल से कहीं अधिक गहरा हो चुका है'' हर साहित्यकार यह कहता ही नहीं, महसूस भी करता है।

थकान से भरी गहरी नींद के बाद दूसरे दिन मोहिनी जी और अशांत जी साथ बैठकर लेखा जोखा करने लगे। कुछ बुरे अनुभव थे। बिल्कुल वैसे ही जैसे घर की शादियों में होते हैं। अपने फूफाजी और दामाद जी के नखरों की बदौलत उन्नीस-बीस हो ही जाती है। लेकिन फिर भी अगले कार्यक्रमों में उन्हें आमंत्रित करना ही पड़ता है। उनके बगैर कोई कार्यक्रम नहीं हो सकता। इस सच्चाई को वे जानते हैं, इसीलिए इतने अकड़ते हैं। कुछ परिवार के सदस्य ऐसे होते ही हैं। यहाँ भी वैसा ही हुआ था। कई नए फूफा और दामाद पैदा हो गए थे।

अशांत जी के बगैर मोहिनी जी अकेले कुछ नहीं कर सकती थीं। हर कदम पर उनका साथ ऐसा था जैसे अपनी ही छाया हो— ''अशांत जी, क्या कहूँ, धन्यवाद शब्द पर्याप्त नहीं है। आपने बहुत संभाला, वरना अकेले मेरे बस का नहीं था यह सब।''

''हम दोनों के लिए संस्था पपीहा, संस्था ही नहीं अब अपने जीवन का एक हिस्सा है मोहिनी जी। आपका विश्वास पाकर संस्था से जुड़ा हूँ। उसी के चलते सब कुछ कर पाया। अब हम टीम हैं। मिलकर बहुत कुछ कर सकते हैं।''

अशांत जी की आवाज की टोन सुकून से भरी थी। सुई के धागे की तरह वफादार, जैसे चाहे वैसे कसीदे कढ़वा लें।

''सच कहा अशांत जी।'' इस स्नेहिल, आत्मीय बातचीत ने मोहिनी जी की आँखों को भिगो दिया था।

अशांत जी के साथ बैठकर किए गए हिसाब-किताब में नाम और काम दोनों जमा थे। अशांत जी को शुभ रात्रि कहकर जब सोने गईं तो न जाने कब तक हर इवेंट बंद आँखों के सामने चलती रही। एक के बाद एक। मीठे और खट्टे पल। इस पूरी रील में नंदन पुरी की छवि कहीं दिखाई न दी। इस बात का बड़ा संतोष था वरना देश-विदेश के साहित्यकारों के बीच अपने ही शहर का साहित्यकार विरोध का झंडा लिए सामने आ जाए तो अच्छा-खासा कार्यक्रम एक अखाड़ा ही बन जाता है। खैर, अब उन्हें अनुभव है इन सब चीजों का। नया रूप, नये हथकंडे और नये तामझाम। उससे भी कहीं अधिक खतरनाक रूप ले चुकी है टाँग खींचने की यह सोच। इससे पहले भी कई बार भारत में और भारत के बाहर साहित्यिक समारोहों में असाहित्यिक प्रयासों का चरम देखने को मिल चुका था।

ये सारे फसाद कुछ दिन याद रहते हैं फिर नया फसाद सामने आते ही पुरानों पर धूल जम जाती है। धूल को साफ करने वाला कोई सिरफिरा न हो तो कई घटनाएँ चुपचाप

इतिहास के पन्नों में दब जाती हैं।

हालाँकि सुना था कि काँच के घर में रहने वाले दूसरों के घरों पर पत्थर नहीं मारते। लेकिन अब वे काँच के घर नहीं रहे जिनमें झाँक कर देख सकते हैं कि अंदर क्या हो रहा है। काँच की परिभाषा बदल गयी थी। बहुत कुछ बदला था। सब अपनी सुविधाओं के अनुसार चीजें बदल रहे थे। लोग सिर्फ समूहों में ही नहीं बँटे थे, उनके दिल भी बँट गए थे। किसी बँटी विरासत की तरह, जो थी तो सही पर बँटते-बँटते नाम भर की रह गयी थी। एक-एक मिलकर, अनेक हो सकते थे पर एक-अकेले का सुख उन सबके लिये ज्यादा फायदेमंद था। उस शहर में ऐसे कई स्वनामधन्य साहित्यकार थे जिस शहर के नाम के साथ जुड़ा था मोहिनी देववंशी का नाम।

मोहिनी जी ने खून के कई कड़वे घूँट पीए थे जब भारत के एक बड़े समारोह में उन पर उँगली उठायी गयी थी। वे उस समारोह में मुख्य अतिथि के रूप में आमंत्रित थीं। टिकट का खर्च आदि सब कुछ दिया गया था। वहाँ कुछ इस तरह उन्हें लपेटे में ले लिया गया था कि वे समझ गई थीं कि किसी बड़े षडयंत्र के तहत यह सब हुआ है। वहाँ उन पर आरोप लगाए गए थे कि वे अपनी प्रसिद्धि के लिए विदेशी मुद्रा की रिश्वत देती हैं। कई पत्रिकाओं को उन्होंने जैसे खरीद रखा है। उनकी योग्यताओं पर, उनके लेखन पर करारे सवाल किए गए थे। वे क्षण सदा के लिए मस्तिष्क के किसी कोने में जिन्दा रह गए थे। लोग किसी को आगे आता नहीं देख सकते। एक तो विदेशी ठप्पा और दूसरा महिला की योग्यता और आकर्षक व्यक्तित्व, लोगों में ऐसी ईर्ष्या की आग जलाते कि वे दिया लेकर उनकी खामियाँ ढूँढने लग जाते। यही हुआ था उस समारोह में।

उस दिन समारोह में किसी सनकी ने अनावश्यक रूप से खींचतान करके, गलतियों को तश्तरी में सजाकर पेश किया था। कई छोटी-छोटी बातों पर रंगीन आइसिंग कर दी गयी थी जो लोगों को लुभा रही थी। एकबारगी तो संदेह हुआ था कि कहीं नंदन पुरी नाम के नाग ने यहाँ आकर फन तो नहीं उठा दिया, लेकिन तफ्तीश के बाद वह कहीं और का निकला था, जहाँ से पुरी का दूर-दूर तक कोई नाता न था। यानि अपने शहर में ही नहीं अन्य शहरों में भी नागों की जमात है! मोहिनी जी के दुश्मनों की कमी नहीं है। जिस तरह से उनका नाम फैल रहा है, दुश्मनों की संख्या तो बढ़नी ही थी। किसे अच्छा लगता है कि कोई लगातार आगे बढ़ता रहे।

समझ नहीं पायी थीं कि इस बात पर गर्व महसूस करें या शर्म। इस कदर अपमानित हुई थीं कि अपने शहर आकर अशांत जी से भी इसका जिक्र नहीं कर पायी थीं। समय के कुचक्र में पिसते-पिसाते अब मोटी चमड़ी हो गयी थी। इन अनर्गल बातों को दिल पर न लेतीं। सावधानी बरतने की पूरी कोशिश होती। हाँ, कभी-कभी घर से, बाहर से, हर ओर से एक साथ हमला होता तो सहन न कर पातीं। एक बच्चे की तरह गिरना, उठना और फिर से सँभल कर चलना, यही सब जीवन का हिस्सा था।

14

वेज-नॉनवेज बिरयानी

नंदन पुरी का जीवन मोहिनी देववंशी से कहीं अधिक उथल-पुथल वाला था। मोहिनी जी के सफल कार्यक्रम का झटका अभी तक नंदन जी के बदन में था। दिन में कई बार उस झटके की तरंगों से करंट लगता था। लेकिन बहू घर लौट आयी थी इसका चैन था। एक आदमी एक साथ कई मोर्चे पर तो नहीं लड़ सकता न। अब घर का मामला सुलझा तो आगे की सोचने का उपक्रम करेंगे। समय की अलट-पलट कैसी होती है, कभी घर में अशांति, तो कभी बाहर! पिछले दिनों दोनों मोर्चों पर अशांति थी।

वे दिन भी निकल गए। समय एक जैसा कभी नहीं रहता। बदलता रहता है। आज तेरा है तो कल मेरा होगा, बिल्कुल प्रकृति की तरह। खुशी, उदासी, निराशा, हताशा इन सबको प्रकृति से ज्यादा अच्छी तरह कौन समझ सकता है। हर साल यह सामने लगा लाल पत्तों वाला पेड़ ही कितने रूप बदल लेता है। गर्मी के दिनों में कभी रंगीली पत्तियाँ ऐसी दिखती हैं जैसे अभी-अभी रंगरेज ने अलग-अलग रंगों में डुबाकर सूखने के लिए टाँग दिया हो। सर्दी के पहले झर-झर ऐसे झर जाती हैं मानों धरती की पुकार हो कि सारे पत्ते मुझे दे दो। सर्दियों में बाँझ होकर शाखाएँ बर्फ का बोझ सहन करती हैं। कड़कड़ाती ठंड को झेलते अपने ऊपर बर्फ को थामे झुकी रहती हैं। ठंड का प्रकोप कम होते ही सारी बर्फ तरल हो कर उतर जाती है। तब ये नया चोला पहन कर फिर से लदने लगती हैं। अपना साज-सिंगार करते हुए इठलाती हैं।

यही नंदन पुरी को भी करना है। हर तरह के मौसम को झेलना है, चाहे उनके पक्ष में हो या विपक्ष में। प्रकृति जैसी मजबूती चाहिए। चाहे जैसे हालात हों, समय की मार को झेलने का आदी होना ही होगा। इसी प्रयास में सुशांत को फोन लगाया- ''सुशांत यार अब कुछ करते हैं। विरोधी तो अपने विशाल झंडे गाड़ कर चले गए। हम कम से कम अपनी पताका तो फहराएँ।''

''हुकुम करो सर जी।''

''शाम को आ जाओ, बैठकर बातें करेंगे।''

सुशांत के आने के बाद नंदन जी ने उन्हें अपने घर की स्थिति के बारे में बताया।

मन को हल्का किया। फिर टोह लेनी चाही— "कहीं तो गड़बड़ हुई होगी पपीहा के कार्यक्रम में ?"

सुशांत ने कहा— "सब कुछ आराम से निपटा, यही खबर है। अपने खबरियों से बहुत खोद-खोद कर पूछा लेकिन कुछ नहीं निकला। बस एक दिन खाना जरूर कम पड़ गया था। बचे हुए लोगों के लिए पिज्जा मंगवाकर काम चलाया गया।"

यह कोई खबर जैसी खबर नहीं थी। पपीहा के पक्ष में ही थी। किसी को भूखा न रहने दिया। पिज्ज़ा मंगवाकर तुरंत व्यवस्था कर दी। पुरी साहब का साहबी रौब पिचके हुए गुब्बारे-सा हो गया था। चेहरे से निराशा के बादल हट ही नहीं रहे थे। सुशांत जी जैसे आए थे वैसे ही चले गए। कोई खास योजना थी भी नहीं, किस पर बात करते। मोहिनी जी की ओर से कोई गॉसिप मिला ही नहीं। सब कुछ ऐसा लग रहा था जैसे इतने दिनों से पूरा शहर खामोश ही था।

सुशांत की विजिट फीकी-फीकी रही, मसाले के बगैर। अब नंदन पुरी मोहिनी देववंशी की सफलता स्वीकार कर चुके थे। कोई विकल्प था ही नहीं। हवा के साथ बहने में ही भलाई थी। उस मानसिक यंत्रणा की भरपाई करनी थी। बहुत सोचा। कोई और कार्यक्रम करके मात देने का विचार बासी लग रहा था। कुछ इस तरह अपनी रचनात्मकता दिखाएँगे कि कलम बोलेगी। न तो लोगों को खिलाना-पिलाना पड़ेगा, न ही किसी की जी हुजूरी करेंगे।

सुशांत ने खुल कर इस विचार का समर्थन किया। इस बहाने कुछ समय तक खुद को भी नंदन जी के मन की कुढ़न से विराम मिल जाएगा। नंदन जी अब अपने घर के ऑफिस में बंद रहने लगे। कविताओं से लेखन शुरू किया। एक बात तो है कि जब लिखना शुरू करते हैं तो फिर कलम नहीं रुकती। माँ सरस्वती की कृपा है। गुस्सा मन का था, उद्वेलन से भावनाओं का परिष्कृत रूप कागज पर आया। न जाने वह मन की आग थी या भावों का फव्वारा, अपने पूरे जोश के साथ बहता रहा। कलम चलती रही। वे उन सारे शब्दों को कागज पर उकेरते रहे जो भीतर हड़कंप मचाते थे। महीने भर की समयावधि में एक कविता संकलन जितनी सामग्री हो गयी।

ऐसा लगा जैसे अंदर का सारा गुबार बाहर निकल आया हो। रचनात्मकता को बनाए रखने का संतोष था। साथ ही, इतने दिनों तक किसी भी तरह के मनमुटाव से दूर रहे उसकी भी बहुत शांति थी। हाथ से लिखी रचनाओं को टाइप करते रहे। दोबारा सुधार करते हुए लगा कि असल में यह समय का सदुपयोग हुआ है। बड़ा प्रोडक्टिव महीना रहा। रचनाएँ मनभावन थीं। कविता लिखना तो नंदन पुरी के बाएँ हाथ का खेल है। बार-बार पढ़ने को जी चाहता रहा। हर बार शब्द नए अर्थ देते रहे। शब्दों की हेराफेरी में निपुणता हासिल है उन्हें। कोई माई का लाल इस बात को स्वीकार नहीं करेगा कि ये कविताएँ पुरी जी ने सिर्फ एक महीने की समयावधि में लिखी हैं। टाइपिंग का कार्य खत्म होने के बाद

एक महत्वपूर्ण काम था, कविताओं को लोगों तक पहुँचाने का। दिमागी दौड़ अब उसे पुस्तक के रूप में देखने को आतुर थी।

अब प्रकाशक ढूँढना था। सोचा अपनी किताब तो आ रही है, इसके साथ एक साझा संकलन भी निकाल लिया जाए। कई प्रकाशकों से बात की। सभी का एक ही गाना था— ''आप डेढ़-दो सौ किताबें खरीद लीजिए हम आपकी किताब सहर्ष छाप देंगे।''

''अरे भाई मैं दो सौ किताबों का करूँगा क्या, यहाँ तक आने का पोस्टेज मिलाकर चार सौ किताबों की कीमत चुका दूँगा। मेरी रचनाएँ मेरा ही दिवाला निकाल देंगी। रायल्टी तो गयी चूल्हे में।''

''रायल्टी देने में हमें कोई परेशानी नहीं है सर। अगर किताबें बिकती हैं तो हम रायल्टी जरूर देंगे आपको।''

''बेचना आपका काम है, मेरा नहीं।''

''हकीकत यही है सर कि किताबें कोई नहीं खरीदता। नामी-धामी लेखकों की किताबें हमारे गले पड़ जाती हैं। ऐसे में देश के बाहर से आ रही सामग्री कितनी बिकेगी इसका अनुमान आप स्वयं लगा सकते हैं।''

''मेरे भाई, मैं यहाँ विदेश में मंगवाकर बेचने से तो रहा।''

''सर, वहाँ मत मंगवाइए। आप भारत में ही अपने मित्रों को, पत्रिकाओं को, समीक्षकों को भेज दीजिएगा। सभी यही कर रहे हैं।''

यह बात पुरी जी के गले से नीचे नहीं उतर रही थी। पचास हजार रुपए खर्च करके मैं एक किताब छपवाऊँगा तो दिवाला ही निकल जाएगा। पैसा ही तो नहीं है मेरे पास। गुस्से में लाल मुँह ऐसा था जैसे भूखा शेर अपनी भूख को मिटाने के लिए कुछ भी करने को तैयार हो। पैसा होता तो बहुत कुछ करते। इन ऐरे-गैरे-नत्थूखेरे प्रकाशकों के आगे किताब छापने की मनुहार कभी न करते।

तकरीबन चार प्रकाशकों ने अपनी यही नियमावली दोहरायी। आखिर में पाँचवें ने बगैर किसी खरीदी के आग्रह के पुस्तक छापने का जिम्मा ले लिया। एक बड़ा काम हुआ। वरना उनकी इतनी मेहनत निराशा के घेरे में दबी रह जाती। मेहनत सफल हुई। यही नहीं उस प्रकाशक ने साझा संग्रह प्रकाशित करने के लिए भी आग्रह किया जिनमें सभी रचनाएँ प्रवासियों की हों। नेकी और पूछ-पूछ। तत्काल अपनी संस्था के सदस्यों को ईमेल संदेश भेजा। दो साझा संकलन गद्य में निकाले जा रहे हैं व दो पद्य में। गद्य में लिखने वाले कम थे, पद्य में लिखने वालों की कमी नहीं थी। एक शंका यह भी थी कि अपनी ही कविता की किताब को अपना ही साझा संग्रह ओवरटैक न कर ले। उन्हें यह स्वीकार्य नहीं था।

प्रकाशक ने आश्वस्त किया— ''ऐसा नहीं है सर, साझा संग्रह और व्यक्तिगत संग्रह दो अलग-अलग डिश की तरह हैं। एक वेज बिरयानी है और दूसरी चिकन

बिरयानी। चिकन खाने वाले वेजी को और वेजी खाने वाले चिकन बिरयानी को देखेंगे तक नहीं। इन दोनों की तुलना नहीं की जा सकती।

यह उदाहरण काम कर गया। सिर्फ पंद्रह दिनों के भीतर तीन किताबें प्रेस में थीं। एक नंदन पुरी का काव्य संकलन और दो साझा संकलन- संपादक नंदन पुरी। तीन महीनों के इस परिश्रम से बहुत खुश थे नंदन जी। कुछ दिनों के लिए धैर्य रखना था। शीघ्र ही किताबें हाथ में आ जाएँगी। अब अगला कदम क्या होगा यह विचार करना जरूरी था। विमोचन और लोकार्पणों की बाढ़ लेकर आना है। कई बड़े-बड़े नाम जोड़ने हैं जूम पर। सिर्फ समीक्षा तक ही नहीं रुकेगी उनकी सोच, वे आगे का सोच रहे थे, बहुत आगे का। कई दिमागी झमेलों से उलझते हुए वे एक विचार पर आकर थम गए।

पुस्तक के आवरण के साथ अपना चित्र सोशल मीडिया पर डालने के लिए बड़ा सा टीका लगवाकर फोटो खिंचवाया। एक हजार लाइक और छह सौ कॉमेंट थे। बाल कम थे, ललाट बड़ा था, बहुत बड़ा; उस पर सुशोभित टीका एक खास पहचान दे रहा था।

छा गए थे नंदन पुरी। कई चाटुकारों ने सोशल मीडिया किंग तक कह दिया था उन्हें।

15

झुनझुना

मोहिनी जी के कानों में नंदन पुरी नाम का झुनझुना कुछ ज्यादा ही बजने लगा। किताब के आवरण के साथ वह टीका लगा माथा जब सोशल मीडिया पर ज्यादा ही छा गया तो मोहिनी जी को चुभने लगा। अपना चेहरा आईने में देखतीं तो कोफ्त होती। ऐसा माथा था, जिस पर टीका शोभित ही न हो। बालों से ढँक जाता था पूरा माथा।

"मैं" की भूख तृप्त होने के बजाय बढ़ती रहती। इसी मानसिकता के साथ जीने में वे कभी किसी की तारीफ नहीं कर पातीं। कुछ सिरफिरे लोग उनके पीछे पड़ जाते, उनकी निंदा करते। तब अपनी आँखों को एक ही वाक्य, एक ही सूत्र सांत्वना देता जो किसी और की पोस्ट से लिया था; उसे अपना बना लिया था— "उपलब्धियाँ बढ़ती हैं तो आलोचना बढ़ती है। आलोचना हमेशा उपलब्धि के पीछे पड़ी रहती है।"

कुछ पिछलग्गुओं ने 'डिज़ाइनर माथा' के लिए सुझाव दिया। आनन-फानन में दिया गया वह सुझाव एक मजाक बन गया। कोटेशन भेजने का विज्ञापन देकर एक हेयर सैलून वाले का नंबर भी दिया। मोहिनी जी ने गौर से उसे समझा तो खुद पर शर्म भी आयी— "इतना खराब समय आ गया, हे भगवान!"

ऐसी छिछली बातों पर ध्यान देने का मतलब ही क्या। कभी-कभी सोच कितनी भोथरी हो जाती है। प्रसिद्ध होने की भूख ऐसी भूख है, जो कभी शांत नहीं होती। बढ़ती रहती है, और, और बढ़ती जाती है। सोच एक ही दिशा में रह जाती है, बस खुद को देखना। खुद की तस्वीर देखना। न जाने कैसी तुष्टि मिलती है। लेकिन उस दिन के बाद यह अहसास हुआ कि इतना नीचे गिरकर सोचने की जरूर नहीं है कि खुले आम लोग मजाक उड़ाए। डिज़ायनर माथा ने उनका कोई भला न किया हो, पर इतना जरूर किया कि दिमाग को सही दिशा में सोचने पर लगा दिया।

साहित्यकारों की इस सोच में जीवन कभी तो अभावमय लगता है, सूखा पड़ा हो जैसे, तो कभी अतिवृष्टि से बाढ़ आने लगती है। दोनों ही सूरतों में उन्हें चोट पहुँचती है। चोट पहुँचे तो दर्द तो होता ही है। उन्हें भी हुआ। ऐसा दर्द जिसकी कराहें जब-तब कानों में पड़कर घाव हरे करती रहतीं।

इस दर्द से अतिशय राहत मिली, जब सुना कि वे नानी बन गयी हैं। बेटी की शादी के समय खुश नहीं थीं लेकिन नानी बनकर बेहद खुश थीं। अपनी बेटी की गोद में उसकी बेटी को देखकर जमाने भर के गिले शिकवे दूर हो गए थे। अपना अक्स उसमें दिखाई दे रहा था। यह ऐसा सुकून था जिससे तन-मन पूरी तरह भीग गया था।

कुछ दिनों के लिए वे सारे साहित्यिक काम भूल गयीं। साहित्य की दौड़ और होड़ सबसे तौबा कर ली। उस नन्हीं के आसपास बड़ी सुहानी दुनिया थी। कोई ईर्ष्या-द्वेष नहीं था, कोई बैर भाव नहीं था। एक गुनगुना मरमरी अहसास था। हर दिन के बीतते वह बड़ी हो रही थी। इंच-दर-इंच। हर सुबह उसके चेहरे पर एक नयी मुस्कान होती। वह मुस्कान देखकर मोहिनी जी की मुस्कान इतनी चौड़ी हो जाती कि चेहरा ही नहीं, शरीर का हर अंग मुस्कुराने लगता। निश्छल और निर्मल अनुभूति के विशाल दायरों में जैसे कैद हो गयी थी उनकी दुनिया। उस कैद में मिल रहे आनंद का कोई पारावार न था। यह उनकी एक ऐसी रचना थी, जिसका कोई सानी नहीं था। तीन पीढ़ियों का समागम देख, आँखों की पोरों में समाया पानी महासमुद्र की तरह हिलोरें मारता।

नानी और नातिन की आँखें एक दूसरे से तमाम बातें कर लेतीं। अनकहे शब्द और अनगढ़े अर्थ मन को छूते। वह खुशियों की पोटली हाथ से छूटती ही नहीं। उस बित्ते भर की जान के कितने मीठे अफसाने थे! बगैर शब्दों के उसके हाथ, पैर, आँखें, होंठ मानो बातें करते रहते। इतना कुछ कह जाते कि वे उस मौन भाषा के अथाह सागर को पढ़ती रहतीं। उन लहरों में गोते लगाती रहतीं।

उसे गोद में उठातीं तो लगता जैसे जमाने भर का सुख उनकी झोली में है। अपनी कृतियों में सर्वश्रेष्ठ कृति तो वही थी; उनकी बाँहों में झूलते हुए मचलती, उसकी हर हलचल गुदगुदाती थी। लगता जैसे "अब असली खुशियों का खजाना मेरे पास है जो सिर्फ मेरा और मेरा है।" खुशियों की इस पोटली के साथ किसी और चीज की जरूरत ही नहीं। कितना बड़ा सच था यह— "मूलधन से ब्याज प्यारा होता है।" इस उक्ति को न जाने कितनी बार पढ़ा होगा, गुना होगा लेकिन इसका असली अर्थ अब समझ में आया। मानों उस साहूकार की ऐंठ अब मोहिनी जी के व्यक्तित्व में थी जिसे ब्याज बहुत प्यारा लगता है। बेटी की बेटी को छूकर, माँ से माँ तक पहुँचती, गुणित होती अनुभूति। शरीर के हर अंग से प्रस्फुटित होती ममता और वात्सल्य की सरिता। तब न तो किसी गोष्ठी का खयाल आता, न ही किसी को नीचा दिखाने का। उसे छोड़ने का मन नहीं करता।

लेकिन अपने घर तो आना ही था। उसे छोड़कर आते समय मन ऐसा मन-मन भारी हुआ कि बच्ची के चेहरे से, उसके आसपास से हटता ही नहीं चाहता था। लेकिन बेटी की अपनी जिंदगी थी। कुछ दिन साथ रहकर जब वापस अपने घर आयीं तो फुरसत के क्षण फिर से उन्हीं दिनों को लौटा लाए। नंदन पुरी और शेष सारे चंगू-मंगू। वही खिटपिट चालू हो गयी। वही मैराथन दौड़, वही प्रतिस्पर्धा और वही टाँग खिंचाई। कभी न खत्म होने

वाली दास्तान।

अपने शहर में कदम रखे जाएँ और नंदन पुरी के खेमे से समाचार न मिले यह तो असंभव था। उनकी हर उठा-पटक को सुनकर सिर पटकने को जी करता। बड़ा ही फालतू आदमी था। हालाँकि उन्होंने अर्घ्य के कई खास लोगों को अपनी ओर खींच लिया था। शेष के लिए भी वे जुगाड़ में लगी रहतीं। अपना कड़वा सच उजागर करतीं कि ऐसे उज्जड़ आदमी के साथ कोई कैसे काम कर सकता है।

नंदन जी के बारे में खबर सुनकर उनके सीने पर जैसे साँप लोट गए। पता लगा कि उनकी नयी किताब को बहुत अच्छा रिसपांस मिला है। उनके कुनबे में खुशियाँ बरस रही हैं। धक्का इस बात का ज्यादा था कि उनके खुद के इतने बड़े-बड़े सुनियोजित काम करने के बावजूद इस नाग को नहीं रोक पा रही थीं। मोहिनी देववंशी के कामों को धुंधलाता हुआ वह नंदन पुरी अनवरत आगे बढ़ता जा रहा था ।

एक बात मोहिनी जी अच्छी तरह जानती थीं, वह यह कि भले ही शहर में साहित्यकार भरे पड़े हों मगर एक भी ऐसा नहीं है जो हिन्दी की दो लाइनें ठीक से लिख सके। नंदन पुरी फिर भी ठीक लिखता था। शेष सारे कामचलाऊ थे। हिन्दी में कोई कुछ भी लिखे, कहीं भी लिखे, मोहिनी देववंशी की शातिर निगाहें गलतियाँ ढूँढ ही लेतीं। इन तथाकथित कवियों की सोशल मीडिया पोस्ट पर जो भी संदेश हो, या तो रोमन में लिखा होता है, या फिर गलतियों से भरपूर होता है। ये वे ही लोग हैं जो हर कार्यक्रम में समय के लिए, कुर्सी के लिए, खाने के लिए आँखें तरेरते हैं और धमकियों की बरसात करते रहते हैं।

''मोहिनी जी, आपके पास शब्दों का भंडार है, हमारे पास नहीं।''

''हमें हिन्दी शब्दों के लिए इधर-उधर झाँकना पड़ता है।''

''सच भी है, हम यहाँ हिन्दी की वजह से नहीं आए। अंग्रेजी धाँसू थी इसीलिए जर्नी आरामदेह रही।'' एक तीखा व्यंग्य यहाँ भी था। सब जानते थे कि अंग्रेजी में मोहिनी जी का हाथ थोड़ा तंग है। न चाहते हुए भी मोहिनी जी की ''गरीब अंग्रेजी'' की तरफ इशारा हो जाता। लोग अपनी कमजोर हिन्दी और सॉलिड अंग्रेजी की दुहाई गर्व से दे जाते।

''और क्या, हिन्दी का क्या। बोल लेते हैं, लिख लेते हैं इतना पर्याप्त है।''

''अगर कभी मोहिनी जी हिन्दी की कक्षाएँ शुरू करें तो सबसे पहले आपको भरती हो जाना चाहिए।''

''सौभाग्य बंधु, सीखने की कोई उम्र नहीं होती। आप भी सीखा करें, खुद को अपडेट नहीं रखेंगे तो आउटडेट होने में समय नहीं लगेगा।''

यूँ अपडेट होते ये महारथी जो भी करते डंके की चोट करते। मोहिनी जी खून के घूँट पीकर रह जातीं। भाषाओं के संजाल से निकलने का एक ही उपाय सूझता, कुछ ऐसा करो कि इन सब भौंकने वालों का मुँह बंद हो जाए। आदमी हो या कुत्ता, खाली पेट दोनों ही जानवर होते हैं।

16

गोरे अ आ इ ई

शहर में सुगबुगाहट थी।

एक अंतरराष्ट्रीय पत्रिका के प्रवेशांक के लिए तैयारी की जा रही थी। यह पपीहा और अर्घ्य से इतर एक संस्था 'संबल' थी जो साल भर में केवल एक काम करती थी। कभी नाटक, कभी कांसर्ट और कभी हास्य कवि सम्मेलन। हर भाषा के लोग इससे जुड़ जाते थे। सारे कार्यक्रम बड़े पैमाने पर होते थे। नवरात्रि की गरबा कमेटी से जुड़े होने के कारण संबल संस्था का कार्यक्षेत्र बहुत बड़ा था। इस बार कोरोना की खामोशी के बाद इन्होंने एक विशेष और अनूठी योजना बनायी। एक ऐसी पत्रिका निकालने के बारे में सोचा जिसमें अहिन्दी भाषियों की हिन्दी रचनाओं को स्थान देकर उनके हिन्दी प्रेम को सराहा जाए। यह योजना का मूल था। इस वजह से पत्रिका की चर्चा थी। शायद यह अपने आप में एक नूतन, सराहनीय कदम था। संबल संस्था से जुड़े लोग बेहद उत्साहित थे। हिन्दी के काम के लिए सभी आगे आ जाते थे।

देश-विदेश के लोग इससे जुड़ें इसलिए यह मीटिंग जूम पर थी। इस ग्रुप के प्रमुख भूपेन भव्य थे जो भूपेन भाई के नाम से जाने जाते थे। ये गुजराती और हिन्दी दोनों भाषाओं से ताल्लुक रखते थे। उनकी मोहिनी देववंशी से कोई दुश्मनी नहीं थी इसलिए उन्हें सहर्ष आमंत्रित किया था ताकि अपने सभी संपर्कों का पता दे दें। दूर तक फैले समूहों में पत्रिका का प्रचार-प्रसार किया जा सके। भूपेन भाई की नजरों में नंदन पुरी एक अव्वल दर्जे का शातिर बंदा था। उसे आता-जाता कुछ नहीं, फुदकता बहुत था। हर काम में बहुत लोचे मारता था। लेकिन चूँकि जुगाड़ी था और उसके संपर्क बहुत थे इसीलिए मीटिंग में बुला लिया था। इस तरह पपीहा, अर्घ्य और संबल के साथ जिंदल के भी लोग थे। इसी वजह से यह मीटिंग खास थी क्योंकि शहर की कई संस्थाएँ एक साथ थीं। उससे भी खास बात यह थी कि इसमें कई श्वेत हिन्दी प्रेमी आमंत्रित थे।

पहली मीटिंग में ही अहसास हो गया कि गोरे मुखारविंद से हिन्दी सुनना कितना गर्व भरा था। गोरों के साथ हिन्दी भी गोरी होकर उनके मुख से उसृत होती थी। इस वृहत योजना की मीटिंग में उन सब अहिन्दी भाषियों के साथ वक्त बिताना बहुत रुचिकर था।

इस संस्था से अधिक से अधिक अहिन्दी भाषी जुड़े थे जो अपने भारत प्रेम के कारण, या अपने प्रेमी-प्रेमिका से प्रेम के कारण हिन्दी से प्रेम करते थे। उनकी गोरी हिन्दी को सुनकर उपस्थित सारे भारतीयों का सीना चौड़ा हो जाता था। इस पत्रिका में उन्हें लाने के लिए मैडम ओलिविया पॉवेल को संपादक बनाया गया। संपादक की उपस्थिति हर मीटिंग में जरूरी थी और गोरी संपादक को हर बार विशेष आतिथ्य का दर्जा देने की पूरी योजना थी।

पॉवेल जी मीटिंग में आतीं जरूर, मगर पाँच मिनट में उपस्थिति लगा कर चली जातीं। इस वजह से पत्रिका का काम गति नहीं पकड़ रहा था। हालाँकि कई काबिल हिन्दी भाषी लोग थे मगर अहिन्दी भाषी मैडम पॉवेल को सम्मान देना जरूरी था। वे एक ऐसे देश की एकेडमिक संस्थान की चीफ थीं जिसने भारतीय भाषा हिन्दी, और भारतीय संस्कृति पर बहुत काम करवाया था। ऐसे महत्वपूर्ण लोगों को जोड़ने के लिए थोड़ा धीरज तो रखना ही पड़ता है। कई कामों को इसीलिए पहचान मिल जाती है कि उनके पीछे के 'नाम' ज्यादा वजनदार हैं। एक के बाद एक, मीटिंग्स होती रहीं पर पत्रिका जहाँ की तहाँ थी। योजनाएँ बनती रहीं, चर्चाएँ होती रहीं। नाश्ता-पानी भी होता रहा, मगर कागज आगे नहीं बढ़ पाए। भूपेन भाई के जीवन में पहली बार ऐसा हुआ कि किसी प्रोजेक्ट की रूपरेखा बनाने में लगभग एक साल के ऊपर निकल गया था और घूम-फिर कर जहाँ से चले थे वहीं के वहीं थे— बैक टू स्क्वेयर वन।

फिर भी जिद थी— ''पत्रिका का संपादकीय मैडम ओलिविया पॉवेल ही लिखेंगी। इस बात से बहुत फर्क पड़ता है कि हमारी पत्रिका की संपादक एक विदुषी अहिन्दी भाषी महिला हैं। यह हिन्दी का गौरव है। पत्रिका का गौरव है।'' हिन्दी के सभी मूर्धन्य विद्वान राजी हो गए। लेकिन वही चिर परिचित समस्या मुँह बाएँ खड़ी हो जाती- मैडम पॉवेल के पास समय नहीं था।

''थोड़ा समय दो।'' उनका यह 'थोड़ा' दिन-दिन जुड़ते हुए, धीरे-धीरे बड़ा हो गया था। अब तक पत्रिका के पहले अंक के लिए कम से कम बारह मीटिंग हो गयी थीं। यानि सवा साल का समय बीत चुका था। वे दो बार आयी थीं और कुछ देर बाद व्यस्तता का बहाना करके चली गयी थीं। दोनों बार बहुत स्वागत हुआ था उनका। जितनी देर उपस्थित थीं, उतनी देर उन्हें ही बोलने के लिए कहा गया। जब वे बोलतीं तब सब ऐसे मुस्कुराते जैसे उनके द्वारा उच्चारित हर हिन्दी शब्द के साथ हिन्दी को मोक्ष मिल रहा हो। बीच-बीच में वे अटक जातीं तो मदद के लिए कई मुँह खुल जाते। मानों उनकी जबान से फिसलते शब्दों को हथेलियों से सहारा देकर उनके मुखाग्र पर पुनर्स्थापित किया जा रहा हो।

इन मीटिंग में बिराजे नंदन पुरी को तब अपने रामगढ़ वाले चाचा की अंग्रेजी याद आती जो दो-चार शब्द बोलकर वाक्य छोड़ देते जैसे- ''मैंने इतना बोल दिया आगे का

तुम खुद ही समझ लो। न समझ पाओ तो बुद्धू बने रहो।'' आगे का शेष वाक्य जो भी होता चाचा जी की हँसी में विलीन हो जाता था।

कमेटी की किस्मत में बुद्धू के साथ बुद्धिमान कहलाना लिखा था। कमेटी का हर सदस्य ऐसे ही अंदाज लगाता रहता कि पॉवेल मैडम का हँसी के बीच खोया आधा वाक्य क्या कहना चाह रहा होगा। कई बैठे हुए महानुभाव समझ न पाते, फिर भी खुश होकर जताते कि वे समझ गए हैं। अगर कुछ कहते तो बेवकूफ बनने का तमगा जरूर मिल जाता। एक ने हिम्मत करके आवाज भी उठायी तो मीटिंग में सभी की आँखें उस प्रतिवाद करने वाले को ऐसे देखने लगीं जैसे कह रही हों— ''अरे मूरख, ठहरे मूरख के मूरख! अमाँ किस दुनिया में रहते हो! हिन्दी में बुद्धिजीवियों की कमी नहीं है। हमें देखो, पॉवेल मैडम जी कुछ न कहें तो भी हम समझ लेते हैं कि वे क्या कहना चाह रही हैं।''

ये अपार शक्ति, हिन्दी भाषियों की गूढ़ समझ शक्ति की परिचायक थी। मन से मन का रिश्ता। ''पॉवेल मैडम अगर हमारी हिन्दी को इतनी इज़्ज़त बख्शती हैं तो क्या हमारा फर्ज नहीं बनता कि उनकी मनोभावना को समझकर उनका पूरा सम्मान करें।''

सारे उपस्थित गुणीजन सम्मोहित होकर हिन्दी के अहोभाग्य को स्वीकारते हुए गद्‌गद होते रहते— ''अरे, कैसी भी हिन्दी बोली जाए, अगर हम नहीं समझ पाएँ तो हमें भारतीय कहलाने का हक ही नहीं है।''

वे कहतीं— ''मैं एकल माता, बिल्कुल समय नहीं, मगर सब छोड़कर मैं मीटिंग में आती।'' उनके इस समर्पण भाव को, उनके इस अहसान को सभी सहृदय स्वीकार कर लेते। रंगों से भरी दुनिया में हिन्दी को गोरा रंग नसीब हो, यह हर हिन्दी भाषी के लिए गौरव की बात थी। उसके बाद हर मीटिंग में उनका संदेश आता रहा कि वे मीटिंग में नहीं आ पाएँगी। संदेश में उनकी अपाच्य हिन्दी को ऐसे पढ़कर सुनाया जाता जैसे हमारी हिन्दी भाषा को अंग्रेजी सम्मान मिला हो।

नंदन पुरी सोचते— ''हमने भी जगह-जगह अपनी ऑक्सफोर्ड अंग्रेजी का प्रयोग किया था लेकिन इतना सम्मान अंग्रेजों ने कभी नहीं दिया। इतना तो क्या जरा-सा भी नहीं दिया। हम ठहरे, रहे गुलाम के गुलाम। जो वे करें, वही हम करें तो गुलामी है।'' व्यंग्य फूटने लगता— ''एक शासक गुलामों की भाषा बोले तो सम्मानित होने की बात है कि नहीं, यह बात इन अव्वल दर्जे के मूरख बुद्धिजीवियों को कैसे समझ में आती।''

खैर, वे नहीं आतीं तो भी उनकी चर्चा जरूर होती। अच्छे, स्वस्थ लहजे में। किसी की हिम्मत नहीं थी, किसी तरह का कोई सवाल करने की या मजाक करने की। सुनने वालों को एक ही उपाय नजर आता था, उनके इस सम्मान को देखकर खुद भी उसमें शामिल हो जाएँ। तब जाने अनजाने ही सही, भारतीय संस्कृति के उच्च प्रतिमानों का प्रतिस्थापन होता। यही तो वह अटूट सिलसिला था जो सदियों से चला आ रहा था, अतिथि देवो भव:। तिस पर गोरा अतिथि, महाप्रभु की श्रेणी में होता। सिर ही झुकता,

सवाल नहीं उठता। उच्च भारतीय संस्कृति के सभी प्रतिमान कायम ही रहते।

पत्रिका का प्रारूप तैयार था। आज उद्घाटन था। पॉवेल जी का सम्मान किया जाना था। उनका जलवा कायम था। उनके अलावा भी चार लोग थे पर वे बोलने का साहस नहीं कर पाते। अपने-अपने सुझाव देकर चले जाते। जानते थे कि बगैर पॉवेल मैडम के कोई फैसला नहीं हो पाएगा। उनके आने के बाद ही इस पत्रिका में नए रंग उभरेंगे और हिन्दी के लिए किया गया यह सार्थक प्रयास अपनी गति पा सकेगा। यही वजह थी कि आगे का काम होने की आतुरता में हर कोई उनके स्वागत में पलक पाँवड़े बिछा कर रखता।

ऐसा भी नहीं था कि सारी मीटिंग निरुद्देश्य होतीं। कई फैसले लिए जाते, कई रचनात्मक कार्य कागज पर आकार लेते। सामाजिकता का भरपूर फायदा उठाया जाता। समोसों से इतर नाश्ता मिलना भी सबको बहुत भाता। भूपेन भाई हर मीटिंग में खमण-ढोकला और फाफड़ा-चटनी की व्यवस्था जरूर करते। एक जोरदार ठहाका लगता जब ओलिविया पॉवेल को वे 'ओलिविया बेन' कहकर बुलाते। अभी पत्रिका का अता-पता नहीं था परन्तु प्रमोशन के ऑडियो-वीडियो तैयार हो रहे थे। कई अहिन्दी भाषी छात्रों से इस बारे में 'दो शब्द' कहलवाए गए थे। छात्रों ने जो कहा वह निश्चित ही स्वीकार्य था। उनकी हिन्दी बोलने की कोशिश काबिले तारीफ थी। बहुत भाव-विभोर थे भूपेन भाई। बस एक बार पत्रिका पूरी हो जाए फिर देखो, संस्था 'संबल' टोरंटो शहर का नाम चमकाएगी।

बहरहाल, पत्रिका अभी भी पॉवेल जी की प्रतीक्षा में है। उनका आगमन ही संबल संस्था का संबल है। आशा है वे शीघ्र आएँ और पत्रिका को प्रेस का द्वार मिले। साहित्य प्रेमी शीघ्र गोरी हिन्दी का आस्वादन करें। प्रतीक्षा के बीच कुछ और सोचना जरूरी था। भूपेन भाई का वार कभी खाली नहीं जाता। उनके पास इसका विकल्प तैयार था, एक नयी लोकेशन पर गरबे का आयोजन करना। समूह के सदस्यों ने एक लंबी साँस ली इस आश्वस्ति के साथ कि भगवान का शुक्र है कि मैडम पॉवेल को गुजराती नहीं आती वरना गरबा भी गोरे डांडियों में उलझ कर रह जाता। अगला प्रोजेक्ट गोरा न सही, गुजराती होगा और समय पर पूरा हो जाएगा।

कहीं न कहीं से रौशनी अपना रास्ता खोज ही लेती है। गरबा कमेटी के इस बैक अप प्लान में भूपेन भाई ने सारे गुजरातियों को लिया ताकि किसी प्रकार की कोई अड़चन न आए और हमेशा की तरह कार्यक्रम की भव्यता के साथ समय की पाबंदी बरकरार रहे।

17

अपने मुँह मियाँ मिट्ठू

अर्घ्य खेमा सातवें आसमान पर था। नंदन पुरी अपने जीवन का सबसे खुशनुमा दिन मना रहे थे। उनकी साधारण-सी किताब, असाधारण प्रकाशक से प्रकाशित हो कर आ गयी थी। उनका अनुमान था कि अच्छा प्रकाशक हर किताब को ऊँचा उठा देता है। अपना नाम आकाशगंगा में तैरता नजर आता। किताब के कवर के साथ दैदीप्यमान होता नाम निःसंदेह खयालों की दुनिया से बाहर आकर भी बहुत खुशी देता।

पुस्तक का कैसे प्रचार किया जा सकता है, यहाँ पहुँचने के बाद विमोचन कब रखेंगे, उस कार्यक्रम का नाश्ता-पानी, व्यवस्था सब कुछ लग्ज़री होंगे, स्पांसरशिप खुद की होगी, मुख्य अतिथि का सम्मान करेंगे, मूमेंटो भी देना होगा, चकाचक विमोचन, फिर यहाँ-वहाँ लोकार्पण, भारत के अखबारों में रिपोर्ट छप जाएगी; ऐसी कई योजनाएँ मन में उछल-कूद करतीं। उन्हें कार्यान्वित करना तभी संभव था जब किताब हाथ में हो। अब किताब जब घर पहुँचेगी तब उसके स्वागत के लिए, एक के बाद एक कई कार्यक्रमों की सूची आँखों में तैरने लगी। अपने काम को किताब में देखने का सुख पहली बार मिलने वाला था।

प्रकाशक को त्वरित संदेश भेजकर कोरियर सेवा से पचास प्रतियाँ भेजने के निर्देश दिए। प्रकाशक ने टोरंटो तक इतनी किताबें भेजने का अनुमानित खर्च पंद्रह से बीस हजार बताया। शिपिंग हैंडलिंग का खर्चा तो वहन करना ही था। क्रेडिट लाइन से उधार लेने का विकल्प था। पत्नी नयना को बगैर बताए ये कागजी काम निपटाए। इधर पैसा भेजा, उधर किताबों की डिलीवरी रवाना हो गयी। पाँच दिनों के भीतर फेडेक्स कोरियर से किताबों का पैकेज घर आ गया।

आह! किताब का पहला स्पर्श वैसा ही था जैसा किसी नवजात के जन्म लेने के बाद उसे छुआ हो। नौ महीने से ज्यादा हो गए थे इसे तैयार होने में। उसे छूना, उसे हाथ में लेना, यह एक ऐसा अहसास था जो एक रचनाकार ही महसूस कर सकता है। किताब को छूते ही शरीर के हर अंग ने रोमांचित होकर सम्मानों की झड़ी महसूस की। एक के बाद एक, कई सम्मान। स्थानीय लोगों को किताब देने के लिए सूची तैयार थी। सबको उनके

पते पर भेज कर फोन भी कर दिया कि मिलते ही सूचित करें। भारत में तकरीबन सौ लोगों को मुफ्त में किताब भेजी ताकि पत्रिकाओं में समीक्षाओं की लाइन लग जाए।

कुछ दिन इसी रोमांच में बीते। उत्सुकता और उत्साह में समीक्षाओं की प्रतीक्षा करते हुए दिन-दिन जुड़ते चले गए। पहले एक महीना और फिर कुछ महीने भी बीत गए। समय को भला कौन रोक सका है! यूँ एक साल होने चला। सौ लोगों में से किसी एक ने भी किताब पर दो लाइन भी नहीं लिखी। न ही किसी ने किताब भेजने के लिए धन्यवाद किया। जाने-माने प्रकाशक का नाम किताब के अंदर ही छुपा रह गया। नंदन जी की नींद गायब हो गयी। न जाने किसकी साजिश है यह! मोहिनी देववंशी सामने नागिन डांस करते दिखाई देती। ऐसी नागिन जिसे नियंत्रित करने के लिए कोई सपेरा पैदा ही नहीं हुआ। अपनी किताब पर उसके काटे दंश एकाएक ही महसूस होने लगे।

कुछ समझ नहीं आया कि ऐसा कैसे हो सकता है! उनके अपने खास मित्र कहे जाने वाले कई लोगों ने भी कोई प्रतिक्रिया नहीं भेजी। वरिष्ठ साहित्यकारों के नाम चुन-चुन कर उन्होंने इतनी सारी किताबें भेजी थीं। कई लोगों को एक साथ रिमाइंडर भेजे। आज लिखेंगे, कल लिखेंगे करते-करते और छह महीने बीत गए। ईमेल को बार-बार चेक करते। कोई संदेश दिखाई न देता तो ऐसे देखते जैसे उन तक समीक्षा न पहुँचाने की इस सर्वर की ही कोई साजिश हो।

एक दिन सब्र का बाँध टूट पड़ा। उन्होंने स्वयं अपनी रचनाओं पर पाँच पेज का एक समीक्षात्मक आलेख लिखा और एक छद्म नाम से हिन्दी की एक नामी-धामी पत्रिका को भेज दिया। अपनी लिखी किताब की समीक्षा करते हुए बहुत मेहनत की थी। हर शब्द को सजाया-सँवारा था। हर रचना के लिए सटीक शब्दों में टिप्पणी देकर एक सशक्त आलेख तैयार करके भेज दिया। जिस प्रतिष्ठित पत्रिका को वह समीक्षात्मक आलेख भेजा था उसके संपादक को आलेख की भाषा और क्रमबद्ध विवरण कुछ ऐसा भाया कि उन्होंने उसे तुरंत अपनी पत्रिका में छापने का निर्णय ले लिया। समीक्षा छपने के बाद कई प्रतिक्रियाएँ प्राप्त हुईं। इतने अच्छे समीक्षक से अन्य किताबों की समीक्षाएँ लिखवाने के लिए संपादक जी ने उस समीक्षक की तलाश निकाली। दिए हुए नंबर पर किसी ने फोन नहीं उठाया, न ही उस ईमेल आईडी से किसी ने जवाब दिया। हारकर संपादक ने लेखक नंदन पुरी से संपर्क किया। पुरी साहब ने कह दिया— "शायद वे कहीं अन्य देश में चले गए हैं और फिलहाल उनका अता-पता नहीं मिल रहा।"

संपादक को थोड़ा संदेह हुआ लेकिन तह तक जाने की जहमत उठाने का समय नहीं था। मामला स्वत: ही रफा-दफा हो गया। वह दिन था और आज का दिन है, वह समीक्षक गधे के सिर से सींग की तरह गायब ही है। वह नंदन जी के शरीर से फिर कभी बाहर न निकला। कहने वाले कहते हैं— "लेखक में समीक्षक का विलय हो गया।"

आज भी भूले भटके लोग पूछ लेते हैं उस समीक्षक के बारे में— "इतने अच्छे

समालोचक को हम भी भेजना चाहते हैं किताब। पुरी साहब जरा उनका ईमेल आईडी भेजिए।''

पुरी साहब ने एक फर्जी ईमेल आईडी बना कर भेज दी— ''मैंने इसी ईमेल आईडी पर संपर्क किया था। जरा मनमौजी किस्म के हैं। अगर उनकी इच्छा होगी तो जवाब देंगे वरना नहीं देंगे।''

''हाँ पर समीक्षा तो तभी लिखेंगे न जब किताब होगी उनके पास। किताब भी तो भेजनी पड़ेगी न!''

''पहले ईमेल भेजिए। तब वे आपको पता देंगे किताब भेजने के लिए। वैसे तो मैं भी दे सकता हूँ लेकिन वे खुद अगर दें तो ही आपका काम होगा। इसलिए थोड़ी प्रतीक्षा कर लेनी चाहिए।''

और यूँ अपने समालोचक को नंदन जी हर किसी से छिपा गए। अपने भीतर समा लिया। तेरा तुझको अर्पण। क्या करें, ऐसे जुगाड़ तो करने ही पड़ते हैं। इस समीक्षा की घटना के बाद उन्होंने तौबा कर ली। ऐसा काम कभी न करेंगे। कहते हैं धूरे में हीरा छुपा होता है। नंदन जी में छुपा हीरा लोगों को दिखता ही नहीं। कोई जौहरी ऐसा न मिला कि हीरे को ढूँढ निकाले। लेकिन वे मायूस नहीं होते। धरती का सीना चीर कर निकलने का माद्दा रखते हैं। एक दिन साहित्यकारों की इस भीड़ को चीरकर भी आगे निकल ही जाएँगे।

ऐसा भी नहीं है कि ये सब करते हुए उनका ज़मीर उन्हें धिक्कारता नहीं, लेकिन करें क्या! अपने आसपास के लोगों की उठा-पटक के चलते अंदर के सारे आशावादी खयाल अब जहरीले हो गए थे। जहर पीते रहते हैं, जहर ही उगलते हैं। जहर ही जहर को काटता है, जितना जमा होगा उतना कहीं न कहीं तो निकलेगा। कहीं न कहीं जहर उगलेंगे और बदला ले लेंगे।

प्रकाशक, समीक्षक, संपादक ये सारे शब्द अपना अर्थ खोते जा रहे हैं। इन तक पहुँचकर भी कुछ नहीं होता, इससे भी बड़ा सोर्स होना चाहिए। अब नंदन जी उसी सोर्स की तलाश कर रहे हैं। हिन्दी के पदों पर बैठे हुए लोगों के अते-पते ढूँढ रहे हैं ताकि उनसे संपर्क कर सकें। कई वेबसाइट्स देखीं, कई पत्रिकाएँ देखीं। जो नाम दिखे वे इतने बड़े दिखाई दिए कि उनसे संपर्क करने का कोई औचित्य नजर नहीं आया। हाँ उनसे संपर्कों की जुड़ती कड़ियों में एकाध नाम परिचित दिखा जिसे फोन भी लगाया किंतु कोई जवाब नहीं मिला। एक उम्मीद थी कि कड़ी से कड़ी जुड़ जाएगी, वह उम्मीद भी खत्म हो चुकी थी।

अब बुकशेल्फ में रखी वह किताब ऐसी नजर आती जैसे मुँह चिढ़ा रही हो। उसे उठाते, सहलाते और सांत्वना देते— ''वह दिन आएगा जब तुम्हारे कद्रदान मिलेंगे।'' यह कहते हुए भीतर बहुत कुछ टूट जाता। टूटे हुए टुकड़ों की चुभन असहनीय हो जाती तो खामोशी से खून के घूँट पीकर बाहर निकल जाते। धीरे-धीरे दिमाग से निकलती वह चुभन

पैरों तक पहुँच कर धीमी पड़ने लगती। पैर अपनी बुझी-बुझी कदम ताल से हर तनाव सड़क पर छोड़ने की पुरजोर कोशिश करते। दर्द और दवा दोनों आखिरकार खुद से ही मिलते।

लंबा कद, गोरा रंग, बगैर चश्मे की बड़ी-बड़ी आँखें, चाल में ठसक, अपने व्यक्तित्व की सारी खासियतें बेमानी लगतीं। पूरी दुनिया उनके सामने मधुमक्खी की तरह मंडराती, शहद की मिठास और तीखे डंक की अनुभूति के साथ लगातार कचोटते हुए।

और जिंदगी को एक बार फिर से हनी ट्रैप से निकालने की कोशिश में पैरों की गति तेज हो जाती।

18

आस्तीन में

पपीहा से निकाले गए कवि सारस ने नंदन पुरी से साँठ-गाँठ करने की ठान ली। एक दिन फोन पर दोनों की चर्चा शुरू हुई तो काफी लंबी चली। दोनों के जख्मों के लिए यह रुई का फोहा मिलना एक बड़ी राहत थी। सारसजी ने उकसाया— ''एक औरत से पिछड़ रहे हो बंधु। कब तक ऐसे छोटे-मोटे काम करके मन बहलाते रहोगे। कुछ बड़ा सोचो।''

''अरे सारस जी, क्या कहूँ। मैं औरतों की तरह दौड़ नहीं पाता, जब भी दौड़ता हूँ औंधे मुँह गिर जाता हूँ।''

''कछुआ चाल बहुत हो गयी पुरी साहब। लद गए वे जमाने जब धीरे-धीरे चलकर कछुए जीत जाते थे। इस जमाने में औरतें भी खरगोश की तरह रुक कर नहीं, हिरनी की तरह तेज भागती हैं। मर्द हो, शेर की तरह दहाड़ मारकर हिरनियों को निगल जाओ।''

''आप भी तो नहीं निगल पाए सारस जी, उल्टा हिरनी ने आपको निगल लिया! अब तो मान लीजिए कि वह हिरनी नहीं शेरनी है।'' खोखली हँसी हँसते हुए नंदन पुरी ने सीधे मोहिनी देववंशी द्वारा किए 'सारस बहिष्कार' का मुद्दा उठा दिया।

''देखो माननीय, वह हिरनी हो या शेरनी; मैं ठहरा धार्मिक इंसान, किसी के बुरे कर्मों से अपनी आध्यात्मिक शक्ति को प्रभावित नहीं कर सकता। आप उनका मुकाबला करने में सक्षम हैं। आपमें ऐसी खोखली शक्तियों से लड़ने का माद्दा है, इसीलिए आपसे कह रहा हूँ।''

''अब आपसे जुड़ा हूँ तो कोई न कोई तरकीब तो मिल ही जाएगी।''

''देखिए बंधुवर, हमें अपनी रोजी-रोटी की भी चिंता करनी है। उस औरत का क्या, उसे एक शांत और सौम्य पति मिला है। बीवी का गुलाम है। कमा-कमा कर अपना सारा पैसा हिन्दी में लगाने को दे देता है। उसके पास एंजिल इन्वेस्टर है, सब ऐसे खुशकिस्मत नहीं होते। खुद तो बेचारी एक पैसा नहीं कमाती, पति का पैसा जी भरकर उड़ाती है।''

''सचमुच, भोला भंडारी है बेचारा, चूँ भी नहीं करता।''

दोनों ने मिलकर देववंशी के वंश को खूब जमकर खींचा। पति को बीच में लाकर विरोधी के परिवार पर निशाना साधना भी अपने अहं की तुष्टि थी— ''वह अपने व्यवसाय में इतना व्यस्त है कि उसके पास इन सब कामों के लिए कोई समय नहीं। पत्नी जिसमें खुश रहे वह भी उसी में खुश रहता है।''

सारस जी के सपोर्ट से नंदन पुरी खुश तो थे पर जानते थे कि यह सब अंधेरे में तीर चलाना है। सारस जैसा आदमी कभी भी धोखा दे सकता है। करवटें बदलने में माहिर है। मगर एक कड़वा सच यह भी था कि मोहिनी देववंशी की कोई बुराई करे और नंदन पुरी उसे घास न डालें, यह कैसे संभव था। बस इसी मन की ठंडक के लिए वे हो लिए सारस जी के साथ। ज्यादा से ज्यादा क्या होगा! आखिरी में ये भी चले जाएँगे छोड़कर, और क्या। चले जाएँ, उन्हें परवाह नहीं पर अभी तो ये खुद आगे होकर आए हैं, साथ लेने में कोई हर्ज नहीं।

उनके अपने डिप्टी सुशांत ने आगाह कर दिया था— ''सर जी, मन की बात मन में रखें। जरा सँभल कर रहने की जरूरत है। सारस का रस कड़वा होने में समय नहीं लगता। एक तरफ कुआँ है, दूसरी तरफ खाई है!''

सही कहा था सुशांत ने। नंदन पुरी बच्चे नहीं थे जो सारस की बातों में आ जाते, पर सारस जी की बातें दिल को सुकून दे रही थीं सो सुनते रहे। सारस जी ने एक विचार रखा— ''पुरी साहेब, आपको और आपकी संस्था को पैसा भी चाहिए और नाम भी चाहिए। चलिए हम दोनों मिलकर छात्रों के लिए एक निबंध प्रतियोगिता का आयोजन करते हैं। इस प्रतियोगिता में भाग लेने वाले सारे प्रतिभागी छात्र ई-सर्टिफिकेट प्राप्त करेंगे। प्रथम व द्वितीय पुरस्कार क्रमशः पाँच व दो हजार रुपयों का होगा। स्थानीय लोगों से प्रविष्ठियाँ मिलने की गुंजाइश कम है। डॉलर में पुरस्कार रखने का कोई मतलब नहीं। भारत वालों के लिए यह सुनहरा मौका होगा। उनके लिए निबंध सबमिट करने की फीस दस रुपए होगी। सोशल मीडिया पर इसका खूब प्रचार-प्रसार होगा। किसी भी माता-पिता को दस रुपए देना गैरवाजिब नहीं लगेगा। हजारों निबंध आएँगे। हजारों ई-सर्टिफिकेट भेज दिए जाएँगे।''

विचार बुरा नहीं था। जेब से कुछ नहीं लगे वह काम करने में हर्ज ही क्या है! मन की इसी उठा-पटक के चलते नंदन पुरी ने निबंध प्रतियोगिता आयोजित करने का बीड़ा उठा ही लिया। खूब प्रचार-प्रसार किया। निबंधों की जैसे बाढ़ आ गयी। दस रुपए की राशि ने बहुत मदद की। पुरस्कार की राशि का खर्च चुटकियों में निकल गया। उनका और उनकी संस्था का नाम हुआ सो अलग। इतने सारे निबंध पढ़ने की कतई जरूरत नहीं थी। कुछ निबंध जो अपने खास लोगों के घरों से आए थे, उन्हें पुरस्कार देना था। कौन देखने-पूछने आता कि वाकई किसका निबंध अच्छा था। इस वृहत प्रयास से हिसाब बराबर नहीं हुआ था। दस-दस रुपए करके जो पैसा इकट्ठा हुआ था वह वास्तव में उनकी इज्जत के

लिए बौना साबित हुआ था। लोगों ने जो ताने कसे थे वे दस रुपए के बदले दस-दस तीर की तरह घुसे थे।

मन ही मन सारस जी को छूट गालियाँ दी थीं। कोई सुन ले तो उसे लगे कि यह बुढ़ऊ सठिया गया है। ऐसी गालियाँ जो सालों पहले भारत छोड़ आए थे। कमीना! फँसा कर बाहर निकल गया। बच्चे को जैसे चॉकलेट से फुसलाया जाता है वैसे ही अपनी मीठी बातों से रिझाकर बेवकूफ बना गया सारस का बच्चा। उनकी इस हालत को देखकर सुशांत ने कुछ इस तरह गर्दन हिलायी थी मानों कह रहा हो— ''आस्तीन में साँप पालने का शौक आपको ही था, अब भुगतो।'' पुरी जी को लगा कहीं यह भी मुझे महामूरख समझ कर छोड़ न जाए।

करे तो क्या करे नंदन पुरी, इतनी मेहनत करते हुए भी जैसा चाहते हैं वैसा प्रतिफल नहीं मिलता। सुनहरे अवसर बहुत आते हैं, इनकैश हुए बगैर निकल जाते हैं। मेहनत का पैसा और इज्जत दोनों मिलने ही चाहिए परंतु हो जाता है उलटा। घाव पर घाव, नासूर बनकर सालते रहते।

इस झुंझलाहट से उबर भी न पाए थे कि एक व्याख्यान का आमंत्रण मिला। पहली बार किसी व्याख्यान के लिए पाँच हजार रुपए देने का प्रस्ताव भी साथ में था। दूध का जला छाछ भी फूँक-फूँक कर पीता है। नंदन पुरी ने सतर्क होने के बावजूद उस आमंत्रण को अस्वीकार नहीं किया। उसके साथ एक सम्माननीय संस्था जुड़ी हुई थी। उस व्याख्यान से बहुत उम्मीदें थीं। शुरुआत तो शानदार हुई। धीरे-धीरे लगा कि यह भी किसी का बिछाया एक जाल ही है। हुआ यों कि अपने व्याख्यान में नंदन पुरी ने प्रवासियों का जितना बखान किया, उतनी धज्जियाँ भारत वालों ने उड़ायीं। सवाल पर सवाल दागे गए। उन सवालों के जवाब देते-देते नंदन पुरी का दम निकल गया। अंत तक वह विषय बहुत विवादास्पद हो गया। पैसे-वैसे तो मिले नहीं, किरकिरी हुई सो अलग। चोट पर चोट खा-खाकर घायल शेर की तरह तिलमिला गए थे। जोर से दहाड़ने को दिल करता था पर शहरी जंगल में इस शेर की क्रोधित दहाड़ भीतर ही भीतर चीत्कार करती रही।

वहाँ से फारिग हुए नहीं थे कि एक प्रवासी वेबिनार का आमंत्रण आया। गुस्से में उसे भी स्वीकार कर लिया। इतना तो हो ही चुका है अब और क्या होगा। इस वेबिनार का विषय ही खतरनाक था— ''प्रवासी कहा जाए या नहीं'' यह बहस का बड़ा मुद्दा था। भारत के एक जाने माने विद्वान प्रवासियों की खाल खींचने के लिए उतावले थे। उनका कहना था प्रवासी को मुख्यधारा में शामिल न किया जाए। प्रवासियों ने इसे एक आरक्षण की तरह इस्तेमाल किया है। इसका लाभ प्रवासियों के द्वारा दोनों तरह से लेने की कोशिश रहती है— ''जब प्रवासी विशेषांक निकले तो उसमें उपस्थिति दर्ज कराते ही हैं और सामान्य निकले उसमें भी जगह ले लेते हैं। अर्थात, जरूरत के आधार पर ये तमगे बदलते रहते हैं। जब-जब महाप्रलय आए तब-तब बचने के साधन तलाश लो। उसके बाद

प्रवासी बने रहो। यह प्रवासियों का दोगलापन है।''

यह विचारणीय मुद्दा था। बहस तेज होती रही। जैसे प्रवासी के नाम पर सचमुच एक आरक्षण हो। कई तर्क थे— ''भारत में लोग हमें और हमारी रचनाओं को ऐसे देखते हैं जैसे हम आरक्षित कोटे से आए हों। आरक्षण का लाभ उठाकर कोई कितना आगे बढ़ सका है भला। प्रतिभा ही तो आगे बढ़ती है। प्रतिभा न हो तो कहीं भी चले जाएँ कौन पूछता है!''

विषय बहुत अच्छा था, लोगों की नियत अच्छी नहीं थी। आखिरी में झगड़ने की ही नहीं युद्ध की नौबत आ गयी। एक वक्ता ने प्रवासी साहित्य को दोयम दर्जे का करार दिया। कहने लगे— ''प्रवासी जब भारत आते हैं तो विदेशी शराब की बोतलें भर-भरकर लाते हैं। संपादकों को, विभागाध्यक्षों को लुभाने के तमाम हथकंडे होते हैं प्रवासियों के सूटकेस में।''

दूसरे वक्ता ने एक अलग बिंदु उठाया, विरोध का स्वर बहुत तीखा था— ''ये सारे मजदूरी के लिए बाहर चले गए हैं। पैसा कमाने गए हैं, वापस नहीं आने वाले। ऐसे में इनको प्रवासी क्यों कहा जाए! प्रवासी तो वह होता है जो घर वापस आता है।''

नंदन पुरी ने इसका पुरजोर विरोध किया— ''हमें क्या पता यहाँ कितने दिन रहेंगे। किसी ने भविष्य खोल कर नहीं देखा। कुछ भी हुआ तो श्रीलंका तो नहीं जाएँगे न, वापस अपने देश ही जा सकते हैं। हमारे लिए तो यह प्रवास ही है और मरते दम तक रहेगा।''

हैरान-परेशान हो गए थे इस फालतू के विवाद से। सिर ठोक लिया अपना— ''क्या बेवकूफी से भरी बातें करते हैं ये लोग। सच्चाई तो ये है कि ये लोग विदेश नहीं जा पाए, यही इनका फ्रस्टेशन है। देश हमारा भी उतना है, जितना इनका है। हिन्दी हमारी भी उतनी ही है, जितनी इनकी है। हमारे बच्चे विदेश में भी हिन्दी पढ़ते हैं। इनके बच्चे भारत में रहकर भी अंग्रेजी का परचम उठाकर चलते हैं। तब किसी को दिखाई नहीं देता कि युवा पीढ़ी हिन्दी को कहाँ ले जा रही है। बात करते हैं।'' आँखों से बहती अग्नि धारा ऐसी दिखाई दी कि कोई भी उनसे नजरें मिलाए तो भस्म ही हो जाए।

कहाँ तो अपनी भड़ास निकालनी थी, कहाँ वे ही फँस चुके थे। हर जगह यही हो रहा था। जिधर पैर रखते कीचड़ में धँस जाते। काम उल्टे होने लगे थे। ग्रहों की दशा खराब चल रही है शायद। समय का कुचक्र हर किसी को झेलना ही पड़ता है। लेकिन इस समय के कु-दौर में भी सामने से आते आमंत्रण फिर से हौसला अफ़ज़ाई करते। एक और वेबिनार था हिन्दी पर। पिछले वेबिनार से एक फायदा हुआ था कि अब किसी बहस में न पड़कर मुस्कराते रहे। एक शख्सियत ने कहा— ''हिन्दी में घालमेल से बचना है।''

दूसरी शख्सियत ने तुरंत विरोध किया, कहा- ''घालमेल होना चाहिए, भाषा की समृद्धि इसी में निहित है। शुद्ध हिन्दी बोलने वाले हैं ही कितने। जो प्रचलित व सरल रूप है, वही शुद्ध है।''

स्वयं को वाचस्पति कहने वाले महानुभाव ने कहा— ''शब्दों के अलग-अलग रूप स्वीकार्य होने चाहिए। बड़े ऊ की मात्रा, छोटे उ की मात्रा पर बहस करने के बजाय भाषा के दीर्घगामी अस्तित्व को ध्यान में रखकर चर्चाएँ आयोजित की जाएँ। मात्राओं को लेकर इस कदर कट्टर हो जाओगे तो हिन्दी का हाल संस्कृत और लेटिन भाषाओं की तरह हो जाएगा, मृतप्राय।''

लगभग एक घंटे तक उसी बात पर लंबा विवाद चल रहा था। जहाँ से चले थे वहीं वापस लौट कर आ गए। ऐसी चर्चा जिसका कोई अर्थ नहीं था, इसे सार्थक चर्चा कहा गया। यह वह समूह था जो लेखन में विसंगतियों को बता कर समाज को आइना दिखाना चाहता था। यह वह समूह भी था जो विसंगतियाँ पैदा करके उस पर लिखवाना चाहता था।

नंदन पुरी ने तौबा कर ली। आगे से ऐसे सेमिनारों में अपना वक्त ज़ाया नहीं करेंगे। एक दूसरे की टाँग खींचो, उससे पेट न भरे तो एक दूसरे की कुर्सियाँ खींचो। खींचा-खाँची के अलावा वहाँ कुछ नहीं होता। जो भी हो, अब यह सुनिश्चित करना जरूरी हो गया था कि टाँग व कुरसी दोनों की सुरक्षा के इंतजाम कड़े कर दिए जाएँ।

19

सयानी बिल्ली

मोहिनी मैडम को पुरी साहब की किताब के चर्चे अभी तक चुभ रहे थे। नंदन पुरी की कविताओं की तारीफों के पुल वैसे ही लगने लगे जैसे "हर जुबां पर, सबको मालूम हो गया और सबको खबर हो गयी।" इस प्रतिस्पर्धी धुन में अपनी किताब छपवाने की सुध आयी। एक सड़क छाप कविता लिखने वाले की किताब छपकर आए और वे यूँ ही हाथ पर हाथ धरे बैठी रह जाएँ! इससे भी बड़े प्रकाशक से अपनी किताब छपवाएँगी। तलाश की तो पता लगा कि उनके एक जानने वाले व्यक्ति सुमेर जी के दो कविता संग्रह भारत के बड़े प्रकाशक से छपकर आ रहे हैं। वहाँ से छपना तो गौरव की बात होती है। सामान्यत: ऐसी किताब इस नामी-धामी संस्थान से छपने की उम्मीद नहीं होती। क्योंकि सुमेर जी की कविताएँ हाईस्कूल के बच्चे की लिखी जैसी भी नहीं लगती। हाँ, प्रायमरी स्कूल के बच्चे का बंदर मामा काव्य जरूर नजर आता है।

लेकिन इसकी तह तक जाकर पता करना जरूरी समझा कि आखिर क्या था ऐसा कि उनकी कविताएँ इतने बड़े नाम के साथ जुड़ीं। उन्हें तुरंत फोन करके फार्मूला पूछा। वे बोले- "रचनाओं में दम होना चाहिए, इसके अलावा कुछ नहीं।"

"कितना, दस बीस हजार का दम?"

"दस-बीस हज़ार में होता क्या है इन दिनों!"

"तो फिर?"

"आप शून्य बढ़ाइए और फिर देखिए कौन रोक सकता है आपकी किताब को।"

उस एक वाक्य ने सब कुछ समझा दिया था। शब्दों के भीतर का सारा हिसाब-किताब, सारी जोड़-तोड़— "लेकिन फायदा क्या, पुस्तक छप जाएगी, पाठक कहाँ से लाएँगे?"

"भारत सरकार तो है इतनी बड़ी पाठक।"

सचमुच, उस दिन के बाद मोहिनी देववंशी को अपनी औकात समझ में आ गयी थी। "और भी कातिल हैं जमाने में, एक हम ही तो नहीं।" किताब छपवाने का खयाल जितनी तेजी से आया था उतनी ही तेजी से चला गया। "इतना दोयम दर्जे का तो नहीं

लिखती हूँ मैं कि किताब छपवाने के लिए डेढ़-दो लाख खर्च करने पड़ें।'' किताब का भूत जितनी तेजी से चढ़ा था, उतनी ही तेजी से उतर गया।

अब एक ही धुन सवार थी। जितने ज्यादा संबंध बनाकर रखेंगी उतना ही फायदा होगा। ढूँढ-ढूँढ कर कई लोगों के पते-फोन नंबर निकाले। व्हाट्सएप नंबर सेव किये और अपनी सुबह सात से ग्यारह बजे तक लोगों को फोन घुमाने लगीं। तब भारत की शाम होती और लोग अपने घरों में सुस्ता रहे होते। कई फोन कॉल्स मोहिनी जी को व्यस्त रखने लगे। भारत में कई लोगों से उनकी बात हुई। आपसी आदान-प्रदान के दौर चले। अपनी सामाजिकता को बढ़ते देख वे अंदर ही अंदर फूली न समातीं।

एक दिन फोन घड़घड़ाया। वह फोन नहीं, एक नई सुबह का आगाज़ था; कह रहे थे— ''आपकी बहुत प्रशंसा सुनी है। आपकी रचनाओं की तारीफ भी। हम आपसे मिलना चाहते हैं। कैनेडा आ रहे हैं। आपकी संस्था और हमारी संस्था की जुगलबंदी हो जाए तो विन-विन सिचुएशन होगी। मिलकर हिन्दी भाषा के लिए काम करेंगे।''

यह भारत की एक बड़ी साहित्यिक संस्था थी। काफी नाम सुना हुआ था। सुशील शील और कमल श्रेष्ठ, ये दो लोग पंद्रह दिनों के भीतर टोरंटो लैंड हो गए। उनका ठहराना-खिलाना-पिलाना सब कुछ पपीहा संस्था ने किया। संस्था का सिर्फ नाम था। सब कुछ मोहिनी जी की जेब से जा रहा था। तीन दिन तक अपनी संस्था की मीटिंग बुलाकर कार्यक्रम करवाए। चाय-खाना और बाहर घूमने के लिए भी भेजा। वापस लौटने पर एयरपोर्ट छोड़ने से लेकर अन्य सारी जिम्मेदारियाँ मोहिनी जी ने बहुत लगन से उठायीं।

भारत लौटते हुए सुशील जी व कमल जी ने सस्नेह भारत यात्रा का निमंत्रण देकर तारीख तय कर दी थी। यात्रा का हर एक पड़ाव भी तय कर दिया था कि हमारी संस्था के खर्च पर आप इन तारीखों को आयोजित समारोहों में भाग लेंगी व उसके बाद उनकी संस्था के तमाम कार्यक्रमों में शिरकत करेंगी। वहाँ हजारों लोगों के बीच आपका सम्मान किया जाएगा। पाँच लाख की सम्मान राशि है व आपकी संस्था पपीहा के लिए एक लाख का अनुदान भी है।

वह पूरा सप्ताह बहुत मान-सम्मान वाली अनुभूति देकर गया। पैर जमीन पर नहीं टिक रहे थे। उस दिन का इंतजार करती रहीं जब वहाँ से टिकट आ जाएँगे। मन बेसब्र था। दिन बीतते रहे। महीना बीत गया। कोई संदेश नहीं, कोई फोन नहीं। स्वयं फोन लगाना उचित नहीं लगा। मन को समझाया— ''इतनी अधीरता भी ठीक नहीं, कम से कुछ महीने तो लग ही जाते हैं ऐसे वृहत आयोजनों में।''

यूँ महीने बीत चले। अब फोन करना उचित था। हो सकता है कोई बीमारी या आकस्मिक आपातकालीन परिस्थितियाँ हों। फोन करने लगीं तो फोन लग ही नहीं रहा था। आज नहीं तो कल, कल नहीं तो परसों। उनके जाने के बाद छह महीने तक मोहिनी जी इंतजार करती रहीं। पहले तो फोन घुमाते ही बात हो जाती थी। जब से यहाँ से गए हैं

तब से फोन ही नहीं लगता। जैसी बात हुई थी उसके अनुसार अब तक तो टिकट आ जाने चाहिए थे, मगर आए नहीं। टिकट तो क्या एक संदेश भी नहीं आया। अब वेब से सर्च करके उस जानी-मानी संस्था को फोन लगाया और नाम पूछे कि ये लोग कहाँ हैं। जवाब मिला सुशील शील और कमल श्रेष्ठ नाम का कोई आदमी उनकी संस्था में नहीं है। साथ ही, आज तक उस संस्था से कोई कैनेडा नहीं गया।

उनकी आँखें खुलीं। अरे इतनी बेवकूफ कैसे हो सकती हैं! सरे आम मखौल बना कर चले गए वे दोनों सज्जन। अब उनके साथ बिताया समय आँखों के सामने आने लगा। वे लोग फोटो खींचने के लिए हमेशा अपने फोन देते थे। कहते थे— "हम सारे फोटो-वीडियो भेज देंगे। बाकी सब लोग कार्यक्रम में ध्यान दें।" हम भारत जाकर संस्था के पोस्टर के साथ प्रोफेशनल वीडियो बना कर भेजेंगे। यही वजह है कि किसी ने अधिक फोटो लिए नहीं। उनका एकाध फोटो सुशांत के पास था मगर उसे लेकर इतने बड़े देश की जनता में कहाँ ढूँढते। बिलियन लोगों में एक नाम। फर्जी नाम और फर्जी संस्था का सदस्य बनकर चकमा दे गए थे। सोशल मीडिया पर भी कहीं उनका नामो निशान न था।

हालाँकि कुछ ले कर नहीं गए थे। बस अपना रहने-खाने का खर्चा करवा गए थे। बगैर एक पैसा खर्च किए टोरंटो शहर और आसपास घूम-फिर कर चले गए थे। जिस नाम का संदर्भ देकर विश्वास जीता था, वह एक जाना-माना नाम था। उनके ऑफिस से पता चला कि वे सज्जन तो कई दिनों से बीमार चल रहे हैं। बिस्तर पर हैं। कैनेडा तो क्या घर के बाहर भी नहीं जा सकते थे।

सयानी बिल्ली खंभा नोचे। मोहिनी देववंशी बेवकूफ बन गयी थीं। शहर में किसी को पता चल जाए तो वह भी नंदन पुरी की श्रेणी में आ जाएगी। कैसे लोग भरे पड़े हैं, अपने ही देश के लोगों से कोफ्त होने लगी थी। कैसी चकरघिन्नी थी! कितना बड़ा खेल था! दिमाग की चतुराई और चपलता की चपेट में अपना फँसना मोहिनी देववंशी को बहुत तीखी चोट दे गया।

अशांत जी ने मोहिनी जी से चुप्पी धारण करने के लिए कहा। वरना खबरियों को शहर में खबर फैलाते देर न लगती और नागों के बसेरे में हर किसी को डँसने का मौका मिल जाता। अपने ही देश के लोगों से ठगा जाना अधिक दर्द दे गया। अपने देश की सभ्यता और संस्कृति पर कई बार भाषण दिए। वही संस्कृति खुद के गालों पर सटाक-सटाक करते तीखे तमाचे जड़ गयी थी। गर्व से कहे गए शब्दों ने पलटवार किया, 'मेरा भारत महान' की गूँजती भावना अब तेजी से उलटी दिशा में बह रही थी।

मेरे देशवासी, इतना दिमाग किसी अच्छे काम में लगाएँ तो देश कितनी उन्नति कर लेगा! काश मोहिनी जी की यह सलाह सुनने वाला कोई होता! वहाँ तो खामोश दीवारें थीं और मोहिनी जी का चक्कर खाता माथा था। इस कदर भिन्ना कर घूम रहा था कि वे जाकर अपना सिर दीवार से टकराने लगीं। इस समय किसी और से नहीं खुद से ही शिकायतें थीं।

आखिर क्यों ऐरे–गैरे–नत्थूखैरों पर विश्वास करके इतनी आव भगत में पीछे लग गयीं। ऐसे झाँसों में नंदन पुरी फँसता है, मोहिनी देववंशी नहीं। उलटा पाँसा बहुत कचोट गया। कई दिनों की मायूसी छोड़ गया।

इतिहास गवाह है, जब–जब ऐसी परिस्थितियों से टकराव होता है, नंदन पुरी के माथे सब कुछ जड़कर स्वयं को शांत कर लेती हैं। जब नंदन पुरी पर आरोप नहीं लगा पातीं तो वह चोट और गहरी हो जाती है। जैसा बिटिया के मामले में हुआ था। बहुत दिन लगे थे उबरने में। ठीक वैसा ही अब हुआ, यह चोट खुद की असावधानी से लगी थी। अब खुद ही भुगतना था।

20

दाँव-पेंच

एक दिन भारत से नंदन पुरी के पास प्रस्ताव आया, अपने व्यक्तित्व और कृतित्व पर किताब लाने का। एक पत्रिका ने उन पर एकाग्र निकालने के लिए भी संपर्क किया था, पर जो भाव बताया गया वह उनके लिए बहुत ज्यादा था। उन पर तीस लेख लिखवाने के नब्बे हज़ार तो वाजिब थे, पर ऊपर से दो लाख का गणित वे नहीं समझ पाए। पैसा होता तो खुद पर लिखवा-लिखवा कर आज हिन्दी साहित्य में कहाँ से कहाँ पहुँच गए होते। याद आया एक बार जिंदल साहब ने भी अपने ऊपर शोध ग्रंथ लिखवाए थे। उन मुफ्त में मिली प्रतियों को किसी ने पढ़ा या नहीं, यह तो पता नहीं चला लेकिन शहर के हर मंदिर के अहाते में दो-चार प्रतियाँ जरूर दिखायी दे जातीं।

बहरहाल, इस प्रस्ताव के बाद नंदन पुरी का दिमाग कुलबुलाने लगा। एक नयी परियोजना सूझी। हिन्दी के बलबूते पर नाम ही नहीं पैसा कमाने का एकेडेमिक रास्ता है यह; अपनी प्रकाशित पुस्तकों पर शोध प्रबंध लिखवाने के लिये छात्रवृत्ति देने का प्रलोभन देकर यह कार्य विस्तार ले सकता है। जिसे हिन्दी आए हिन्दी में लिखे, जिसे अन्य भारतीय भाषा आए वह उसी में लिख दे। शोधार्थी के लिये पाँच हजार डॉलर और गाइड के लिये एक हजार डॉलर की सम्मान निधि। अंग्रेजी में लिखे तो उसके लिये सम्मान निधि दो गुनी हो सकती है। दुनिया की किसी भी भाषा से अंग्रेजी का मोल भाव सबसे ऊपर होता है। होना भी चाहिए, क्योंकि एक लेखक को विश्व पटल पर तो यही भाषा लेकर जा सकती है। थोड़े पैसे ही तो ज्यादा खर्च होंगे। पैसों की व्यवस्था तो वे कर लेंगे। इतना तो अपने काम के लिए उपयोग किया ही जा सकता है।

रात में देर तक बैठकर उन्होंने उस पर विचार किया और एक पोस्ट डाल दी अपने सारे महाविद्यालयीन और विश्वविद्यालयीन भारत के मित्रों के लिए। निजी तौर पर संपर्क करके सबको विश्वास में लिया कि यह राशि उन्होंने सुरक्षित करके रखी है। जितने आवेदन आएँगे उन सब पर विचार करके वे चुनेंगे। इस कसरत से एक फायदा यह भी हुआ कि भारतेतर हिन्दी साहित्य पर काम करने के लिए कई लोगों ने वह राशि लिए बगैर पंजीयन करवाया। यह महत कार्य था। सारे बहती गंगा में हाथ धोना चाहते थे। विदेश के

नाम से ही कई सितारे टँक जाते हैं अपने सीवी में। इसी सोच के चलते एक के बाद एक, कई नाम आने लगे।

युवा लोगों की भरमार थी। कई छात्र भारत से पुरी सर को अपनी लेखनी के विभिन्न नमूने भेज रहे थे। वे कड़ी मेहनत करके भाषा को सजा-सँवार रहे थे। पुरी सर को अगर उनकी लेखनी ने प्रभावित कर लिया तो वे वहीं बुला लें। जैसे चाहें, वैसे लिखवा लें। बस एक मौका मिल जाए विदेश भ्रमण का। ऐसा सुनहरा मौका कोई कैसे खो सकता था।

यही तो चाहते थे नंदन पुरी। पूरी की पूरी योजना का सार समझ में आए लोगों को। वे अवसरों को सामने ला रहे थे। जिनमें कूवत होगी वे उठा लेंगे इनका फायदा। सफल योजना का श्रीगणेश बगैर एक पाई खर्च किए हो जाए तो इससे अच्छी शुरुआत क्या हो सकती है भला! अब तक कई छात्रों के आवेदन आ चुके थे। वे ऐसे लोगों को चुनेंगे जो काम को बीच में छोड़कर न चले जाएँ। काम खत्म होने के बाद ही पैसा दिया जाएगा। आवेदकों की बाढ़-सी आ गयी थी। उस बाढ़ में बहना नहीं था बल्कि अपनी नाव को खेते हुए जाना था। यही तो था एक शातिर यात्री का सद्भावना पूर्ण सफर। सुशांत ने भी साथ दिया इसमें। रोज संदेशों को चैक करते रहते— ''सर, पंद्रह छात्र पीएच.डी. करना चाहते हैं, चार डी.लिट.। एम.फिल. करने वाले भी हैं।''

''एम.फिल. वालों के लिये तो स्वीकृति नहीं देंगे। एम.फिल. तो गधों पर भी हो जाती है। वैसे भी पीएच.डी., डी.लिट. करने वाले इतने हैं कि कभी पायदान से नीचे उतरकर एम.ए., एम. फिल. तक नहीं जाना पड़ेगा।''

''सही कहा सर आपने। नीचे उतरने की जरूरत भी नहीं।''

सुशांत भी यूँ ही नहीं टिके थे। गाहे-बगाहे सौ-दो सौ डॉलर की माँग कर लेते थे। वहाँ बैठे रहते तो खाना नाश्ता भी आ जाता। गप्पें लगा लेते सो अलग। नेग के बिना कोई काम नहीं करता इस जमाने में। फिर वह सुशांत हों या अशांत। मोहिनी मुख से प्रशंसा का नेग तो अशांत पाते ही, यदा-कदा अच्छे तोहफे भी मिल जाते। वही हाल सुशांत का था। तीखी-चटपटी प्रशंसा अपने सर की और उससे कहीं ज्यादा तीखी बुराई दुश्मनों की। आदमी की हर प्रजाति के साथ, सुशांत के बयानों का बखान अपने तेवर बदलता रहता।

''सर, बंगाली, गुजराती व पंजाबी के लोग मिल गए हैं। गाइड पर भी नकेल कसी जा चुकी है। काम शुरू हो चुका है।''

''बस चलने दो काम। नाम का नाम और काम का काम। हींग लगे न फिटकरी रंग आए चोखा।''

एकाध-दो दिन सुशांत के आँकड़े वहीं के वहीं रहते तो नंदन पुरी चाबी भरने लगते, कहते— ''अभी मजा नहीं आ रहा सुशांत, प्रयास बढ़ाइए भाई, कुछ कीजिए।''

बहुत कुछ करने के बावजूद 'और' की भूख खत्म नहीं हो रही थी। जिस तरह से

हलचल मचनी थी, वैसा मजा अभी आया नहीं था। ऐसा लग रहा था जैसे किसी पाँच सितारा होटल में फीका खाना परोस दिया गया हो। शोध करने वालों का एक सप्ताह तक कोई रिसपांस नहीं मिलता तो बेचैनी बढ़ जाती। क्या पता क्या हो रहा है। किसी ने भड़का तो नहीं दिया। भूले-भटके भी यह बात दिमाग में नहीं आती कि शोध कार्य में लगभग दो साल लग जाते हैं। उनके लिए रोज की रोज तो रिपोर्ट आएगी नहीं। अपने खुद के गाइड से मिलने के लिए भी छात्र महीने-दो महीने में एक बार जाते हैं तो फिर नंदन पुरी को इतनी जल्दी रिपोर्ट कैसे मिलती।

खैर, मन की संतुष्टि का मीटर चालू होते ही फिर से गिर जाता। कई विश्वविद्यालयों से संपर्क किया था। कहीं से भी शोध कार्य की स्वीकृति नहीं मिली थी। न जाने ऐसा कौन-सा बड़ा डोनर मिल गया! हालाँकि मन की व्यथा वे मन में रखते, वरना मजाक उड़ाने वालों की तो कोई कमी थी नहीं। एक बार डोनेशन की राशि पता चल जाए बस। लाइन ऑफ क्रेडिट से उधार लेंगे और चुपचाप किश्तों में भरते रहेंगे। घरवालों को भी कानों-कान खबर नहीं होगी। सब से अच्छी बात तो यह है कि नयना को इन सब कागजी झमेलों में रुचि नहीं है। और बेटे-बहू के अपने कई काम हैं। उनकी डाक को कोई खोल कर नहीं देखेगा। उसके बाद कोई उन्हें पीछे नहीं कर सकता। विभागों में उनकी पहुँच अंदर तक है।

अपने प्रयासों की लगातार असफलता से लगता कि कोई और भी है जो उनसे आगे तक की सोच लेता है। थोड़ा समय लगेगा किंतु पता तो चल ही जाएगा। गणित के कई सवाल चलते रहते मन में। हिसाब-किताब करने के लिए किसी का हाथ तो आगे आए! फिर तो उसे थाम कर ही रखेंगे। उनके प्रतिद्वंदियों की कई रचनाएँ छात्रों तक पहुँच चुकी हैं। वे पीछे रह गए हैं। अब उनकी बारी है। बहुत प्रतीक्षा कर ली। अब इस प्रतीक्षा को सार्थक रूप देना ही है।

अंदर की बेचैनी चेहरे को वक्र करती है तो चश्मा भी टेढ़ा हो जाता है, पर इस टेढ़ेपन में दिमाग की नसें बिल्कुल सीधी चलती हैं। जब-जब यह चेहरा टेढ़ा हुआ है, तब-तब कोई बड़ा काम हुआ है।

नंदन पुरी के पास इतना लिखा हुआ है कि कुएँ के पानी की तरह लगातार उसे उलीचते रहें और कुआँ फिर भी भरा रहे। निरंतर लिखते भी तो हैं। किसी में इतना दम-खम नहीं कि इतना लिखे, छपे और किताबें भी छपवा ले! वो भी एक महीने की अवधि में। हैरानी इसी बात की है कि इतना लिखा होने के बाद भी शोध छात्रों की नज़रें उन पर नहीं गयीं। कई घटिया रचनाएँ विश्वविद्यालयों में पढ़ायी जा रही हैं, जिनमें कई अपशब्द हैं, यौनिकता का समावेश है, दोयम दर्जे का लेखन कार्य है। भला छात्र ऐसे साहित्य से क्या सीखेंगे? सब खेमे बाजी का चक्कर है।

कई लोग सैक्स पर लिख-लिख कर ओवर रेटेड रचनाकार बने बैठे हैं। क्या अंतर

है उनमें और चवन्नी छाप घटिया पॉर्न साहित्य में। सैक्स को परोसना हर किसी को आता है। अगर यही करना होता तो कभी का कर लेते, सोचते— ''मुझसे अच्छा इसका जानकार कौन हो सकता है। खयालों-खयालों में बहुत आनंद लिया है, अपरिमित आनंद। यदि वह सब कुछ शब्दों में उतार दूँ तो रातोंरात चमक जाऊँ।'' पर यह सब अच्छा नहीं लगता। वे सैक्स के सिर्फ खयाली पुलाव पकाते रहते थे। असल में कभी भी अपनी पत्नी नयना से विश्वासघात नहीं किया। खुद पर इस बात का गुरूर जरूर था।

वैसे नाम कमाने के लिए इतनी मेहनत की जरूरत भी नहीं थी। सही बात यह है कि साहित्य जगत में खूब गुटबाजी चल रही है। अपने-अपने शिविर हैं, अपने-अपने मठ और संत हैं। बस, शिविर के लोगों को खूब उछाला जाता है। संतों और मठों की कृपा हो जाती है।

उनके एक नामी लेखक मित्र ने बताया था— ''पुरुष लेखकों के अलावा महिला लेखकों का ग्रुप तो और भी जबरदस्त है। ग्रुप की महिला की कोई कहानी कहीं छपी और उसने सोशल मीडिया पर पोस्ट डाली नहीं कि सारी की सारी हुंआ हुंआ करके कहानी को सर्वोत्कृष्ट साबित करने दौड़ पड़ेंगी।'' हिन्दी में सर्वोत्तम कहानियों की संख्या हज़ारों में हो गई है। नोबेल पुरस्कार वाले इतने कन्फ्यूज़ हैं कि तय नहीं कर पा रहे, किसे दें, किसे न दें। इसीलिए वे मौन धारण किए बैठे हैं।

प्रवासी महिला साहित्यकारों की तो बात और भी अलग है। मोहिनी देववंशी को भी इस बात का फायदा सबसे ज्यादा मिलता है। सबसे पहली बात तो यह है कि ये लेखिकाएँ भारत की हों या बाहर की, सब की सब बनी-ठनी, टीप-टाप रहती हैं। जानदार, शानदार व्यक्तित्व से सबको मोह लेती हैं। वैसे भी महिलाओं को महिला होने का हर जगह फायदा मिलता है। उनको एक कदम आगे ही रखते हैं लोग। उनके लटकों-झटकों से यूँ ही कई संपादक गच्चे खा जाते हैं। नंदन पुरी की संस्था अर्घ्य कई बार इसीलिए पपीहा से बहुत पीछे रह जाती है। महिलाओं के वर्चस्व के सामने हौसले पस्त होते देर नहीं लगती।

''सही कहा आपने सर। पिछली बार मिस अनोखी के साथ यही हुआ था।'' ये अनोखी जी भारत की साहित्यकार हैं परंतु बहुत दाँव-पेंच सीखे हुए हैं। उनकी सड़ी-सी रचना पर भी बहुत चर्चा होती है। सोशल मीडिया पर हर रोज नयी तस्वीर लगा देती हैं।

''अरे हाँ। अनोखी जी अपने रस में सबको डुबो लेती हैं। आपने पढ़ी थी न उनकी रचना सुशांत ? कचरा, बिलकुल कचरा लिखती है वह लेडी।''

''कूड़ा-कचरा सब कुछ खप जाता है सर। अगर हाथ लंबे हों तो 'छोटी' रचना 'बड़ी' हो जाती है। बड़ी ही नहीं होती बल्कि उस रचना के पंख निकल आते हैं। फिर रचना के साथ रचनाकार भी हवा में उड़ने लगता है।''

ठहाका लगा कर हँस पड़ते हैं नंदन जी— ''यह बात आपने सोलह आने सच कही

सुशांत।'' इस पंच में नंदन पुरी के घावों का मलहम था। रात-दिन खटकर इतना लिखा फिर भी हवा में उड़ने की बात तो दूर, वे इन दिनों पैदल भी नहीं चल पा रहे थे। अपनी रचनाओं का तिरस्कार सहते-सहते थक चुके थे। अब और धैर्य रखना उनके बस की बात नहीं है। व्यवस्थाएँ सारी हो चुकी थीं। कई विश्वविद्यालयों के अंदर घुसपैठ कर दी थी। ग्राउंड वर्क पूरा हो गया, नींव डाल दी, अब सिर्फ इमारत खड़ी होनी शेष थी। इमारत जब खड़ी होगी तो दिन का उजाला रहेगा। वह आलोक मन के इस तिमिर को चूर-चूर कर देगा।

लेकिन हमेशा वैसा ही नहीं होता जैसा सोचा जाता है। कई बार सीमेंट के बने पक्के घर भी रेत के घरों की तरह धराशायी हो जाते हैं। पुरी साहब के बड़े-बड़े सपने, सपने ही रहते नजर आने लगे। जिस रिस्पांस की उम्मीद थी उसका दस प्रतिशत भी दिखायी नहीं दे रहा था। जैसे-जैसे रचनाओं का वजन छात्रों और प्राध्यापकों, दोनों को समझ आने लगा वैसे-वैसे लोग इस मैदान को छोड़ते गए। कुल जमा दो लोगों ने काम शुरू किया और शेष ने बीच में ही छोड़ दिया।

यह योजना भी धूमिल होती नज़र आयी।

21

स्वाहा

न जाने ग्रह नक्षत्र किस दिशा में हैं इन दिनों। पुरी साहब जिस भी काम में हाथ डालते हैं वही चौपट हो जाता है। शनि की वक्र दशा बहुत भारी पड़ती है, शायद इसी की चपेट में हैं। वे इस बहाने मंदिर चले गए और अपनी समस्याओं को, लगातार मिल रही विफलताओं को गिनाते हुए पंडितों के हेड ऑफ दि डिपार्टमेंट, पंडित हरभजन शास्त्री से बात की।

शास्त्री जी ने एक चिकित्सक की गंभीरता से उनकी बात सुनी। अपनी आँखों से यजमान की आँखों की नाड़ी टटोली। एक पेशेवर चिकित्सक की भांति इस समस्या का सौ प्रतिशत पक्का इलाज बताया— ''अरे पुरी साहब, अपने भाग्य को अपने फेवर में करने के लिए नवग्रह का हवन करवा लो, फिर देखो आपके काम कैसे धड़ल्ले से संपन्न होते हैं।''

किसी मरते हुए मरीज जैसी दया की गुहार लगाती आवाज निकली— ''पंडित जी, सचमुच कोई काम सफल नहीं हो रहा।''

''आप मेरी मानें जजमान, हवन के धुएँ में बहुत ताकत होती है। सारी अड़चनें खाँसते-खाँसते बाहर निकल जाएँगी।''

''इस बार आपकी सुन ही लेता हूँ पंडित जी। चलो हवन करवा ही लेता हूँ। जरा एस्टीमेट बता दो, कितना लगेगा।''

''पुरी साहब, आप तो नहा-धोकर भाभीजी के साथ आ जाना। हवन की सारी सामग्री मेरे पास होगी। नौ ग्रहों के नौ सौ डॉलर और सौ डॉलर हवन सामग्री के। बस हजार डॉलर का चढ़ावे का कवर दे देना।'' एक सधे हुए शल्य चिकित्सक की भांति पंडित जी ने अपना बिल बगैर किसी संकोच के प्रस्तुत कर दिया।

बकरे की माँ कब तक खैर मनाती। नंदन पुरी को यह प्रस्ताव मानने में कोई हिचक नहीं हुई।

''और खाना?''

''खाना हमारे यहाँ बनता ही है। जो भी भक्त गण आएँगे, वे आपके खाने का प्रसाद ग्रहण कर आपको पुण्यात्मा का गौरव प्रदान करेंगे।''

आज नंदन पुरी को पंडित जी का मुँह फाड़ना कतई नहीं अखरा। एकबारगी इच्छा हुई कि मोल-भाव कर लें पर फिर सोचा कि हल्की दक्षिणा होगी तो हल्के मन से हवन करेंगे पंडित जी। अच्छे, भारी मन से हवन नहीं किया तो फायदा क्या! एक के बाद एक विफलताओं से परेशान नंदन पुरी ने पंडित जी से निराकरण के लिए लंबी चर्चा की। नौ ग्रहों की अलग-अलग पूजा में लगभग हज़ार डॉलर का खर्च करना बुरा नहीं था। यह एक तरह से इंवेस्टमेंट है। अगर ब्याज भी मिलता रहे तो उनका नाम चमकने लगेगा। हिन्दी साहित्य में टोरंटो शहर नंदन पुरी के नाम से जाना जाएगा।

अगले शनिवार को मंदिर जाकर उन्होंने पंड़ित जी से हवन करवाया। साथ में अपनी संस्था का पोस्टर ले गए थे ताकि उस पर भी हवन का धुआँ लग जाए। हर ग्रह को अपने अनुकूल करने की यह एक सफल चेष्टा थी। हवन के समय ध्यान मग्न थे पुरी जी। पंडित जी भी सोचने लग गए थे— ''समय का फेर है। क्या यह वही व्यक्ति है जो मंदिर के नाम से ही लंबा-चौड़ा भाषण दे देता था। आदमी को बदलने में क्या देर लगती है। नंदन पुरी को पूरी तरह बदल दिया समय ने।''

हवन के संपन्न होते ही वह पवित्र जल घर के हर कोने में छिड़कने के लिए दिया गया। स्वादिष्ट प्रसाद शुद्ध घी और शक्कर इलायची की चमक से सराबोर था। भक्तों ने प्रेम से हाथ जोड़कर प्रसाद ग्रहण किया। थोड़ी ही देर में पूरी, छोले, हरी सब्जी, रायता और गुलाबजामुन-काजू बरफी जैसी मिठाइयों को भक्तों की कतारों ने उदरस्थ किया। भक्ति और भोजन के समागम का अनूठा आनंद लेकर कई भक्त गण रवाना हुए।

आज पहली बार नंदन जी ने ध्यान दिया कि यह पंडित, जिसे सिर्फ श्लोकों का ज्ञान है, इसी बलबूते पर कितना कमा रहा है! इसे भारत से आए अभी तीन साल हुए हैं। इस दौरान उसने अपनी और अपने घरवालों की, सबकी रहने-खाने-पीने की व्यवस्था कर ली। उसके अंडर में तीन पंडित काम सीख रहे हैं। सहायक पंडित जो सफाई से लेकर कचरा फेंकने तक के कई छोटे-मोटे काम खुशी-खुशी निपटा देते, बाद में कोई अच्छी जगह देखकर वहाँ एक मंदिर खोल लेते जो इस हेडऑफिस की एक ब्रांच हो जाती। मंदिरों का चेन स्टोर-महा-मंदिर। जन्मदिन, एनिवर्सरी, सगाई, शादी आदि कई मौकों पर दर्शन के लिए आए भक्त गण दिल खोलकर मंदिरों में चढ़ावा चढ़ाते। खुश भगवान को करना चाहते पर असली खुशी पंडित जमात को मिलती। एरिया की शादियों, नए मकान में हवन और मृत्यु संस्कार में आदि के लिए कई जगह इनकी हाई डिमांड रहती। अगर भक्त फल-फूल रहा है तो धन्यवाद जरूर देने आएगा। इस तरह पंडित की मंत्रोच्चार की कला को नए आयाम मिलते जाते और कमाई के नए उपक्रम होने लगते।

वैसे मंदिर के सारे कार्यक्रमों को संपन्न करवाने का काम हेड पंडित ही करते। मोटी दक्षिणा पर अकेले का ही हक होना चाहिए। सहायकों को घंटों के आधार पर तनख्वाह देते थे। कभी कोई बड़ा मुर्गा मंदिर आता और उसके फैले पंखों के बारे में पता चल जाता तो

उसका विशेष ध्यान रखते। इसी वजह से उसकी ओर से होने वाली सारी पूजाओं का ठेका उन्हीं को मिल जाता। अच्छी-खासी दक्षिणा मिलती। भगवान के जेवर सहित केश मुद्रा की निरंतर आमदनी का स्रोत मिल जाता। बड़े-बड़े भक्तों के चढ़ावों में नगदी और सोने चाँदी के गहने होते। साथ ही, मंदिर में छोटे-छोटे चढ़ावे के फल, दूध और आटे के इतने सारे पैकेट इकट्ठे हो जाते थे कि पंडित जी को उन्हें बेचना पड़ता। ऐसे ही अनेक काम करते उनके बच्चे अच्छे स्कूलों में पढ़कर पूरे कैनेडियन बन गए थे। मंदिर की देखरेख में सारे पंडितों की पत्नियाँ अपनी पंडिताइन पदवी को निबाहते पूरा-पूरा सहयोग करतीं और यूँ सारे खर्चे निकालने के बाद भी एक मोटी रकम बच जाती।

कोरोना में जरूर थोड़ी तकलीफ हुई थी लेकिन उस समय हर मंदिर के पंडित पति-पत्नी को सरकार से हर महीने दो हजार डॉलर मिल रहे थे। चार हजार डॉलर बगैर कुछ किए सरकार दे दे, इससे अच्छी जिंदगी और क्या हो सकती है! हिन्दी साहित्य रचने के बजाय नंदन पुरी अगर पंडिताई करने लगते तो सांस्कृतिक दूत बन जाते। यहाँ तक कि मंदिर में मरम्मत के काम करने वाला यह प्लंबर लीटो बीएमडब्ल्यू चलाता है और नेम ब्रांड कपड़े पहनता है। "और मुझे देखो कवि गोष्ठियाँ करवा-करवा कर गालियाँ खाता हूँ।" नंदन जी ने एक बार फिर से खुद को बहुत छोटा महसूस किया। खुद से असंतुष्ट व्यक्ति से कैसे उम्मीद की जा सकती है कि वह किसी और से संतुष्ट हो। यही सबसे बड़ी परेशानी थी। खुद के अलावा हर कोई खुश नजर आता, चाहे वह पंडित हो या सफाई करने वाला।

बहरहाल, एक बात अच्छी थी कि आशावादी थे, आशा का पल्ला कभी नहीं छोड़ते थे। आशावादी भाव रखते नंदन जी को हवन के धुएँ की सुगंध में एक सुखद अनुभूति हुई। अब सब कुछ अपनी मुट्ठी में लगा। हवन की जलती आग को घूरती उन आँखों की तपिश, हर बुरी नजर को जला कर भस्म कर देने की ताकत रखती थी। सबसे आगे तो मोहिनी देववंशी की वे चश्मीश आँखें थीं, जो हमेशा शेरनी की आँखों जैसी तीखी होकर डरातीं और नंदन जी मेमना बने मिमियाते रह जाते। हवन के धुएँ ने आत्मविश्वास को बढ़ाया। ऐसा लगा जैसे सारी तामसिक शक्तियाँ जो लगातार उनकी असफलता का कारण बनती थीं, वे हवन में स्वाहा की ध्वनि के साथ भस्म हो गयीं।

नया दिन था। नए ख्वाब थे।

रात भर की सुखद नींद के बाद एक नयी योजना दिमाग में आयी- अपनी वेबसाइट बना कर रचनाएँ डालने की। इंटरनेट का जमाना है। वेब पर काम रहेगा तो कोई मिटा नहीं सकता, हमेशा के लिए सुरक्षित रहेगा। कई दिनों तक बैठ कर माथा-पच्ची की। वेबसाइट बन गयी। बहुत कम खर्च आया। सर्वर के ही पैसे देने थे। बाकी सब खुद किया। तीन दिन में यह काम निपटा लिया। अपनी बीस-पच्चीस पेज की एक-एक किताब करके कम से कम सैंतालीस किताबें अपलोड कर दीं। अब उनकी सैंतालीस

किताबें थीं। वे शहर के बड़े साहित्यकारों में अपनी गिनती करने लगे थे।

एक लेखिका ने कहा— "नंदन जी, आपकी किताबें पढ़ना चाहती हूँ।"

उन्होंने सहर्ष अपनी किताबें थमा दीं। पचास-पचास पेज की तीन किताबें थीं। इन्हें देखा तो लेखिका को उन लेखक महोदय का राज समझ में आया कि किस तरह इनकी किताबों का नंबर सैंतालीस तक पहुँचा था। उन किताबों की शक्लें देखीं, ई-बुक बीस-पच्चीस पेज की है। जिनमें पुनरावृत्ति है, साथ ही कई रेखाचित्रों से पुस्तक को सजाया गया है। कई पेज पर तो दो लाइन का एक दोहा है, शेष पेज खाली है। इस तरह कुछ गिनी-चुनी गजलों में एक पूरी किताब तैयार हो गयी। कई पुस्तकों की फांट साइज़ इतनी बड़ी है कि उसे देखकर लग जाता है कि पेज नंबर बढ़ाने के लिए क्या कुछ नहीं किया गया है। खुद ही, रोज, दिन में कई बार क्लिक करके अपने व्यू बढ़ाते रहते हैं।

ऑन लाइन का यही तो आनंद है। अपनी रचनाएँ लगाकर पड़ोस में रहने वाले बच्चे से कहते हैं दस बार क्लिक करना, एक किटकैट मिलेगी। वह क्लिक करता रहता है— "दादाजी आज मैंने तीस बार क्लिक किया, तीन किटकैट दीजिए।"

दादाजी अगले दिन उसे फिर बैठा देते हैं। यूँ क्लिक का अंक गणित चलता रहता है। इसमें गलत क्या है। भारत में यह भी एक बड़ा धंधा है। व्यूअरशिप बढ़ाने के लिए लाखों रुपए दो, करोड़ों व्यूअर्स बटोर लो। एक जुनून था। अपना नाम और शोहरत कमाने की एक दौड़ थी। ऐसा नशा जो दिमाग को चाहिए ही चाहिए, न मिले तो दुनिया व्यर्थ लगती है। अपनी वेबसाइट को लांच करने के लिए नंदन जी ने जूम पर विश्व भर के लोगों को आमंत्रित किया था। बच्चों ने कुमकुम का टीका लगाया, पहले भी उनके टीके ने हलचल मचायी थी। उन्हें इस बात का अहसास था कि टीके से उनकी शान शौकत में राजसी ठाठ दिखायी देते हैं।

टीके की गरिमा कितना जादू दिखाएगी, यह तो वक्त ही बताएगा।

22

मौसमी करवटें

साहित्य और साहित्यिक गतिविधियों के साथ प्रेम प्रसंग न जुड़े हों, यह कैसे संभव था! रूमानियत, कविता, शराब और शबाब का साथ यूँ ही नहीं था। ये पेट की भूख से अलग थे परंतु असंतुष्टों की दिमागी खुराक थे। उनकी भूख ऐसे चटपटे व्यंजनों की गप्पें थीं जो हर समारोह की शान में चार चाँद लगा देती थीं।

कई जोड़ियाँ बन गयी थीं, कई बना दी गयी थीं। कई मन के मंसूबे भर थे। पल भर की गपशप के लिए थे। कहीं कवि पत्नी से उसका अकवि पति नाराज था। कहीं कवि पति से अकवि पत्नी। जो कवि न हों उनके लिए इन कविताओं को झेलना काले पानी की सजा थी जिसे वे कई बार भुगत चुके थे। झेलम कवयित्री के पति को पत्नी का कविता करना कतई नहीं भाता। वह शिकायत करती— ''तुम कभी कविता नहीं समझ पाओगे।''

पति पीछे नहीं रहता। खरी-खरी सुना देता— ''तुम्हें जो समझता है उसी के साथ क्यों नहीं हो जाती। तंग आ गया मैं तुम्हारी रोज की किच-किच से। ऐसा लगता है जैसे हमारा घर कविताओं के नशीले कीचड़ से सन गया है और मैं इस कीचड़ में फँसता जा रहा हूँ।''

झेलम हैरान थी। पति के ये शब्द चुभते अंदर तक। सलाखें गरम हों या ठंडी, घाव तो करती ही हैं। उन घावों के साथ जीना मजबूरी हो जाती। अच्छा नहीं लगता। दिन रात की मेहनत पर पानी फिर जाता। पानी ही नहीं फिरता बल्कि आगे कुछ करने की इच्छा भी मर जाती। दबी हुई इच्छाएँ दफन हो जाएँ तो ही ठीक हैं वरना नासूर बनकर चुभती रहती हैं।

संस्थाओं से इतर सभी छोटे-मोटे कवियों के यही हाल थे। कई दिनों से अंदर ही अंदर एक चिंगारी सुलग रही थी। उसे किसी ने जोर से फूँक लगा दी। धुआँ उठा और लोगों को खाँसने-खखारने पर मजबूर किया। उस खाँसी का उगला हुआ बलगम नए बैक्टेरिया फैलाने लगा। इस चपेट में एक बड़ा नाम आ गया, जिसे बुरी तरह फँसा दिया गया था। मोहिनी देववंशी के साथ अशांत के प्रेम संबंधों का जिक्र शहर की ताजा और चटपटी खबर थी। कई आँखें फैलीं, तिरछी हुईं और कुदृष्टि को विस्तार मिलता चला गया।

अशांत इन बेलगाम अफवाहों से सचमुच बेहद अशांत हो गए थे। घर के भीतर

किसी ने आग लगा दी थी। इसकी वजह साफ थी, वे सदा ही मोहिनी जी के चम्मच बने फिरते थे। किसी ने पत्नी के कान भर दिए। बस फिर क्या था। सच्चाई जो कुछ हो, जैसी हो, घर का माहौल गरम होकर उबल रहा था। किस तरह समझाएँ पत्नी को, खुद समझ नहीं पा रहे थे। मोहिनी जी से बात करें तो भी डर था, न करें तो ज्यादा डर था। पत्नी से मिलवाएँ, न मिलवाएँ, दोनों ही सूरतों में अशांत नाम के प्राणी को पिसना था। सैंडविच बने थे। लेकिन सच तो यह था कि वे मोहिनी जी के डिप्टी थे बस। इसके अलावा कुछ नहीं। कांफ्रेंस के समय रात-रात बैठकर काम किया था। किसी को भी शक हो जाता। पत्नी बेचारी किस मिट्टी की बनी थी। लोगों की लगाई-बुझाई में फँस गयी।

''तुम्हारा उस औरत से रिश्ता क्या है, जो उसके आगे पीछे दुम हिलाते रहते हो।''

''देखो, तुम गलत समझ रही हो।''

''इतने दिन गलत ही समझ रही थी। सही तो अब दिखा है।''

घर, घर नहीं, क्लेश से भरा कोपभवन हो गया। ये दिन पूरी तरह से तनावों से भरे थे। ऐसा तनाव था जो न जीने देता था, न मरने। अब अशांत जी के पास एक ही चारा था। मोहिनी जी को बता कर इसका हल शीघ्र ही खोजा जाए।

मोहिनी जी ने सुना तो उनका मुँह खुला का खुला रह गया। सब कुछ सहा जा सकता है लेकिन चरित्र पर कीचड़ के दाग लगना असहनीय था। षडयंत्र की बू आ रही थी। निश्चित ही यह तगड़े विरोधी खेमे अर्घ्य संस्था के हेड नंदन पुरी का हेड था। उसी की साजिश होगी। उसके अलावा किसी में इतना जहर नहीं है। एक के बाद एक अनहोनी घटनाओं को अंजाम देने में माहिर थे ये। एकबारगी मन हुआ कि एक फोन करे नंदन पुरी को और उसकी हवा बाँध दे। लेकिन मुद्दा इतना नाजुक था कि इसे हवा देने के बजाय दबा देना ज्यादा जरूरी था।

इस सबसे बाहर निकलने का रास्ता चाहे न मिला हो लेकिन पगडंडी का एक सिरा जरूर कहीं था। एक छोर से दूसरे छोर तक पकड़ने की कोशिश शुरू हुई। मोहिनी जी को इसका एक ही उपाय नजर आया। उनके घर जाकर पत्नी और बच्चों के सामने अशांत जी को पटे पर बैठाकर राखी बाँध दे। विचार अच्छा तो था, नाटकीय भी था। राखी-डोरे के ऐसे बंधनों में वे कतई विश्वास नहीं करती थीं। किंतु, समय की माँग थी, ऐसे नाटक से यदि अशांत जी का घर टूटने से बच जाता है तो फिर वे पीछे नहीं हटेंगी। किसी को कानों-कान खबर न लगने दी। तात्कालिक राहत मिली। पति-पत्नी और वो के बीच अब पावन रिश्ता था। पत्नी का दिल शांत हुआ, स्वयं अशांत जी का भी। अशांत जी के बच्चों ने मोहिनी बुआ के साथ, मोह के धागों का नया रिश्ता शुरू किया। खूब सारे वीडियो गेम खेले और घर में फिर से प्रेम-स्नेह की धारा बहने लगी। दोनों घरों की दीवारें और फर्श इस बात के साक्षी थे कि इनमें निभता हर रिश्ता पवित्र, पावन और सच्चा है। शेष घर चाहे जिस मुक्त हवा में साँस ले, कोई फर्क नहीं पड़ता।

मोहिनी जी और अशांत जी का हाल वैसा ही था जैसा खूँटे से बंधे बैलों का होता है। न सींग मार सकते थे, न खूँटा तोड़ कर भाग सकते थे। परिवार बचाया, अपनी इज्जत बचायी। मोहिनी जी ने खुद पर लगे कलंक को बहुत आसानी से धो दिया। शक की सुई नंदन पुरी पर सीधे उठी हुई थी। इनके जैसे काइयाँ लोगों के पास यह सबसे बड़ा हथियार होता है। कहीं दाल न गले तो बस किसी पर भी इल्जाम लगा दो।

खैर, इस हाई प्रोफाइल प्रेम प्रसंग के अध्याय का खात्मा हुआ। बाकी सारे प्रेम प्रसंग छोटे-मोटे मौसमी फलों की तरह थे, चंद दिनों की खुसुर-पुसुर के बाद डाली से टपकते और मिट्टी में मिल जाते।

इधर नंदन पुरी के एक अलग ही मौसम के चपेट में आने के आसार नजर आ रहे थे।

अपने साहित्यिक मित्र के घर से बुलावा आया—"आ जाओ, बैठेंगे, बातें करेंगे।"

मिशीगन, अमेरिका के एक मित्र संस्कार संयोगी ने नंदन पुरी की किताब के बारे में सुना तो अपने घर आने का आमंत्रण दिया। ऐसा अवसर कैसे छोड़ सकते थे नंदन पुरी। संस्कार जी की पत्नी भारत भ्रमण पर गयी हुई थीं। नंदन जी ने भी अकेले ही जाना उचित समझा। वैसे तो संस्कार संयोगी अमेरिका में रहते थे मगर कैनेडा और अमेरिका के बॉर्डर के करीब थे। इसीलिए अधिक दूरी नहीं थी। अमेरिका के मिशीगन स्टेट की बॉर्डर यहाँ से तीन घंटे ही दूर थी। उनसे समारोहों में मिलना होता था। फोन पर लगातार बातें होती रहती थीं। तीन घंटों की ड्राइव करना कोई मुश्किल काम नहीं था। जिन लोगों को अपनी संस्था के साथ जोड़ना हो, उन्हें समय देना ही पड़ता है। वैसे भी उनकी रचनाएँ भारत की कई पत्रिकाओं में छप रही हैं। सोचा "एक अच्छे लेखक को जोड़ने में अपना ही फायदा है। संस्था अर्घ्य का फायदा है।" जाने का इरादा पक्का करने में समय नहीं लगा। एक वजह यह भी थी कि संस्कार जी आजकल एक नामी लेखक के रूप में जाने जाते थे।

लंबी ड्राइव के बाद जब नंदन जी उनके घर पहुँचे तो वे बेसब्री से इंतजार कर रहे थे। घर क्या था, महल से कम नहीं था। अमेरिका वालों की शहंशाही के बारे में सुना तो था मगर आज अपनी आँखों से देख भी लिया। पैसा हो तो वह खुद बोलता है। घर की पेढ़ी चढ़ने पर लग जाता है कि आदमी कितना ऊपर है, सीढ़ी के कितने पायदान चढ़ चुका है। यहीं आकर थोड़ी मात खा जाते हैं नंदन पुरी। एक कसक रह जाती है। पैसा उनकी मुट्ठी से दूर ही रहा। जीवन खपा दिया पर पैसा नहीं आया। इस घर में और उनके अपने घर में इतना ज्यादा फर्क है कि उनकी सोच वहीं संस्कार जी के कदमों में ठहर गई। साहित्यकार तो है ही, नाम और पैसा भी है, संस्था अर्घ्य से इस बंदे को जोड़ने में फायदे ही फायदे हैं।

संस्कार जी ने बहुत प्रेम भाव से नाश्ता करवाया। नाश्ते से लेकर हर चीज में शहंशाही झलक थी। भरपेट खाया और उनकी साहित्यिक उपलब्धियों की चर्चा करते रहे।

चाय की चुस्कियों के साथ उन्होंने बताया कि कई सम्मान भी उन्हें मिल चुके हैं।

"आइए, पुरी जी, आपको सम्मान के कमरे में लेकर चलते हैं।

"सम्मान का कमरा!" विस्मित होते नंदन जी कहने लगे— "आप तो छुपे रुस्तम निकले संस्कार जी।"

उस कमरे में प्रवेश करने पर लगा कि एक जादुई दुनिया में प्रवेश कर लिया हो। संस्कार जी के घर में इस कमरे का अपना महत्व साफ दिखाई दे रहा था। एक पूरा कमरा सम्मानों से भरा हुआ था। तस्वीरों में जड़े कई सर्टिफिकेट थे। कई ट्राफियाँ भी थीं और गले में लटकाने वाले मैडल भी थे। जगह-जगह संस्कार जी के अलग-अलग अंदाज़ की तस्वीरें थीं। उन तस्वीरों के चेहरों की मुस्कान, सामने खड़े संस्कार जी की मुस्कान से कई गुना अधिक थी।

पुरी साहब के आने की खबर सुनकर शायद इस कमरे को और भी व्यवस्थित कर दिया गया होगा। ट्राफियाँ इस तरह सजा दी गयी थीं कि हर एक ट्राफी पर नजर पड़ ही जाए। नंदन जी हैरान-से देख रहे थे। हिन्दी के फूल, हिन्दी का गुलदान, हिन्दी मूर्धन्य, साहित्य मनीषी से लेकर कई तरह के साहित्य उपमानों से पुरस्कृत था उनका ललाट। इन सारे पुरस्कारों से सुशोभित संस्कार जी का यह कमरा उन्हें आंदोलित कर रहा था। अलग-अलग, आकार-प्रकार के सर्टिफिकेट भी सिर्फ ध्यान ही आकर्षित नहीं कर रहे थे बल्कि किसी भूख को कुरेद रहे थे। उन्हें तलब-सी लग रही थी। यह ठीक वैसी ही अनुभूति थी जैसी तब होती है, जब तरह-तरह के पकवान सामने सजे रखे हों लेकिन खाने के लिए एक भी न मिले। बस उन्हें देख-देखकर ही मुँह में पानी आता रहे। पानी पूरी, भेल पूरी, चाट पापड़ी जैसे चटखारे व्यंजनों के साथ पूरी, शाही पनीर, पुलाव-बिरयानी के साथ कई तरह की लज़ीज़ मिठाइयाँ।

साहित्य दर्शन के सही मायने पुरी साहब की समझ में आ रहे थे। एक नए संसार से सामना हो रहा था। लगा अभी बहुत मेहनत करनी है। नया शिगूफा छिड़ गया था, ऐसे खजाने को पाने का दृढ़ संकल्प उन्होंने मन ही मन कर लिया था। ऐसी उपलब्धि जिसकी चाह नंदन जी को सदैव रही। इतने सम्मान संस्कार जी को किस बात के लिए मिले होंगे। ऐसा क्या खास किया, जानने को मन आतुर था। सामने खड़े संस्कार जी अपने ही कमरे को बेहद स्नेह से देख रहे थे।

नंदन जी ने कहा— "वाह! आप तो साहित्य के आकाश में छा गए मेरे दोस्त।"

वे बोले- "माननीय, साहित्याकाश में कई सूरज होते हैं। इनकी गर्मी से निपटने के लिए अपना एक आकाश बनाओ और तब सूरज बनकर चमको। अगर सूरज बनने की चाह हो तो अपना आकाश खुद बनाना पड़ता है। दूसरों के आकाश में कभी जगह नहीं मिलती।"

"मतलब?"

''मतलब समझ जाओगे। यह सब जो इस कमरे में देख रहे हो, यह मेरा आकाश है। मेरे अपने तारे-सितारे हैं। इस हसीन जहाँ को मैंने खुद बनाया है।''

कितना कुछ समझ पा रहे थे, वह अलग बात थी किंतु नंदन जी आँखें फाड़े देखे जा रहे थे। समझने की भरपूर कोशिश कर रहे थे। एक बड़े उस्ताद से मिलने की भी खुशी थी। अपने खयालों में खोए खुद को डुगडुगी पर करतब दिखाते नजर आ रहे थे। सारे साहित्यिक करतब। जमूरे की तरह घूम-घूम कर जमा भीड़ से पैसे वसूलें और अपनी आकाशनुमा छत तैयार करें जहाँ आग बरसाता सूरज हो और साथ ही शीतलता प्रदान करता चाँद, अपने झिलमिलाते तारों की फौज के साथ रौशनी देता जगमग कर रहा हो। जय-जयकार हो रही हो।

जब तक सूरज चाँद रहेगा, नंदन पुरी का नाम रहेगा। नंदन पुरी जिंदाबाद। नंदन पुरी अमर रहे।

कान बहुत कुछ सुन रहे थे, आँखें बहुत कुछ देख रही थीं और मन बल्लियों उछल रहा था। स्वप्निल दुनिया से लौट कर संस्कार जी को बड़े प्यार से देखकर, कुरेद-कुरेद कर पूछने के मूड में आ गए थे और संस्कार जी सामने पड़े पैग का अमृत पान करने की जल्दी में थे। अमेरिकी शराब का सुरूर आहिस्ता-आहिस्ता रंग ला रहा था। इसके बाद इडली-डोसा-साँभर का स्वादिष्ट डिनर भी प्रतीक्षा कर रहा था। दोनों बहकने लगे थे। नंदन जी ने गुरु मान लिया था उन्हें। बहकती आवाज में संस्कार जी कहने लगे— ''भाई मेरे, मैं गुरुकुल वाला गुरु नहीं, पहले गुरु दक्षिणा लूँगा।''

चढ़ती दारू से जगमगाती नंदन पुरी की आँखें अपने दानवान होने के गर्व के साथ गुरु दक्षिणा में अर्घ्य के सर्वोच्च सम्मान का प्रस्ताव रखकर चमकने लगीं।

''न, न, न पुरी साहेब, मुझे सम्मान बहुत मिल गए। आत्मा तृप्त है।'' गिलास में बोतल खाली करे हुए अब सच को जबान पर ले आए थे संस्कार संयोगी।

''वो क्या है न पुरी साहेब, अब सम्मान के लिए कोई कीमत नहीं चुकाऊँगा।''

''कीमत ? मैं समझा नहीं।''

''अरे भाई, हर सम्मान की ट्राफी के लिए कीमत चुकानी पड़ती थी। लोग मुझे सम्मान देते थे। भारत जाकर सम्मान लेना, उनकी संस्थाओं को दान देना बहुत महँगा पड़ता था। हर बार जब जाता था तब सूटकेस भर कर विदेशी बोतलें ले जाता था। पीने-पिलाने में अपने काम बन जाते थे। जब लगा कि अब सब सेट हो गया है, बार-बार जाने की जरूरत नहीं तब जाना बहुत कम कर दिया। सम्मान मिलते रहे लेकिन अपेक्षाएँ सिर उठातीं— ''ट्राफी महँगी है, आपको फलाँ-फलाँ राशि भेजनी पड़ेगी कि अच्छी क्वालिटी की ट्राफी बन जाए और अमेरिका तक भेजने का खर्च भी।''

साँस लेने के लिए रुके और गिलास में बची हुई मदिरा से गले को तर किया। पुरी की आँखों में आँखें डालकर अपनी बात जारी रखी— ''मान्यवर, कई बार इसके लिए

पैसा भेजा। एक दिन विचार आया, सम्मान तो इन लोगों ने दे ही दिया है क्यों न ट्राफी मैं खुद बनवा लूँ। खर्च कम होगा। सम्मान घोषित होने की ईमेल मेरे पास आ ही जाती थी। यह तरकीब काम कर गयी। इस पद्धति से सम्मान भी मिलता रहा और खर्च न के बराबर। इसीलिए तो कहता हूँ, मैंने अपना आकाश खुद ही बनाया।''

''अच्छा!'' नंदन जी हैरत से उनका मुँह देख रहे थे।

''अब मैं वहाँ जाकर सम्मान लेने में और शिपिंग-हैंडलिंग में पैसा खर्च नहीं करता। मैं बस सम्मान स्वीकृति की उम्मीद रखता हूँ। एक बार स्वीकृत हो जाए, उसके बाद तो वह मेरा ही है। इतना अनावश्यक पैसा खर्च करके फोटो खिंचवाने के बजाय मैं स्वयं ही अपने अनुसार घड़ लेता हूँ। कोई इस पर आपत्ति नहीं उठा सकता क्योंकि मेरे पास उनका स्वीकृति पत्र तो है ही।''

नंदन जी को वैसी ही खुशी हो रही थी जैसी अपने महागुरु घंटाल से मिलने पर होती है। चरणों की धूल सिर पर लगाने का मन कर रहा था। लक्ष्य एक, रास्ते अनेक। दु:ख हुआ अपनी नादानी पर। बहुत स्मार्ट समझते थे वे खुद को, पर पीछे रह गए न! संस्कार जी बता रहे थे— ''एक बार एक संस्था अड़ गयी कि पैसे मिलने पर ही स्वीकृति भेजेंगे, उसे अलविदा कह दिया। उसके बाद से अब पहले स्वीकृति आती है, बाद में मैं अपने नियम उन्हें बताता हूँ।''

यह रास्ता दूर तक जाता था। उन्होंने संस्कार संयोगी के पैर छू लिए, बोले- ''आपने नंदन पुरी को गुरु मंत्र दिया है। आप तो कमाल के तीरंदाज निकले सर जी।''

''क्या बताएँ पुरी साहब, कोई तो ऐसा जहान हो जिसे खुद हमने बनाया हो। हमारी आत्मा का पोर-पोर जिसके सृजन का आनंद ले।''

''सच कहते हो सर जी। आकाश इतना भी ऊँचा न हो कि हमारी पहुँच ही न हो वहाँ तक।''

''बिल्कुल सही, वरना बस ऊँचा मुँह करके ताकते ही रह जाएँगे। कई लोग पूछते हैं कि मैं पिछले तीस वर्ष से अमेरिका में हूँ, क्या कमाया-धमाया ? अब मैं उनसे क्या कहूँ कि जो मैंने कमाया है, वो कोई सौ वर्ष मेहनत कर ले, तो भी नहीं कमा सकता। एक-एक सम्मान पत्र बेशकीमती है। पैसा भी कमाया उसका मूल्य है, मगर पुरी साहब, ये सम्मान अमूल्य हैं।''

नंदन पुरी की ललचायी आँखें वहाँ अपना नाम देख रही थीं। कमरे से बाहर निकलने के पहले एक बार फिर से नंदन जी ने उन सभी ट्राफियों को देखा। एक-एक करके सबको छूने का मन भी कर रहा था मानों कोई मधुमेह का मरीज मिठाइयों को देखकर तरस रहा हो और असंख्य इच्छाओं का दमन करते हुए आँखें घुमानी पड़ी हों। संस्कार जी का फोटो लगा था लेकिन नंदन जी वहाँ अपना फोटो देख रहे थे। यह कोई ऐसी बात तो थी नहीं कि मधुमेह की गोली ले लो और मिठाइयाँ खा लो। यह तो वह

मानसिकता थी जिसके द्वारा साहित्यिक समाज की नस को पहचाना जा सके।

वेज से नानवेज में कब गच्च हुए, कौन जाने, पर वे देर तक अपनी-अपनी नशीली गप्पों से एक दूसरे पर कूदते-फाँदते रहे। छक कर पी थी दोनों ने। नशे की तरन्नुम में कविताएँ झर रही थीं, और माशूकाओं के रंग-रूप भी। बूँद-बूँद शराब ने घड़े भर-भर कर तृप्ति की खेप पहुँचायी थी। हर तरह की तृप्ति जो उन दो साहित्यकारों के चेहरों से छलक-छलक कर निसृत हो रही थी। नव रसों का जायजा लेते हुए, श्रृंगार रस को पीते, रोमांटिक मूड का दौर चलता रहा। बात निकल गयी किसी घटिया कविता की, तो रोमांटिक मूड का कचरा हो गया। बकवास लिखने वालों को छूट गालियाँ दीं। इतनी उपयोगी साहित्यिक गपशप नंदन पुरी को कभी नसीब नहीं हुई थी। लोगों के चेहरों के पीछे का सच मालूम पड़ा था तो खुद की इज्जत, खुद की नज़रों में बढ़ गयी थी। मन और तन की अबूझी, दमित इच्छाएँ सामने खड़ी होकर नाच रही थीं। तृप्त आत्मा ने शरीर को निद्रा देवी की गोद में पहुँचा दिया था। कब सोए, कब उठे, पता ही नहीं चला।

संस्कार संयोगी से बिदा लेकर घर लौटते हुए नंदन पुरी ने महसूस किया कि यह यात्रा बहुत उपयोगी और फलदायक निकली। कई नये-नये रास्तों की खोज हुई। बेकार में मोहिनी देववंशी के पीछे वे अपना खून जलाते रहे थे। अच्छा ही हुआ कि अपनी सोच को अब नई दिशा और नए आयाम दे पाएँगे; एक अकेली पपीहा से सारा ध्यान हटा करके अलग-अलग रंगों के लिए, नए कैनवास खोजने के मौके मिलेंगे।

24

हाथी के दाँत

मौसम का कहर था। कड़ाके की सर्दी और बर्फबारी के चलते शहर की साहित्यिक हलचल शांत थी। बर्फीली वादियों के बीच सब कुछ ठंडा था। मौसम तो मौसम, हवाएँ और फिज़ाएँ भी खामोश थीं। ऐसा लगता था जैसे मौसम की दबिश ने माहौल को दबोचकर, जकड़कर रखा है। अजीब-सी शांति थी चारों ओर। लेकिन शांति के भीतर की अशांति को जन्म लेते देर न लगती। ठीक वैसे ही जैसे बर्फ के कण हटे नहीं कि हरी दूब झाँकने लग जाती है। कोई नहीं रोक पाता उसे।

मौसम की कर्कशता को झेलते आदमी मजबूर हो जाता है। झुकना पड़ता है, रुकना पड़ता है। वही हाल था शहर की साहित्यिक दुनिया का। सब घरों में दुबके हुए थे। गुनगुने मौसम का इंतजार था। बर्फीली वादियों की सिहरन बहुत दिनों से जीवन को ठंडा बनाए हुए थी।

इस दौरान संबल की प्रस्तावित पत्रिका की खबर मिलती रही। लंबे समय तक खिंचती रही पत्रिका ने जन्म लेने से पहले ही दम तोड़ दिया था और ठंडे बस्ते में चली गयी थी। शीत लहर के बीच सब कुछ बर्फ की शीतलता में चला गया था। अब संबल वाले भव्य भाई, भव्य गरबा करवा कर डांडियों से मजा लेंगे। कभी धूम-धड़ाका वाला गरबा गूँजता 'सनेड़ो-सनेड़ो...', तो कभी रस भरे गरबे के बोल सुनायी देते— ''ऊँची तलावड़ीनो शोर, पाणी जाता पाणी, बधा ए जोयो साएबो... ।''

धीरे-धीरे तापमान ऊपर उठने लगा, बर्फ पिघलने लगी। बर्फ के पिघलते ही साहित्य जगत को गुनगुनी धूप मिलने लगी। फिर से कार्यक्रम बनने लगे। फिर से कवायद शुरू हुई। और फिर से दौड़-होड़ के दावे भरे जाने लगे। संस्थाओं के नाम के पीछे छुपे लोगों के घर अब काँच के घरों में बदलने लगे थे। अंदर से पारदर्शी, स्फटिक।

नंदन पुरी अपने दिमागी पुलाव से ज्यादा कुछ पका नहीं पाए। संस्कार संयोगी से मिलने के बाद उन्हें मोहिनी देववंशी के साथ दुश्मनी निबाहने की कोई तुक नजर नहीं आई। वैसे भी इस औरत की अनेकानेक उपलब्धियों की सूची का खयाल आते ही तिलमिलाहट के अलावा उन्हें कुछ हासिल नहीं होता था। और फिर किसी तरह इससे

उबरने की कोशिश में उनका बहुत समय चला जाता। इस आपा–धापी से अब वे थक चुके थे। इस भागम–भाग से मन भर गया था। वे कुछ अलग ढंग से सोचने लगे। बहुत सोचा। ऐसा सोचा, जिससे साँप भी मर जाए और लाठी भी न टूटे। अब जो कुछ करने की सोच रहे थे, यह कोई गोष्ठी या सेमिनार नहीं बल्कि एक शांतिपूर्ण विचार था।

लगता रहा कि कुछ लोग हमेशा गलत ही करते हैं। एक बार, दो बार, दस बार, बीस बार, पचास बार। हर बार गलत। बेबुनियाद। फिर चाहे कोई काम हो या घर हो। घर तो घर, इंसान भी बेबुनियाद। जब बुनियाद पक्की न हो तो हल्का सा झोंका भी हिला देता है। बिखरने को मजबूर कर देता है। एक कड़वा सच है यह कि ऊँचे दरख्तों की शाखाएँ झुक कर छाया नहीं दे पातीं। ऊँचे पर्वतों की हवाएँ भी शालीन नहीं होतीं। मगर फिर भी ऊँचाइयों की गरिमा तो बनी ही रहती है। इसी ऊँचाई को बरकरार रखने के लिए अब नंदन पुरी भी अपना शालीन रूप सामने लाएँगे। छिछली साहित्यगिरी से आज तक कुछ हासिल नहीं हुआ। जिंदल संस्था की तरह अर्घ्य की समाप्ति नहीं होने देंगे वे। ऐसा हुआ तो मोहिनी देववंशी का एक छत्र राज्य हो जाएगा। बहते पानी में हाथ धोना हर कोई चाहता है। पपीहा का लहराता परचम सबको अपनी बाढ़ में बहा लेगा।

अपनी असल जिंदगी में नंदन पुरी क्रिकेट के खिलाड़ी रहे हैं। और भी कई खेल खेले थे- छुपा–छुपी का खेल, गिल्ली डंडे का खेल, बास्केटबाल, फुटबाल। इन सभी खेलों में अच्छी पकड़ थी। ये तो असल में खेल हैं पर खेलों से परे जो खेल खेले जाते हैं, उनमें अपनी पकड़ हमेशा ढीली ही नज़र आयी उन्हें। ऐसे खेल खतरनाक होते हैं। उनमें यू टर्न लेकर विरोधी खेमे के लोगों को खेलने के लिये मजबूर कर दिया जाता है। इन सब खेलों से परे अब आकाश में चमकने का खेल ज्यादा भाने लगा था। इसी कोशिश में वे सारे पुराने खेल भूल कर नए वाले खेल पर अपना ध्यान केंद्रित कर रहे थे।

नंदन पुरी ने कौटिल्य चाल से नया कदम उठाने की सोची। संस्था अर्घ्य ने, दोस्ती का हाथ बढ़ाया, संस्था पपीहा की ओर। मोहिनी देववंशी की संस्था पपीहा! पपीहा समूह सतर्क हो गया। बहुत हैरानी हुई। यह सोचकर कि इसमें भी इस बंदे के दिमागी फितूर की कोई नयी चाल होगी। ध्यान से सोचा तो लगा कि ज्यादा से ज्यादा क्या कर लेगा! शामिल होकर कुछ करेगा तो सब को दिखाई देगा कि किसने, किसकी पीठ में छुरा घोंपा है। एकाएक पलटी हुई सोच में कुछ नया था। इसमें उन्हें अपनी जीत भी दिखाई दी। सोचा, दुश्मनी निभाते थक गए, अब दोस्ती निभाकर देखते हैं। अच्छे दोस्त होने की कोशिश दोनों ओर से थी। क्यों, पता नहीं! यूँ कहीं से कहीं तक कोई साम्य नहीं। हर कोई जानता–समझता है कि इनकी दोस्ती के नीचे बिलबिलाते–फुँफकारते साँप होते हैं। हो सकता है, जब तक दोनों एक दूसरे के आत्मसम्मान का ध्यान रखे हुए हैं, दोस्ती है। जिस दिन यह सिलसिला टूटेगा, दुश्मनी और भी भयंकर रूप में सामने आ जाएगी।

दोनों एक–दूसरे के लिए यही सोचते थे कि उसकी बुराइयों से मेरी अच्छाइयों पर

कोई फर्क नहीं पड़ सकता— ''जब तक मेरे साथ कोई बुरा न करे उसे बुरा कहा ही क्यों जाए।'' औरों के साथ किसके कैसे रिश्ते हैं, इससे उन दोनों की मित्रता पर क्या फर्क पड़ने वाला है!

मोहिनी जी ने गौर किया— ''मैं जानती हूँ इस केंचुए नंदन पुरी को। कई बुरे कामों की एक लंबी सूची है जो इसके खाते में मौजूद है। ये इसके अपने काम हैं, मैं कौन होती हूँ इसमें दखल देने वाली। उन कामों की वजह से मैं दोस्ती के लिए बढ़ा हाथ स्वीकार न करूँ, संबंध और खट्टे करूँ, यह तो अन्याय है। ठीक वैसे ही जैसे परिवार में कोई बुरा है तो परिवार उसे छोड़ नहीं देता, उसकी बुराइयों के साथ जीना सीख लेता है।''

नये बन रहे समीकरण के तहत, इस तथाकथित दोस्ती की खबर हवा में थी। फोन पर फोन घुमाए जा रहे थे— ''हलो, नमस्कार सर जी! ब्रेकिंग न्यूज़ है।''

''अरे वाह, सूरज पश्चिम से निकल पड़ा क्या? ऐसा क्या खास हुआ है भाई जो आपको इतनी सुबह फोन करना पड़ा!''

''बात ही कुछ ऐसी है।''

''अच्छा!''

''शहर के इतिहास में आज एक बड़ा दिन है। नंदन पुरी और मोहिनी देववंशी ने हाथ मिला लिये।''

''मतलब बीजेपी और कांग्रेस एक पार्टी में तब्दील हो गए?''

''यार तुम विदेश में बैठ कर भी भारत की पार्टियों की क्यों सोचते हो। कैनेडियन पार्टी लिबरल और कंज़र्वेटिव पार्टी के बारे में बात करो न।''

''अरे ये लिबरल और कंज़र्वेटिव उस अनुपात का वजन नहीं देते। चलो ठीक है, राजनीति न सही, साहित्य ही सही; वामपंथी और दक्षिणपंथी एक हो गए?''

''हाँ, ये फिर भी ठीक है। साहित्यगिरी में जिस अनुपात का वजन वामपंथी व दक्षिणपंथी के जिक्र से आता है, उसका कोई सानी नहीं।''

''बात तो पते की है सर जी। भारत में एक दूसरे की जिस तरह छिलाई होती है वैसी यहाँ नहीं होती। वह मजा, वह आनंद ही नहीं आता।''

''ऐसा नहीं है, थोड़ा कम या थोड़ा ज्यादा, राजनीति की शकल तो हर जगह लगभग एक जैसी ही है।''

''यहाँ वे सारे काम ज्यादा शालीन तरीके से होते हैं। याद है न, लिबरल पार्टी के एम.पी.पी. (विधायक) को बुलाया था। उसके खिलाफ सैक्सुअल हैरासमेंट का केस था। इस बार जिस एम.पी.पी. को बुला रहे हैं, उस पर घरेलू मेड के हैरासमेंट का केस चला था कोर्ट में।''

''यानि किसी भी राजनीतिक हस्ताक्षर को बुलाओ, साफ-सुथरा कोई मिलेगा नहीं।''

''राजनीति ही क्यों! किसी कविता करने वाले बंदे को बुलाओ। शराब और शबाब के बगैर एक कविता नहीं निकलेगी। निकल गयी तो समां न बांध पाएगी।''

''हाँ, किसी भी साहित्यकार को बुलाओ, वह भी क्लीन चिट नहीं ला पाएगा। फिर चाहे मोहिनी देववंशी हो या नंदन पुरी। शराब-शबाब न सही, अपनी कूटनीतियों से एक दूसरे को चित्त कर देंगे।''

''सचमुच। घटिया दर्जे की महानता है।''

''बंधु, इन दोनों की महत्वाकांक्षाओं की घट्टी में शहर का हिन्दी समाज पिस रहा है।''

''सच कहा आपने। दलदली सोच हो गयी है इनकी। पत्थर फेंकते रहो, छींटें खाते रहो।''

''कीचड़ कहो या माफिया कहो, हर जगह दाल में काले दाने तो होते ही हैं। इन दिनों असली माफिया हिन्दी साहित्य में है। लोग कहाँ से कहाँ पहुँच जाते हैं। हिन्दी के लिये पागलपन की हद तक जाकर सम्मान प्राप्त करते हैं। एक से बढ़कर एक हैं जो अपने नाम के साथ कई पुछल्ले लगाकर घूमते हैं।''

''अच्छा शब्द है, सम्मानों के लिये पुछल्ले शब्द का प्रयोग, बहुत बढ़िया!''

''अरे भाई, अपनी भाषा के लिये काम कर रहे हो, पुछल्लों की अपेक्षा रखते ही क्यों हो! अगर कोई काम करना है तो समर्पित भावना रखो वरना काम ही मत करो।''

''देखो भाई, सत्ता में आने के बाद तो ऐसे आरोप-प्रत्यारोप लगते ही रहते हैं। इनके बगैर सत्ता के समीकरण नहीं बनते। सत्ता सिर्फ सरकार के पास नहीं होती; सत्ता तो होती है हर उस आदमी के पास, जो छोटी-मोटी संस्था के नाम पर अपना शासन चलाता है।''

''तुम इसे सत्ता मानते हो। हकीकत तो यह है बंधु कि यह कीचड़ है, हर ओर से सफेद कीचड़। कालिमा को ढँके हुए सफेदी की चमकार।''

''चलिए सर जी, रखता हूँ फोन, और लोगों को भी खबर देनी है। नमस्कार।''

इधर नंदन जी और मोहिनी जी की बातचीत शुरू हो गयी। अन्य तमाशबीन चुप हो गए। अवसर की प्रतीक्षा कर रहे थे, जिस दिन इनकी बातचीत का तारतम्य टूटेगा उस दिन असली गपशप शुरू होगी। तब तक के लिए सरगर्मियों का इंतजार था।

शहर के पेड़ लगातार ताजी हवा छोड़ रहे थे, सोखने के लिए कार्बनडायऑक्साइड थी ही नहीं। ऐसा लग रहा था जैसे कुछ देर पहले शादी, रस्मों-रिवाज़ों और शादी की व्यवस्थाओं पर लड़ते दो समधी अब मिलनी की रस्म के लिए तैयार थे। एक दूसरे के गले में माला डालकर, नये रिश्ते की नींव डाल रहे थे। जूठा पानी पी रहे थे या झूठे वादे कर रहे थे।

हाँ, मुस्कुराते हुए उन दोनों के बाहर निकले दाँत हाथी के दाँतों की हूबहू नकल लग रहे थे।

25

चतुर कौवा

दो दुश्मनों की दोस्ती के साथ दोनों की एक तमन्ना, उनके अपने दिलों में अंकुरित हो गयी थी। छोटे-मोटे सम्मान बहुत ले चुके, अब 'बड़े' पर नजर डालते हैं। और बड़ों में श्री के अलावा कुछ नजर नहीं आता। 'पद्म-श्री' का पद्मा शब्द और आखिर का श्री। सुनने में ही मन कमल-सा खिल जाता। पद्म सम्मान सब जानते थे इसलिए छोटा रूप श्री अंदर मचल उठता था। 'श्री' उच्चारते ही मन बल्ले-बल्ले करने लगता। टोरंटो-ऑटोवा के अपने-अपने संपर्कों से पता लगा कि यह सही समय है जब 'श्री' सम्मान के लिए नाम भेजे जा सकते हैं। दोनों जुट गए। अपने नामों को सम्मिलित करने के लिए डोज़ियर (फाइल) तैयार हुए। अनुशंसा कर्ताओं को ईमेल से भेजे, कोरियर से अलग से भेजे। अनुशंसाओं की कमी नहीं थी, न ही समर्पण की कमी थी। कमी थी तो बस ऊपर तक बात पहुँचाने की। अपने-अपने सूत्रों से पता किया कि दूसरे खेमे में इस सम्मान की सुगबुगाहट कैसी है; ऊँट किस करवट बैठने वाला है, दाएँ या बाएँ!

हैरानी तो इस बात की थी कि दोनों एक दूसरे से इस मसले पर सलाह भी ले रहे थे कि भारत में किस-किस से सिफारिश करवायी जाए। नगर के हिन्दीदाँ को हैरानी हुई, जब पता लगा कि नंदन पुरी व मोहिनी देववंशी, अलग-अलग उड़ानों से आज भारत के लिये रवाना हो रहे हैं। सुना है, दोनों को किसी बड़े सम्मान के मिलने की आशा है। जिस दिन घोषणा हो उस दिन वे भारत में ही उपस्थित हों तो बात ही कुछ और होगी। दोस्ती के साए में एक सबसे बड़ा फायदा यह हुआ कि किसी ने, किसी के नाम का विरोध नहीं किया। या यूँ कहें कि विरोध करने का मौका ही नहीं मिल पाया।

मोहिनी ज़ी ने अपने कार्यक्रमों का कोई डंका नहीं बजाया। गुपचुप भारत पहुँचकर धमाका करने की योजना थी। इधर नंदन जी के कार्यक्रम एक के बाद एक सिलसिलेवार सोशल मीडिया पर थे। तकरीबन छब्बीस जगह उनके स्वागत में कार्यक्रम रखे गए थे। हर दिन एक डोमेस्टिक फ्लाइट से सफर करने के लिए बुकिंग हो गयी थी। महीने भर की ट्रिप में जीवन भर का कोटा था, सम्मान का। एक बड़ा सम्मान और उस बड़े के सम्मान में अन्य कई छोटे-छोटे। बड़े सम्मान के सम्मान में, एक के बाद एक। पत्नी को साथ लेकर

जा रहे हैं। साहित्यकारों में सपत्नीक दिखाई देने का एक बहुत बड़ा फायदा है। क्रेडिबिलिटी बढ़ जाती है। फिर चाहे पत्नी उन सम्मान समारोहों में आने के बाद झलक दिखला कर खरीददारी करने ही क्यों न चली जाए।

पत्नी के साथ सफर करने के कई फायदे हैं लेकिन नुकसान भी कम नहीं। पत्नी साथ हो तो उन्मुक्त रास्तों पर बैरियर की तरह बहुत सारे प्रतिबंध लग जाते हैं। नंदन पुरी ने इसका भी उपाय खोज लिया है। रात दस बजे के बाद जिस तरन्नुम में गोष्ठियाँ होतीं उसमें पत्नी को न ले जाकर होटल में ही रुकने के लिये बोल देते। सुबह के चार बजे तक लौटते तो पत्नी खर्राटे भर रही होती। सुबह कोई किटकिट नहीं होती। रात गयी, बात गयी।

दिन भर पत्नी को एक सॉलिड काम में लगाकर रखते। हर कार्यक्रम के फोटो ले ले, वीडियो ले ले। जब फोटो में उसे आना हो तब किसी और को कैमरा थमा दे। लगी रहती वह। सभा के आगे-पीछे जा-जाकर अपने पति देव नंदन पुरी के एक से एक बढ़िया फोटो लेती। संपूर्ण पत्नीधर्मिता के साथ। उस महीने के, हर दिन के फोटो वीडियो देख-देख कर नंदन जी को ऊर्जा मिलती रहती जिसे वे पत्नी पर प्यार से लुटा देते। वह भी खुश हो जाती और नंदन जी भी चहकने लगते। इतने खुश कि उस खुशी में वे पूरे एक साल आगे की योजना बना सकें।

कैनेडा से भारत के प्रस्थान पर वे अपने भारतीय बैंक खाते की चेक बुक साथ लेकर अवश्य जाते थे। हर संस्था में जहाँ सम्मान हो रहा है, उस संस्था के अध्यक्ष के साथ सम्मान पत्र सहित फोटो खिंचवाते। साथ ही, सम्मान निधि के तौर पर एक चेक काट देते। खुद को समझा लेते— "अरे, सिर्फ ग्यारह हजार रुपल्ली तो दी। इतना तो होटल का किराया ही हो जाता है। पर रिजल्ट तो देखो। एक आदमी और उसकी संस्था को अपना दासानुदास बना लिया।"

इससे भी कोई फर्क नहीं पड़ता कि संस्था छोटी है या बड़ी। यह तो वैसी ही बात है कि गाय छोटी हो या बड़ी, बस दूध देने वाली होनी चाहिए। थोड़ा कम-ज्यादा चलता है। हाँ, इतना जरूरी है कि वे गाय को चारा डालें और वह दूध की धार बहाने लग जाए। बस यही चाहिए। सम्मान पत्र पर एक संस्था का नाम हो इतना काफी है। वह संस्था कौन है, कहाँ की है, कितनी बड़ी है या फिर है ही नहीं, इससे क्या फर्क पड़ता है। एक बार मोहर लग गयी तो लग गयी। कोई तफ्तीश नहीं करता। संस्थाओं की छतरियाँ जब चाहो खोल लो, जब चाहो बंद कर दो।

सबसे ज्यादा चपत तब लगती है जब लगेज के अतिरिक्त पैसे देने पड़ते हैं। बहुत महंगा पड़ता है। एअर कैनेडा उड़ान में टिकट के साथ सिर्फ दो सूटकेस लाने, ले जाने की अनुमति देती है। वे दोनों तो प्रमाणपत्रों व ट्राफियों से भर जाते हैं। आते समय नंदन जी अपने कपड़े भी बाँट आते हैं। कपड़े न लाएँ तो चलेगा लेकिन प्रमाणपत्रों और ट्राफियों को खरोंच भी न आनी चाहिए। क्योंकि जब भारत से लौटकर अपने शहर में कार्यक्रम होंगे

तो यही मुख्य हाल के आकर्षण होंगे। हाल के मुखर कोने में दस मेजों पर सफेद मेजपोश के साथ सम्मान पत्रों व ट्रॉफियों की प्रदर्शनी लगाएँगे। जिसे देखना हो देखे, फोटो ले, फेसबुक पर विज्ञापित कर दे।

घर के भीतर संस्कार संयोगी की तरह एक विशेष कमरा 'सम्मान भवन' हो जाएगा। यूँ तो किसी का नाम याद आने में समय लग जाता है पर इन ट्राफियों में से कोई एक भी कहीं न दिखे तो उसकी शकल, रंगरूप सब कुछ याद आ जाता है कि वह दिखाई नहीं दे रही। तुरंत अपनी पत्नी को डपट कर पूछते हैं— ''सामान ठीक से रखा था या नहीं।''

बेचारी नयना, जब तक वह ट्राफी ढूँढकर उनके हाथ में थमा न देती तब तक उनकी आँखें अंगारे बरसाती रहतीं। पतियों के लिए यही तो सबसे बड़ा फायदा है, पत्नी के रूप में एक अदद व्यक्ति साथ रहता है जिसे गाहे-बगाहे डपट कर हल्के हो जाते हैं।

हर एक प्रमाणपत्र का ढाँचा उनके दिमाग में ऐसा फिट है कि जैसे ही नजर पड़ती है उसके पीछे की कहानी याद आ जाती है। कितने सम्मान और आदर के साथ लोग उनका नाम लेते हैं। और कभी-कभी एकाध-दो बुरी यादें भी मन में कौंधने लगती हैं। जब किसी ने पीछे से उठकर उनकी उपलब्धियों पर सवालिया चिन्ह लगा दिये थे। बहुत शांति से जवाब देकर उन्होंने संतुष्ट तो किया था मगर मन बेचैन हो गया था। किसी की उन्नति देखना लोगों से सहन नहीं होता है। सचमुच तब मन खट्टा हो जाता लेकिन अगले दिन जो स्वागत होता, उस 'बेचारे' पिछले दिन की बेचारगी भूल जाते।

अब ये दस मेजों पर रखे सम्मान अपनी संख्या और विविधता में बहुत हैं। ये चमकते 'कप' और 'लोगो' अधिक भाते नहीं। अब वे इनसे ऊपर, बहुत ऊपर की सोचने लगे हैं। बड़ा सोचने में अब उनके दिमाग को उनके लेवल का एक ही सम्मान दिखायी देता है- पद्मश्री। न कुछ इससे नीचे, न कुछ इससे ऊपर। रात दिन दिमाग में ऐसे घूमती है यह 'श्री' कि भुलाए नहीं भूलती, कानों में मीठा रस घोलता— ''पद्मश्री नंदन पुरी।''

साथ ही, अपनी दुश्मनी भी याद आ जाती अगर 'पद्मश्री मोहिनी देववंशी' हो जाए तो उस दिन आत्महत्या के अलावा कोई चारा न बचेगा। जल्दी कुछ न किया तो मोहिनी देववंशी सब कुछ हड़प लेगी। एक तो आरक्षित तबक़ा प्रवासी, तिस पर एक ही देश के, एक ही शहर के, दो 'श्री' के दावेदार। दोनों को एक साथ तो किसी जनम में 'श्री' मिल नहीं सकती। ऐसे हर मौकों पर वह शेरनी, मोहिनी ही बाजी मारती आयी है। इसलिये ऐसा कुछ करना है जो किसी ने न तो सोचा, न किया। उसके आगमन के लिये जुट गए हैं। ऐसे-ऐसे काम करेंगे हिन्दी के लिये कि चल कर नहीं, दौड़ कर आएगी पद्मश्री।

दोस्ती का हाथ यहाँ काम आएगा। लेकिन इसके साथ ही साथ कुछ जासूस छोड़ने होंगे मोहिनी के ग्रुप में जो वहाँ की खुफिया गतिविधियों का जायजा लेते रहें और सूचित करते रहें कि वहाँ क्या बड़ा चल रहा है। माँ हमेशा कहा करती थीं— ''सपने बड़े देखो। छोटे सपने, सपने नहीं होते। ऐसे सपने जो हमारी आँखों से डरें, उन्हें देखने की हिम्मत

करो। वे आँखों में बने रहेंगे तो आँखें बड़ा देखती रहेंगी।'' अब नंदन जी उस तिलिस्म का द्वार ढूँढ रहे हैं जिसके खोलते ही उन्हें यह सम्मान मिल जाए। अब छोटे-मोटे नहीं, एक बड़ा हाथ मारने का समय है।

आज देखने-दिखाने को मोहिनी देववंशी और नंदन पुरी एक साथ हैं। ऐसा लगता है कि शहर में एकता की हवा बह रही है। कभी-कभी ऐसा भी होता है कि जब सब एक साथ होते हैं तो दूरियाँ अधिक हो जाती हैं। सामीप्य में द्वेष अधिक छलकता है। चेहरे पर मन की भावनाएँ नजर आती हैं तो चेहरे से चेहरे का प्रतिकार गहरा हो जाता है। वैमनस्यता छन-छन कर बाहर आती है तब लगता है कि कोई एक बंदूक लाकर थमा दे बस। वे इन विरोधियों को एक-एक करके खत्म कर दें फिर चैन से हिन्दी की बंसी बजाएँ। बंसी की हर फूँक के साथ नये कीर्तिमान स्थापित हों।

साथ खड़े रहकर भी अपने-अपने कद फीते से बराबर नापे जा रहे हैं। कुछ लोगों का काम ही है यह, किसी को इंच भर भी बढ़ने नहीं दे सकते। जैसे ही उनका कद एक इंच बढ़ा, इनकी कुल्हाड़ी फट से एक इंच जमीन काट देगी। समय सबको देखता है। जमीन नीचे है तो क्या, नीचे रहकर भी उसका अपना स्वाभिमान कायम है। आकाश का ऊपर होने का गुरूर उसके सामने नहीं टिकता; जब बरसने लग जाता है झमाझम तब सारी ऊँची निगाहें नीची हो ही जाती हैं, जमीन की ओर। अपना वक्त आता है तो जमीन किसी को गर्दन ऊँची करने का मौका ही नहीं देती।

अपने ही शहर में धोखे खाना सबसे अधिक सालता है। तब लगता है कि उनके अपने देश के लोग हैं, उनके जितने ही चतुर हैं। दो साल पहले की बात है। अपनी ही कवि गोष्ठी में भारत की एक विदुषी महिला से परिचय हुआ। अपने किसी रिश्तेदार के साथ जैसे एक सौगात लेकर आ गयी थी नंदन पुरी के लिए। गोष्ठी के बाद कहने लगीं- ''आपकी श्रेष्ठ दस रचनाएँ भेजिए हम अपने एम.ए. के पाठ्यक्रम में शामिल करेंगे।'' वे बहुत खुश हुए। तत्काल रचनाएँ भेज दीं। साथ ही उनके सम्मान में एक और कार्यक्रम आयोजित कर डाला। बढ़िया खाना और शानदार हाल। अपनी संस्था की ओर से सम्मानित किया व उनका खूब प्रचार-प्रसार किया। खुश होकर वे भारत लौट गयीं। जल्द ही वहाँ से संदेश आया कि वे रचनाएँ पाठ्यक्रम में स्वीकृत हो चुकी हैं व इस साल जून में कॉलेज खुलते ही उन्हें पढ़ाया जाएगा।

अब जिन मैडम ने नंदन पुरी को एम.ए. पाठ्यक्रम में शामिल किया जीवन भर के कर्जदार हो गए उनके। उनके कार्यों पर एक विशेष-अंक निकाला और कई अखबारों में विज्ञापन के तौर पर छपवाया। दिल खोलकर खर्च किया। डेढ़ से दो हजार डॉलर का चूना लगाना नागवार नहीं गुजरा क्योंकि मैडम ने तो उन्हें अमर कर दिया था। ऐसा तो लाखों खर्च करने पर भी नहीं हो पाता। उस बात को बीते दो साल हो गए। फिर मैडम ने कभी संपर्क नहीं किया। वे बार-बार पूछते रहे कि उनकी रचनाएँ अब तो छात्र पढ़ रहे होंगे। वे

बराबर जवाब देतीं— ''इस साल नहीं पुरी साहब, अगले साल से ले रहे हैं हम।'' एक साल की प्रतीक्षा के बाद फोन किया तो मैडम ने कहा कि वे रिटायर हो चुकी हैं। अब महाविद्यालयीन मामलों में उनका कोई दखल नहीं है। वैसे भी रिटायर होने के बाद किसी संस्था में कोई सुनता नहीं! सब कुछ अधर में लटका रह गया।

नंदन पुरी को यह समझते देर न लगी कि मैडम ने समय की नाजुकता को देख सुनियोजित ढंग से उन्हें फँसाया था। यह पता ही नहीं चलने दिया कि वे अगले साल रिटायर होने वाली हैं। हैरानी इस बात की थी कि वे फँस गए थे। माँ कहा करती थीं- ''चत्तर कागलो गू पे बैठे।'' (चतुर कौवा गंदगी पर बैठता है।) सचमुच इतने बेवकूफ कभी नहीं बने थे। ''दे दे बाबा हिन्दी के नाम पर दे दे।'' कटोरा पकड़े दिखायी देतीं वह मैडम। कटोरे में नफरत से सिक्के डालने की आवाज सुनायी देती। मन को यह कहकर समझाते— ''उच्च शिक्षा के भिखारी हैं ये। मैडम के कटोरे में सिक्के डाल करके पुण्य नहीं कमाया, पर सबक तो सीखा।'' वे ही मैडम जिनकी दस दिनों तक जी भर कर तारीफ की थी। खूब खिलाया-पिलाया था। 'जी मैडम', 'जी मैडम' करते नहीं थके थे।

अब उन्हें जी भर कर कोसा था। बाप-दादाओं को भी नहीं छोड़ा, खूब बड़बड़ाए। पूरे खानदान को बददुआएँ दीं। उनका असर कहाँ तक हुआ होगा, यह तो पता नहीं मगर उनकी भड़ास निकल गयी थी। इसका दूरगामी परिणाम यह हुआ कि भारत से कोई अच्छा, काबिल आदमी भी आता तो वे ध्यान नहीं देते। दूध का जला था, हर कदम फूँक-फूँक कर चलता। एक टीस थी, चिड़िया तो चुग गयी थी खेत, पछता कर क्या करते। ये महिलाएँ नंदन पुरी को हर बार नए-नए झटके देती थीं। एक शेरनी उनके अपने शहर में थी ही दूसरी भारत से आकर चारों खाने चित्त कर गयी।

इस बात के बारे में घर में किसी को पता नहीं चलने दिया। पत्नी नयना को भनक भी न लगने दी वरना महाभारत खड़ा हो जाता। तब नंदन जी को खुद जैसा बेवकूफ कोई नहीं लगा था। हर एक हार एक नया सबक सिखा कर जाती। खून के कड़वे घूँट पी-पीकर शरीर की नसों में बहता सारा खून कड़वा हो गया था। इतनी कड़वाहट पीकर कोई कैसे मीठा बोल सकता है भला!

इस घटना से बेला के अलावा संपूर्ण स्त्री जाति से नफरत हो गयी थी। कई दिनों तक विश्वास ही नहीं कर पाए थे कि एक और औरत भारत से आकर उन्हें टोपी पहना गयी और वे खुशी-खुशी पहनते रहे। तब नयना पर बहुत प्यार आता। किस्मत अच्छी थी कि किसी ऐसी औरत से शादी नहीं हुई वरना हर दिन, हर पल नरक हो जाता। इस घटना के बाद से नयना के प्रति कर्कशता कम हो गयी थी। इस बात को नयना ने भी नोटिस किया था। वह यह सोचकर आश्वस्त हो गयी थी कि एक उम्र के बाद पति की गरमी कम हो ही जाती है, फिर चाहे शरीर की हो या दिमाग की।

26

दोमुँहे जानवर

दोस्ती के लिए बढ़ा हाथ दोनों संस्थाओं के लिए मानसिक शांति वाला था। आपसी फूट से कई बार तमाम बातें बिगड़ी थीं, अब आपसी सौहार्द्र से चाहे बात न बने, पर उतनी बिगड़ेगी भी नहीं। राजमार्ग तक पहुँचने के लिए भी पगडंडियाँ चाहिए। हिन्दी के यात्रियों को इन दोनों की जरूरत है। फिर चाहे जैसे भी समझौते करने पड़ें। नंदन पुरी का विश्वास था "समझौते पुरुषों को ही करने पड़ते हैं। औरतों के रास्तों में हर कोई फूल बिछा देता है वरना औरतों की अक्ल तो चोटी में होती है। इन दिनों कोई औरत चोटी नहीं रखती, मतलब अब अक्ल होती ही नहीं उनमें।" खुद ही हँस देते अपने इस व्यंग्य पर।

वैसे जो भी हुआ, मोहिनी देववंशी से सुलह बहुत तसल्ली देती। सही तो था, भारत वाले आते, लौट जाते। शहर के लोगों को यहीं रहना था। कहीं न कहीं जरूर टकराते। इसका इलाज ढूँढना अनिवार्य-सा लगा था। इसीलिए दुश्मनी को खत्म करने की चाहत परवान चढ़ी थी। अभी तक तो नीचा दिखाने के कीड़े ही घुसते थे दिमाग में, ये सुलह करने का कीड़ा कहाँ से आया और कहाँ से घुस कर अपना काम कर गया पता ही नहीं चला। बहुत सुकून मिला था। पानी में रहकर मगर से बैर करके पानी को बहुत विषैला बना दिया था। दोनों संस्थाएँ एक-दूसरे के साथ हों, या न हों, पर वह बेकार की चूँ-चपड़ अब बंद हो गयी थी।

भारत की महत्वपूर्ण यात्रा की शुरुआत हो चुकी थी। पहला कार्यक्रम मुंबई में था। उसकी विशेष तैयारी करते हुए नंदन पुरी को शहर के कई बड़े नाम याद आते रहे जो अब निष्क्रिय हो गए थे। कुछ तुच्छ छीना-झपटी से आहत होकर कट गए थे, तो कुछ अपनी अक्खड़ता को ओढ़े अपने ही अहं में ठूँठ की तरह खड़े थे। अपने अहंकार में डूबे थे। किसी की पहुँच उन तक नहीं थी, पर वे समझते थे कि उनकी पहुँच दुनिया भर तक है। मिट्टी की दीवार झुक सकती है। पीसा की मीनार झुक सकती है, पर ये काँच की दीवारों की भांति थे जो कभी नहीं झुकतीं। टूट सकती हैं, झुकना उनकी तासीर नहीं। यही हाल यहाँ के हिन्दीदां का था। समूहों में फँसा आदमी टूट सकता है, झुक नहीं सकता। उनके दिलो दिमाग भी इस जकड़न से पटे हुए थे।

पहला कार्यक्रम बगैर किसी वाद–विवाद के संपन्न हुआ तो यात्रा की शुभ–मंगल अनुभूति ने बहुत खुशी दी, वरना अपने ही शहर में अपने ही लोग पीछे से छूरा घोंपने से बाज नहीं आते। देखा जाए तो यह एक सभ्य जंगल था। जंगल के जानवरों की अलग–अलग प्रजातियाँ सभ्य समाज में भी थीं, वैसी की वैसी। सारे दोमुँहे जानवर थे। अंदर से अलग, बाहर से अलग। अंदर से जानवर, बाहर से सुसभ्य इंसान। समूहों में भीड़ चिल्लाती, गली में कुत्ते भौंकते। घरों के अंदर आदमी थे, बाहर तरह–तरह के जानवर। जानवर लाठी से डरकर भाग जाते हैं पर सभ्य जानवर लाठी का इंतजार करते हैं ताकि लाठी खाकर, सिर फुटव्वल की नौबत लाकर, सबको जेल भेज सकें। लाठी का घाव आज नहीं तो कल भर जाएगा पर मारने वाले की कपटी साँसें जीते जी जेल की चहारदीवारी में बंद हो जाएँगी।

आगे के कार्यक्रमों के लिए मन में अंदेशा था। कभी भी, कुछ भी हो सकता है। मानसिक रूप से ऐसी परिस्थितियों से निपटने के लिए नंदन पुरी तैयार थे। व्यवस्था की दरकार थी। नोच–खसोट अब और भी कई जगहों पर शुरू हो चुकी थी। यह वह समूह था जो अपने लेखन में विसंगतियों को लाकर समाज को आइना दिखाना चाहता था। एक वह समूह भी था जो विसंगतियाँ पैदा करके उस पर लिखना चाहता था; या फिर वह समूह था जो गैस स्टोव जलाकर अपनी रोटी सेंकना और खा–पीकर डकार लेना चाहता था।

भारत की यात्रा में डोमेस्टिक उड़ानों में उड़ते हुए पुरी साहब के दिमाग में कई घटनाएँ घूमतीं। आज मुंबई से कोलकाता जा रहे थे। पास वाली सीट पर बैठे एक अधेड़ व्यक्ति मोटी–सी किताब पढ़ने में तल्लीन थे। इन्हें देख भारत के एक प्रसिद्ध कवि याद आ गए जो नोबेल प्राइज़ के दावेदार थे। पिछले दिनों अपने बेटे से मिलने टोरंटो आए थे। वे मंदिर के एक भक्ति कार्यक्रम में अपनी किताबों की नुमाइश कर रहे थे। उनका कहना था कि वे अपने साथ हिन्दी के चेले चपाटों को लेकर नहीं चले; सहिष्णुता की बात कभी नहीं की, इसीलिए असहिष्णु करार दिये गए।

उन्होंने दो खंडों में राम ग्रंथावली लिखी थी। जो कहानी पहले से है उस पर दोबारा लिखने की परंपरा नयी नहीं है। वाल्मीकि और तुलसी के बाद भी कई पराक्रमी साहित्यकारों ने वह जगह हासिल करने की कोशिश की, पर साहित्य की लंका विजय से दूर ही रहे। इनका भी वही हाल हुआ जो और लोगों का होता है। तीन किलो की एक किताब होगी। दोनों हाथों में उठाएँ तो बैलैंस गड़बड़ा जाता है। साथ में जो ट्राफी थी, उसका वजन एक किलो के बराबर होगा। सब कुछ उठाकर मंच पर आए तो साँस फूल गयी। बताते रहे कि कितना गौरव महसूस किया जब इन किताबों ने सम्मान दिलवाया। चालू कार्यक्रम में वे अपने ग्रंथ इधर से उधर करते रहे। बीच–बीच में कनखियों से देख भी लेते कि किसने उपेक्षा कर दी और आगे बढ़ा दिया। वह इंसान उनकी नजरों में साहित्य का दुश्मन होता। वे सुनिश्चित अवश्य कर लेते कि श्रोताओं ने कम से कम कवर पेज तो देखा। कोई शौचालय

से लौटा होता उसे भी पकड़ाते— "अरे, आपने नहीं देखा, लीजिए, देखिए न।"

कोलकाता के उस समारोह में नंदन पुरी ने जाना कि कैनेडा से पद्मश्री के एक दावेदार और भी हैं जो टोरंटो से नहीं, कैनेडा के किसी अन्य शहर से हैं। तुरंत फोन लगाकर सुशांत से तहकीकात करवायी। सुशांत ने अपने सूत्रों से पता करवा के पूरी कुंडली भेज दी- वे दो साल पहले ही विश्वविद्यालय में तदर्थ नौकरी पर आए थे, तथाकथित प्रोफेसर हैं। एक सेशन पढ़ाया, अपने नाम के साथ प्रोफेसर जोड़ लिया। यूँ तो सारी जिंदगी पढ़ाते हुए भी यूनिवर्सिटी में अध्यापन करते कई लोग प्रोफेसर का पद नहीं पाते। ये एक कोर्स के बाद से ही प्रोफेसर हैं। एक सत्र में एक कक्षा पढ़ाकर, दूसरे सत्र में कोर्स पटल से गायब। छात्रों की पाठ्यक्रम में रुचि न होने से सत्र निरस्त कर दिया गया। पहला और आखिरी सत्र पढ़ाने के बाद, इन दिनों किराने की दुकान पर काम कर रहे हैं। गले में टँगे नेम टैग पर प्रो. लिखा होता है। कोई ग्राहक ताजा मेथी-धनिया पत्ती की माँग करता तो वे तेजी से अपना फर्ज निभा देते हैं। इस अनुभूति के साथ कि जैसे किसी छात्र के प्रश्न का जवाब दे रहे हों।

नंदन पुरी दंग रह गए। यह आत्ममुग्धता की एवरेस्ट चोटी थी। तेनसिंह शेरपा से ज्यादा दम-खम वाले लोग, ऊपर न पहुँच पाए, मगर ऊपर पहुँचने का पूरा सुख उनकी झोली में! ऐसे लोगों के छद्म पदों की जाँच करने की फुरसत किसे थी! इनकी हकीकत यही थी कि आत्ममुग्ध होकर जीने के लिए, एक सम्माननीय पद सदा के लिए खुद को टैग कर लिया था।

कई छोटे-मोटे शहरों में एक के बाद एक कार्यक्रम निपटते रहे। इक्का-दुक्का असहमतियों के अलावा सभी दूर शांति रही। इस यात्रा की यह सुखद अनुभूति थी। अंत भला तो सब भला की सोच के साथ अब अंतिम मंजिल तक पहुँचना था। दिल्ली अभी दूर थी। कोलकाता से दिल्ली की उड़ान में अपने आगे की अपग्रेड सीट पर कोई कद्दावर नेता जी विराजमान थे। दिल्ली जाने के प्रयोजन के पीछे जरूर कोई लंबा हाथ मारा होगा। एक विमान सुंदरी उनकी भरपूर खातिरदारी कर रही थी। ये ऊँचे पदों पर बैठे लोग सरकारी खजाने को विदेशी धरती पर जी भर कर लुटाते हैं। इनके ठाठ-बाट टोरंटो में भी देखे थे, जब भारत सरकार की संसदीय समितियों के लोग के विदेशी दौरे पर आए थे। तब एक बार नंदन पुरी को स्थानीय प्रतिनिधि के तौर पर उसमें शामिल किया गया था। उन दौरों में जो नाच नाचा जाता है और नचाया जाता है, वह अद्‌भुत खेल देखकर दिल के तार टनटनाटन बजने लगे थे। राजकीय ठाठ और शान की प्रदर्शनी-सी लग गयी थी। राजमार्गों से आती लिमोजिन से निकलते बंदे की शान-शौकत और तड़क-भड़क देखते ही बनती थी। ऐसा लगता जैसे भारत सरकार उस बंदे की बंद मुट्ठी में हो।

अपनी मुट्ठी को बंद करते हुए पुरी साहब ने लंबी साँस ली। सोचने लगे और हम जैसे बेचारे विदेश में बसे साहित्यकार, भारत दौरे पर कई बार जाते हैं। खुद आयोजक,

खुद स्पांसर, खुद ही प्रचारक और मीडिया का रोल अदा करते हैं। भारत की सड़कों पर चलते हुए पैरों की ठसक कुछ कहती है। ठोक बजाकर कहती है कि हम विदेशी पैसा लेकर आए हैं। यह अनुभूति गड्ढों में चलते हुए भी राजमार्ग का अहसास कराती है। पगडंडियाँ आदी हैं अपने पिछड़ेपन को स्वीकार कर जीने की। श्रेष्ठता की दौड़ में राजमार्ग सबसे आगे हैं। महानगरीय दौड़ की गति इन्हीं से मिलती है। इनके अपने खड़े किए साहित्य के बाजार में कथित राजमार्ग हैं जिन पर चलते साहित्यकार की सीधी पहुँच राष्ट्रपति भवन तक है। पगडंडियों पर ताउम्र चलते-चलते उड़ती हुई धूल में कहीं खो जाते हैं। ये पगडंडियाँ राजमार्गों की ऐंठ से वाकिफ हैं। अपनी राजकीय सेवा-सुश्रुषा के चलते ये राजमार्ग पगडंडियों को बहुत सुना जाते हैं- ''तुम कभी हमारे साथ कदम से कदम मिलाकर नहीं चल सकतीं। पेट्रोल और टायर की मार से हमारे शरीर को कभी तड़पना नहीं पड़ता। हमारे शरीर पर एक खरोंच भी आ जाए तो तत्काल फर्स्ट ऐड मिल जाती है। तुम्हारी मौत भी हो जाए तो धूल धूसरित होकर गधे के सिर से सींग की तरह गायब हो जाती हो।''

नंदन पुरी और मोहिनी देववंशी दोनों पगडंडियों को छोड़, अब इन राजमार्गों पर चलने को व्याकुल थे। दोनों का मुगालता यही था कि वे दोनों व्यक्ति नहीं, एक संस्था हैं। ऐसे संस्थामयी व्यक्तित्व के समर्पित कार्यों को पहचान मिलनी ही चाहिए। एक वृहत सम्मान समारोह की आशा में दोनों की यात्रा भारत भ्रमण के अंतिम पड़ाव पर और व्यग्रता अपने चरम पर थी। इस उम्मीद में भी कि आमने-सामने रहेंगे तो जलाने का मजा ही कुछ और होगा। फिलहाल तो भारत के छोटे-मोटे सम्मान समारोह नंदन पुरी और मोहिनी देववंशी दोनों के लिए उतनी संख्या में हुए थे, उन्नीस-बीस का अंतर रहा होगा।

अंतत: 'पद्म' सम्मानों की सूची जारी हो गयी थी। दिल्ली के दिल में बसे एक होटल में नंदन पुरी अपना नाम खोज रहे थे और किसी तीर्थ स्थान पर मंदिर के दर्शनों को आतुर मोहिनी देववंशी अपना नाम खोज रही थीं। ठीक वैसे ही जैसे हाई स्कूल का रिजल्ट आने के बाद विद्यार्थी अपना नाम चीते की तेजी से खोज लेता है। जो अपना नाम नहीं खोज पाता वह एक बार नहीं दस बार सूची देखता है। उसका नाम अदृश्य ही रहता है। यही हाल था इन दोनों का। कई बार वह सूची देख चुके थे। आँखें वह देख ही नहीं पा रही थीं जो देखना चाह रही थीं। हौसले पस्त थे। दोनों को 'श्री' सम्मान नहीं मिला। वे प्रोफेसर साहब भी जुगाड़ नहीं जमा पाए थे। विदेश में रहने वाले किसी भी साहित्यकार को ये सम्मान नहीं मिला। नंदन पुरी को खुद को न मिलने का इतना गम नहीं था, जितनी खुशी थी कि शेरनी भी खाली हाथ जाएगी।

हवा की लहरें सात समंदर पार पहुँच गयीं। उनके अपने शहर के साहित्यकारों को जब पता लगा तो उनकी खुशी का पारावार न था— ''भगवान का शुक्र है कि किसी को 'श्री' नहीं मिली वरना ताउम्र इन्हें झेलना पड़ता।''

दोनों भारत से अपने जंगले में लौट आए थे। कई छोटे-मोटे सम्मान लेकर शहर वापस आए थे। बरा जिसकी उम्मीद थी, वही न मिला। ओलंपिक के उन खिलाड़ियों की तरह बेरंग लग रहे थे दोनों, जो गए तो थे गोल्ड की उम्मीद में मगर आरंभिक मैच के बाद ही मुकाबले से बाहर हो गए थे। हवाई अड्डे पर उन्हें लेने कोई नहीं आया, प्रमाणपत्रों और ट्रॉफियों के अपने सूटकेस ढोते-ढोते उनकी कमर जवाब दे रही थी।

फिलहाल पत्थरबाजी बंद हो गयी थी। अब दोनों काँच के घर में रहने लगे थे। आज तो शांति रही, कल की कल देखेंगे।

●●●